Sonderausgabe für
Der ANDERE Literaturklub

Erklärung von Bern

Postfach 100116
D 60001 Frankfurt

Postfach
CH 8031 Zürich

Abdalrachman Munif

Östlich des Mittelmeers

Roman

Aus dem Arabischen von Larissa Bender

Mit einem Nachwort von Hartmut Fähndrich

Lenos Verlag

Arabische Literatur im Lenos Verlag
Herausgegeben von Hartmut Fähndrich

Die Übersetzerin
Larissa Bender, geboren 1958 in Köln. Studium der Islamwissenschaft, Ethnologie und Soziologie in Köln und Berlin.

Die Übersetzung aus dem Arabischen wurde unterstützt durch die Gesellschaft zur Förderung der Literatur aus Afrika, Asien und Lateinamerika e.V. in Zusammenarbeit mit der Schweizer Kulturstiftung Pro Helvetia.

Titel der arabischen Originalausgabe:
Šarq al-mutawassiṭ

Satz und Gestaltung: Lenos Verlag, Basel
Umschlag: Anne Hoffmann Graphic Design, Basel
Foto: Gérard Degeorge/GAMMA
Printed in Germany
ISBN 3 85787 238 1

Allgemeine Erklärung der Menschenrechte

Artikel 1: Alle Menschen sind frei und gleich an Würde und Rechten geboren. Sie sind mit Vernunft und Gewissen begabt und sollen einander im Geiste der Brüderlichkeit begegnen.
Artikel 2: Jeder Mensch hat Anspruch auf die in dieser Erklärung verkündeten Rechte und Freiheiten ohne irgendeine Unterscheidung, wie etwa nach Rasse, Farbe, Geschlecht, Sprache, Religion, politischer oder sonstiger Überzeugung, nationaler oder sozialer Herkunft, nach Eigentum, Geburt oder sonstigen Umständen.
Artikel 3: Jeder Mensch hat das Recht auf Leben, Freiheit und Sicherheit der Person.
Artikel 5: Niemand darf der Folter oder grausamer, unmenschlicher oder erniedrigender Behandlung oder Strafe unterworfen werden.
Artikel 10: Jeder Mensch hat in voller Gleichberechtigung Anspruch auf ein der Billigkeit entsprechendes und öffentliches Verfahren vor einem unabhängigen und unparteiischen Gericht, das über seine Rechte und Verpflichtungen oder über irgendeine gegen ihn erhobene strafrechtliche Beschuldigung zu entscheiden hat.
Artikel 12: Niemand darf willkürlichen Eingriffen in sein Privatleben, seine Familie, sein Heim oder seinen Briefwechsel noch Angriffen auf seine Ehre und seinen Ruf ausgesetzt werden. Jeder Mensch hat Anspruch auf rechtlichen Schutz gegen derartige Eingriffe oder Anschläge.
Artikel 14: (1) Jeder Mensch hat das Recht, in anderen Ländern vor Verfolgungen Asyl zu suchen und zu geniessen.

Erstes Kapitel

Die Aischylos schwankt, bebt, zieht davon, schwerfällig wie der letzte Tanz eines geschlachteten Hahns. Es ist Abend, und der Hafen empfängt die weichen Lichter: Überdrüssig kaut er an ihnen, lässt sie los, und sie fallen, erzittern über dem Wasser und zerschmelzen.

Das Lärmen der Menschen in dieser Stunde voller Sinnlosigkeit ähnelt dem Jaulen gewürgter Welpen; ihre Hände gleichen mit ihren törichten Gesten abgetragenen Lumpen, bewegt durch einen unsichtbaren Luftzug. Und die Gesichter! Wie deutlich ist das Unglück auf den Gesichtern: stumpfe, trübsinnige Augen, Gummimünder, deren zukkende Bewegungen an die Vulva von Tieren erinnern.

Und die Aischylos zieht weiter in einem Geflecht aus dröhnender Sinnlosigkeit.

Ein Hafen des Elends: Wäre er doch ein Hafen ohne Wiederkehr; das letzte Stück Heimat, die letzten grünen Blätter, das letzte Stöhnen!

Dreissig Jahre, dreissigmal Sommer und Herbst, dreissigmal Frühling; und nun wurde es zum dreissigsten Mal Winter.

Es war Mittwoch, der siebzehnte Oktober.

Die ersten Wolken zogen über das Gefängnis; ein winziges Gebilde, einer Staubwolke ähnlich. Nach einigen Minuten riss es auseinander, verschwand, und auch in meinem Inneren zerriss etwas. Warum brach aus meinem Inneren dieses räudige Geheul hervor? Warum nur?

Grübelnd sagte ich zu mir: Auf der Erde lebt ein Wesen von hoher Gestalt, mit Armen, die denen der Schimpansen gleichen; seine Beine jedoch sind dünn und enden in zwei breiten Füssen. Auf seinem höchsten Punkt befindet sich ein fester, behaarter Klumpen mit mehreren Öffnungen, sowohl vorne als auch zu beiden Seiten. Die vorderen Öffnungen, und besonders die breite am unteren Teil des harten Klumpens, benutzt dieses Wesen zum Nagen, Singen und Pfeifen, und an Wintertagen auch zum Atmen. An Tagen der Angst jedoch findet diese Öffnung nur eine einzige Verwendung. Dafür ist bisher noch keine einheitliche Bezeichnung bekannt. Einige sagen: zur Selbstverteidigung; andere sagen: zum Töten. Die überwiegende Mehrheit aber versichert, in Zeiten der Furcht sei die einzige Art, diese Öffnung zu gebrauchen, Mord und Selbstmord!

Viele meinen, dass dieses Wesen bald aussterben wird. Dann würde das Leben ein Fest feiern, denn mit seinem Verschwinden könnte das wahre Glück auf Erden beginnen.

Wann entstand jenes Wesen? Und wie entstand es? Niemand weiss es. Eines Tages schreckten die Tiere auf, denn sie sahen sich plötzlich etwas Unbekanntem gegenüber. Sie bemühten sich, rationale Beziehungen zu diesem fremdartigen Lebewesen herzustellen. Anfänglich passte es sich an, doch nach einiger Zeit begann es, Zwietracht unter den Tieren zu säen und sie zu töten, weshalb viele Arten der wunderbarsten Tiere, die auf der Erde lebten, ausstarben.

Als die Absichten dieses neuartigen Lebewesens offenbar wurden, zogen sich die anderen Tiere zurück; sie gingen weit fort und überliessen ihm alles. Doch auch das genügte dem neuen Lebewesen nicht, es jagte die Tiere und tötete sie überall. Und als diese Lebewesen nichts mehr fanden, was sie töten konnten, brachten sie sich gegenseitig um. So begannen die Gemetzel, begannen vor Tausenden von Jahren und dauern bis zum heutigen Tag. Deshalb ist zu vermuten, dass das Aussterben dieses Lebewesens bevorsteht, denn die Methoden, die es beim Morden anwendet, sind weit entwickelt und wirkungsvoll!

Eine idiotische philosophische Rechtfertigung. Ich werde die Klospülung betätigen und alles hinunterspülen: meine geistlosen Gedanken, meine Träume, meine Vergangenheit, meinen Namen, alles, ja, alles. Die Spuren, die ich im Blut trage, genügen: kleinste Partikel, die darin fliessen und es nicht mehr verlassen können. Wer hat mir das gesagt? Der Gefängnisarzt? Der Befund? Ich glaube nichts mehr.

Das Meer ist ein riesiger Friedhof, und der glücklichste Mensch ist derjenige, der ein Grab im Bauche eines Wales findet: Dort gibt es Wärme, klebrigen Schleim und eine Weite, die Bewegungsfreiheit ermöglicht. Der Raum war winzig, feucht, roch ständig noch Latrine und kannte weder die Farbe der Sonne noch die der Bäume.

Der Befund des Arztes war deutlich. Er rückte mit der linken Hand seine Brille zurecht, setzte ein mutiges Lächeln auf und sagte: „Ihr Blut weist, kurz gesagt, einen rheumatischen Befund auf. Bisher ist es noch nicht lebensbedrohlich, aber äusserste Vorsicht ist geboten."

Bevor ich das Behandlungszimmer verliess, schrieb er mir ein Rezept und riet mir eindringlich, mich vor vielem zu hüten, insbesondere vor Anstrengung und heftigen Erregungszuständen. Dann legte er mir eine Liste der empfohlenen Speisen vor, doch noch bevor ich die Praxis verliess, war ich fest entschlossen, mich nicht daran zu halten. „Das ist was für ein verwöhntes Tierchen", sagte ich mir, „für einen von Ramsis Vögeln. Die Liste, die mir entspricht, sieht ganz anders aus, und daran werde ich mich halten!"

Mittwoch, siebzehnter Oktober. Ich packte meine Sachen in den braunen Koffer und verliess das Gefängnis.

Am Dienstag, dem sechzehnten Oktober, um sechs Uhr abends, war alles vorbei. Sie waren zu viert im Zimmer des Gefängnisdirektors. Ich kannte nur zwei von ihnen; die beiden anderen sah ich zum ersten Mal. „Deine Papiere sind da", sagte der Agha zu mir. „Morgen früh bist du frei."

Ich war nicht überrascht, denn ich hatte alles gegeben, was sie von mir gefordert hatten. Es blieb mir nur noch, das Gefängnis zu verlassen. Ich schwieg und blickte zu Boden. Ihre Augen verfolgten meine Bewegungen. Die Luft im Raum war schwer vom Qualm der Zigaretten, durch die vorangegangenen Gespräche und das Ticken der Wanduhr. Ich hob meinen Kopf, um den Agha anzusehen: auf seinen Lippen zeichnete sich ein kleines Lächeln ab. Als sich unsere Blicke trafen, sagte er: „Du hättest dich schon vor vier oder fünf Jahren dazu entschliessen sollen! Du hast zu lange gezögert, und das hat dich deine Gesundheit gekostet."

Ich sagte nichts und dachte an damals: Ich hatte mich nackt gefühlt, als der Agha seine Zigaretten auf meinem Körper ausdrückte: in meiner Achselhöhle, auf meinem Gesäss, in meinem Bart.

Die Uhr schlug halb sechs, ich sah zu ihr hinüber. Einer

der beiden Männer, die ich nicht kannte, sagte: „Tut uns leid, aber wir wollten ja gar nicht, dass du die ganze Zeit hierbleibst. Das hast du allein deinem Dickschädel zuzuschreiben!"

Ich sah ihn an, und ein müdes Lächeln kreiste in meinem Kopf, ohne sich auf meinen Lippen zu zeigen.

Die Stimme des zweiten fremden Mannes klang hart, während er mit mir sprach; sie hörte sich an wie die Stimme von jemandem, der eine Veranstaltung ankündigt. „Jetzt wollen wir von vorne anfangen – vergebe Gott, was gewesen ist", sagte er ohne aufzublicken, „wir wollen keinen Hass und keine Feindschaft zwischen uns. Was meinst du?"

Diese Frage überraschte mich nicht. Selbst gehört hatte ich sie zwar noch nicht, aber sie war mir dennoch bestens vertraut. „Ich möchte mich im Ausland behandeln lassen", antwortete ich stockend.

„Das werden wir dir gestatten. Aber wir hätten gern, dass du uns von dort Informationen über die Studenten schickst! Was hältst du davon?"

„Das kann ich nicht. Mein Gesundheitszustand erlaubt es nicht."

„Nur soweit es dir deine Gesundheit erlaubt, ein Bericht jede Woche, oder jede zweite."

„Ich kann nicht, nein, ich kann nicht."

Der Agha fühlte sich durch meine Weigerung verletzt. „Sei nicht dickköpfig, du wirst alles verlieren, das Diesseits und das Jenseits."

„Darf ich mich setzen?" fragte ich bedrückt.

Stimmen strömten auf mich ein, zwei Stimmen, drei, alle gleichzeitig. Sie forderten mich auf, doch bitte Platz zu nehmen, und der Agha meinte lachend und bewusst jovial: „Wir betrachten dich noch immer als Gefangenen! Setz dich, Bruder, bitte!“ Er erhob sich hinter seinem Schreibtisch, gab mir eine Zigarette und Feuer, und als höchsten Ausdruck seiner Herzlichkeit schlug er mir kameradschaftlich auf die Schulter.

Kurz vor sechs wurde mir, während ich den parfümierten Tee trank und rauchte, meine Lage vollkommen klar. Der fremde Mann, dessen Stimme wie Münzengeklimper klang, fasste die Vereinbarung kurz zusammen: „Morgen vormittag kommst du raus, und nachdem du dich ein oder zwei Tage erholt hast, kümmerst du dich um die Reiseformalitäten. Während des ersten Monats verlangen wir nichts von dir, auch nicht während des zweiten. Dann kommst du zurück und wirst die Aufgabe vorfinden. Wenn Gott will, wird unsere Zusammenarbeit fruchtbar sein und dem Interesse des Landes dienen. Hauptsache, du kehrst bald zurück, einverstanden?“

„Wir werden sehen!“

Die Uhr schlug sechs. Der Agha sah auf seine Armbanduhr, dann hinüber zur Wanduhr. Um anzudeuten, dass die Unterredung beendet sei, schlug er auf den Tisch, und bevor ich mich umdrehte und nickte, hatte sich die Tür hinter mir geöffnet. Der Agha befahl dem Posten: „Sag dem Obersten Wachhabenden, dass der Herr ‚umziehen‘ wird.“

Mittwoch, siebzehnter Oktober, elf Uhr. Die Sonne schien warm in den Hof, der Koffer stand fertig gepackt da, es mussten nur noch die Papiere unterschrieben werden. Der Agha kam vorbei, und als er sah, dass ich bereit war – ich hatte meinen Anzug angezogen, dazu die rote Krawatte –, zwinkerte er mir lächelnd zu und setzte ohne ein Wort zu sagen seinen Weg fort.

Kurz vor zwölf klopfte ich an die Haustür, zunächst nur leicht, dann stiess ich die Tür auf und trat ein. Meine Schwester breitete gerade ein feuchtes Laken aus. Neben ihr stand eine ältere Frau, die ich nicht kannte. Als Anîssa mich erblickte, riss sie vor Freude und Überraschung den Mund auf. Sie kam auf mich zu, brach in Tränen aus und begann, mich zu küssen. Dann trat sie einen kleinen Schritt zurück und betrachtete mich; die Tränen strömten aus ihren Augen, Tränen der Trauer und der Freude.

Ich hob die Hand, um selbst eine Träne abzuwischen, die, ohne dass ich es verbergen konnte, hinunterrollte. Dann wandte ich mich der alten Frau zu und sagte liebevoll: „Guten Tag, Tante!“ Und bevor sie antworten konnte: „Wie geht es dir?“

Als Anîssa meine Stimme vernahm, stürzte sie ein zweites Mal auf mich zu, so, als hätte sie mich aufs neue wahrgenommen.

Ich umarmte sie, küsste sie auf Kopf und Wangen, und ohne sie direkt anzusehen, sagte ich mit einer Stimme, die entschlossen klingen sollte: „Ich möchte schlafen, Anîssa. Ich bin müde, sehr müde.“

Nochmals trat sie zurück, um mich anzuschauen. Ihre feuchten Augen waren voller Fragen. Als sie den Koffer aufnahm und mir bedeutete, ihr zu folgen, erwiderte sie: „Erst essen, dann schlafen.“

„Anîssa, ich bin nicht hungrig, ich möchte schlafen!“

Nach zwei Schritten drehte sie sich um und sah mich im Weitergehen an. Sie fürchtete, ich könnte ihr nicht folgen; doch dann, so schien mir, eroberte ein kleines Lächeln ihre Gesichtszüge.

Als ich dieses Lächeln sah, fühlte ich, dass alles vorbei war. Fast wäre ich stehengeblieben und hätte geschrien. Ich stampfte mit den Füssen auf den Boden, wie es vor fünf Jahren meine Gewohnheit gewesen war, wenn ich das Haus betreten hatte. Anîssa schaute mich seufzend an, als sie sich daran erinnerte. Ihr Lachen wurde breiter, und als wir die Tür des Korridors erreichten, sagte sie: „Dein Zimmer ist gemacht!"

„Ich möchte niemanden sehen, keine Verwandten, keine Nachbarn. Lass mich nur schlafen!"

Trotz allem, was Anîssa für mich vorbereitet hatte, konnte ich nicht einschlafen. Sie hatte mir einen Pyjama ihres Mannes Hâmid gebracht, ebenso saubere Unterwäsche. Sie hatte eine Schachtel Zigaretten und einen Aschenbecher ans Bett gestellt und die Vorhänge herabgelassen. Als sie das Zimmer verliess, lächelte sie. Einen Augenblick später öffnete sie nochmals die Tür: „Ich lasse dich bis Sonnenuntergang schlafen."

„Warum bis Sonnenuntergang?"

„Genügt das nicht?"

„Ich weiss nicht, ich werde von allein aufstehen!"

Das Bett strahlte sauber. Ich schob das Kopfkissen zur Seite und legte den Kopf an den Bettrand. Dann drehte ich mich um und betrachtete die Wände. Mein Blick blieb an dem

Diplom hängen, in dessen linker unterer Ecke ein Bild von mir klebte. Auf Zehenspitzen stand ich auf, kletterte auf den Stuhl und schaute das Foto lange an. Zwischen uns beiden gibt es keine Ähnlichkeit mehr!

Ich ging zum Spiegel und schaute mir ins Gesicht: graue Haare an den Schläfen und am Scheitel, ein leichtes Gelb in den Augen, Falten ... Wem gehört dieses Gesicht? Wieder betrachtete ich das Foto auf dem Diplom und sagte zu mir selbst: „Einer von beiden ist tot."

Ich kehrte zum Bett zurück, um zu schlafen. Es roch angenehm. Ich bedeckte mein Gesicht, schloss die Augen und atmete tief. Dieses Bett kann unmöglich mir gehören, der Besitzer dieses Bettes ist tot. Dann verwandelte sich der Geruch, es war nun der Geruch von Jod, von Krankenhäusern. Ich ertrug die Decke über meinem Kopf nicht mehr und schob das Kissen zurecht. Ich wollte schlafen, doch die Gedanken fielen wahllos über mich her: Was sie jetzt wohl machen? Es ist schon nach eins. Um ein Uhr beginnt die Mittagsruhe. Das Mittagessen endet um Viertel nach zwölf, viel länger als zehn Minuten dauert es nie.

Hassîb lässt nie von seiner Gewohnheit, er muss nachmittags schlafen; auch Issmat schläft ... Und Amdschad? Und Ibrahîm? Heute werden sie nicht schlafen. Niemand wird schlafen. Sie haben jetzt eine Geschichte. Ich weiss, was sie sagen werden, ich habe es schon zweimal gehört. In der Nacht wird Amdschad weinen. Auch die beiden vorigen Male hatte er geweint und nichts gesagt; er hasste Ibrahîms Geschwätz.

In der Nacht, wenn alle schlafen, wird Amdschad im Schein des Lichts, das von der Decke herabfällt und den niedrigen Raum kaum erhellt, wachliegen und weinen. Er will nicht, dass ihn jemand weinen sieht. Das letzte Mal, als ich es bemerkt hatte, verzog er gequält sein Gesicht und drehte sich schnell um. Noch nie in meinem Leben habe ich einen Menschen wie Amdschad gesehen. Kein Wort wird er über mich sagen, aber seine Augen werden sich verengen und er wird weit fortreisen ... Und die anderen? Sie werden wieder grosse Töne spucken.

Warum habe ich jetzt Angst? Bevor ich unterschrieb, verspürte ich keine Reue, aber ich erschrak, als ich das Kratzen des Federhalters vernahm. Die Tinte roch widerwärtig, und meine Hand war schweissnass. Nachdem ich unterschrieben hatte, zog der Agha das Blatt weg und sagte: „Wir werden niemandem etwas sagen, bevor du gehst. Und deine Kollegen – du wirst sehen, auch sie werden nicht zögern zu unterschreiben!"

Ich fragte mich, ob es derselbe Schriftzug war, mit dem ich bisher immer unterschrieben hatte. Viel Zeit ist vergangen, seit ich das letzte Mal etwas unterschrieb. Vier Jahre ist es jetzt her. Damals las ich meine Aussagen, die sie mitgeschrieben haben, gründlich durch, bevor ich meine Unterschrift darunter setzte. Vor Wut hatten sie mich beschimpft und verhöhnt: „Seht nur, er hat Angst, seine eigene Aussage zu unterzeichnen!"

Ich hatte sie nur hasserfüllt angesehen und kein Wort gesagt. Nachdem ich ihre Niederschrift sorgfältig gelesen hatte, protestierte ich gegen einige Worte. Sie schauten mich spöttisch an, und einer von ihnen befahl: „Streich alles, was dir nicht passt, und unterschreib!"

Ich strich zwei Sätze durch und unterschrieb. Doch bevor

ich das Zimmer verliess, spuckten sie mir ins Gesicht. Ein Tritt von Abed traf meine linke Gesässhälfte. Hâtim öffnete die Kellertür und stiess mich mit aller Kraft hinunter. Ich erinnere mich noch, dass ich ihn hasserfüllt ansah. Dann bemerkte ich auf dem Kellerboden einige Blutstropfen, die von der Verwundung an meiner Lippe herrührten.

Nein, es war nicht diesselbe Unterschrift. Es war ein hastiger Schriftzug, am Ende langgezogen und schludrig. Der Agha zog das Blatt weg, und ein Lächeln legte sich auf sein Gesicht. Dann gab er mir eine Zigarette und sagte träge: „Gott möge dir Glück schenken. Hättest du dieses Papier früher unterschrieben, wärst du schon vor vier Jahren aus dem Gefängnis gekommen. Aber man muss für jede Lehre bezahlen!"

Ohne ein Wort zu sagen, schüttelte ich den Kopf. Der Agha, den ich jetzt vor mir sah, war ein anderer als der, den ich während der letzten fünf Jahre gekannt hatte. Mit seinem kleinen Bauch, der über dem Gürtel hervortrat, erschien er mir dicker als sonst, seine Hand war weisser und schwerer. Und während all der Jahre hatte ich das Muttermal mitten auf seinem Hals nicht bemerkt.

Was sie jetzt wohl über mich sagen?

Am frühen Abend wird das „Fest" beginnen, wie in der Vergangenheit auch. Es wird still werden im Gefängnis, und der Agha wird nach der langen Mittagsruhe prächtiger Laune sein.

Das letzte Mal, als Nadschîb dieses verfluchte Papier unterschrieben hatte, liess uns der Agha zusammenkommen. In der Hand hielt er einen kleinen Stab. Ich vermutete, er sei aus Holz; als er jedoch zu Boden fiel, hörte ich sein metallenes

Klirren. Der Agha sass hinter seinem Schreibtisch, und genau über ihm hing die grüne Lampe, in deren Licht das Zimmer kalt erschien. Er betrachtete uns lange und liess seine Blicke von einem zum anderen wandern. Nachdem er unsere Gesichter einer genauen Prüfung unterzogen hatte, nickte er Amdschad zu und sagte: „Komm näher, Süsser! Lies laut vor, was auf diesem Blatt Papier steht!"

Amdschad stolperte, als er auf das vor ihm ausgebreitete Blatt zuging, und durch sein Erröten und das grüne Licht im Raum nahm sein Gesicht eine violette Farbe an. Kaum hatte er die ersten Worte gelesen – „Ich, Nadschîb Sâlim, unterschreibe aus freiem Willen" –, veränderte sich seine Stimme; er krümmte sich vor Schmerzen und hätte dem Agha das Blatt fast zurückgegeben. Er hielt es ein wenig von seinen Augen weg und schüttelte den Kopf, aber der Schrei des Agha liess ihn erzittern. „Lies, du Hund, lies mit lauter Stimme!" brüllte er, während er hinter seinem Schreibtisch hervorsprang. Amdschad zögerte einen Augenblick, als wollte er sich widersetzen, aber der heftige Stoss vom Stab des Agha, der sich in seine Brust bohrte, liess ihn fortfahren.

Doch das genügte dem Agha noch nicht. Er liess uns alle, einen nach dem anderen, lesen. Als wir fertig waren und er sich umdrehte, um wieder hinter seinem Schreibtisch Platz zu nehmen, verspürte er ein offensichtliches Vergnügen. Wieder betrachtete er uns und fragte mit seiner trägen, dünnen Stimme: „Wer wird jetzt unterschreiben?"

Als wir in Schweigen verharrten, nickte er vertrauensvoll und fuhr fort: „Alle folgen diesem Weg, wenn nicht heute, dann morgen. Ihr werdet die Verlierer sein. Ihr werdet unterschreiben, bald, und dann im Gefängnis bleiben. Aber jetzt, wer jetzt unterschreibt, wird aus meinem Büro direkt auf die Strasse treten. Ich werde ihm sogar seine Kleider nach Hause schicken! Unterschreibt ihr? Unterschreibt jemand?"

Unser Schweigen missfiel ihm. Er schlug mit seinem Stab auf die Tischkante und stand auf. Dann kam er auf uns zu, ging um uns herum und lehnte sich dann mit dem Rücken gegen den Schreibtisch. Nun richtete er das Wort an mich: „Hör mal, du gottverdammtes Schielauge! Wir hatten viele wie dich hier, grösser noch als du, und alle haben klein beigegeben. Lass den Starrsinn und unterschreib!"

Ich antwortete nicht und sah ihn nicht an. Dann wandte er sich wieder Amdschad zu: „Und du, du Pfefferminzstengel, du Muttersöhnchen, willst du nicht unterschreiben?" Und in verändertem Tonfall: „Deine Mutter ist generös und spendabel. Sie kommt jeden Tag zum Gefängnis und jammert: ‚Er ist noch klein, er versteht nichts; diese Schurken haben ihn da reingezogen, ja, sie haben ihn darin verstrickt. Bei der Ehre des Propheten, lasst ihn frei, möge Gott dein Leben verlängern, lasst ihn frei!'" Dann wieder in seinem früheren Tonfall: „Wenn du unterschreibst, werde ich es sein, der für dich und dein liebes Mütterchen einen Hammel schlachtet!"

Und Ibrahîm und Sâmi und Asîs ... Der Agha liess keine Beleidigung aus. Er benutzte alle Schimpfworte, die er kannte. Als ich ihn vor fünf Jahren zum ersten Mal gesehen hatte, schien er mir kaum einen Gruss erwidern zu können, so schüchtern war er mit seiner zarten Stimme und seinen unruhigen Augen. Jetzt aber glich er in seiner polternden Art eher einem Schieber oder Zuhälter.

Hatte er die Schimpftiraden satt, befahl er uns, uns auf den

Boden zu setzen, und traktierte uns mit seinen Schuhen. Er stellte seinen Fuss von hinten auf Ibrahîms Nacken und trat mit seinem ganzen Gewicht auf ihn. Seinen anderen Fuss liess er in der Luft schweben. Und Asîs, der am Anfang der Reihe sass, stiess er so heftig, dass dieser erst gegen uns prallte und dann aufs Gesicht fiel.

Jetzt macht sich der Agha fertig ... Er verlässt das Büro vor zwei Uhr und kommt um fünf zurück. Kurz nach fünf wird das Fest beginnen, dessen Hauptperson dieses Mal ich sein werde. Er wird ihnen sagen: „Hundertmal habe ich euch gesagt: Ihr werdet unterschreiben, einer nach dem anderen! Wieviele sind von euch noch übrig? Wer kommt morgen dran? Amdschad, sprechen wir morgen oder übermorgen die Fâtiha für deine Seele? Und du, Ibrahîm? Mein kleiner Ibrahîm, mein Augenlicht! Sei mutig, Amdschad, damit sie dir auf dem grossen Platz eine Statue errichten! Ibrahîm, wer kümmert sich um die vier Mädchen und ihre Mutter, wenn du draufgehst? Das solltest du nicht tun, du Held! Härtere als du haben schon unterschrieben. Und du, wie lange noch?"

Seiner Ansicht nach war ich der Starrsinnigste von uns. Mehr als einmal versuchte er sich an mir: „Unterschreib, und du wirst es mit eigenen Augen sehen! Um sicher zu gehen, kannst du im Gefängnis bleiben, bis sie unterschrieben haben ... Wenn sie deine Unterschrift sehen, werden sie sich nicht mehr lange weigern, da bin ich ganz sicher. Hör mir zu, Radschab, ich gebe dir als Bruder einen Rat: Du hast viel ausgehalten, lass das jetzt andere tun! Sei nicht verrückt!"

Die Decke drehte sich. Das ist nicht mehr mein Zimmer. Das Bett habe ich noch nie gesehen, ich habe noch nie darin geschlafen. Alles hat sich verändert. Nein, ich bin es, der sich verändert hat.

Gestern um diese Zeit war ich ein anderer Mensch; bis sechs Uhr war ich stark, nein, bis einige Minuten vor sechs. Ich schaute auf die Uhr und wünschte mir, dass sie der einzige Zeuge für mein Ende wäre. Trotz ihres Gesäusels waren sie feindselig, alle vier. Allein die Uhr war neutral. Vier Minuten vor sechs, fünf Minuten, gestern um diese Zeit war ich noch stark. Sicher, ich hatte es ihnen einige Tage vorher zugesagt, aber wer hätte mich daran hindern können, es wieder zurückzunehmen?

Um zwölf Uhr assen wir zu Mittag; sie hatten das Mittagessen ein wenig früher als sonst gebracht. Ich legte den Kebab zwischen das Brot und begann zu kauen. Das Essen war köstlich. Aber als ich zurückkehrte – ich hatte gerade eingewilligt zu unterschreiben –, konnte ich meine Hand nicht mehr ausstrecken, um zu Ende zu essen; der Kebab war kalt und klebrig. Sie waren schon fertig mit dem Essen und sahen mich lange an. Ibrahîm fragte: „Du warst lange weg, sehr lange! Was ist passiert?“

Alle schauten auf mich. Sie erwarteten, dass ich diese verfluchten Worte aussprach. Ich weiss nicht wie, aber ich antwortete: „Eine Unterredung mit dem Arzt.“

„Mit dem Arzt? In der Mittagszeit?“ fragte Asîs, während er den Teller wegschob und sich zu mir umdrehte.

„Meine Gesundheit ist ruiniert. Ich kann nicht mehr!“ antwortete ich und versuchte, beherrscht zu wirken.

Dann schwiegen wir. Alle ausser Amdschad kehrten zu ihren Gedanken zurück. Er ging zum Eimer und pinkelte. Mit ängstlichen Augen sah er mich an, als hätte er etwas gespürt. Es war mir unmöglich weiterzuessen. Als ich den Teller aufnahm, um ihn an die Tür zu stellen, fiel er mir aus der Hand. Hatte meine Hand gezittert? Hatte mein Gesicht mich verraten?

Als der Agha das Blatt Papier zusammenfaltete, sagte er deutlich: „Das Fest wird erst sechs Stunden, nachdem du das Gefängnis verlassen hast, beginnen – wie immer!"

Die ganze Nacht konnte ich nicht schlafen. Drei oder vier Mal sah ich Amdschad wie ein Wolf seinen Kopf heben und zu mir herüberschauen. Doch er sollte nicht bemerken, dass ich die Augen offen hatte. Ich war ein alter Wolf, der ein Auge schliesst und das andere öffnet. Immer wieder drehte ich mich, um seiner Beobachtung zu entgehen. Beim vierten Mal kam er nahe an mich heran, um meinen Atem zu kontrollieren. Er sagte immer: „Ob jemand schläft, kann man nur an seinem Atem feststellen. Ein Schläfer atmet gleichmässig."

Wenn er nicht schlafen konnte und mit einem Menschen reden wollte, stieg er über unsere Köpfe hinweg und betrachtete im elektrischen Licht die Gesichter. Wenn er uns schlafend fand, setzte er seinen Weg fort und hockte sich vor die verschlossene Eisentür. Bemerkte er jedoch jemanden von uns, dessen Atem unregelmässig ging, rüttelte er ihn leicht, bis er aufwachte. Dann sagte er freundlich: „Wir werden noch lange schlafen. Tod und Schlaf sind sich sehr ähnlich. Der einzige Unterschied zwischen ihnen ist, dass der erste lang, der zweite nur kurz währt. Willst du nicht aufstehen, damit wir noch etwas länger leben können?"

In dieser Nacht sandten ihre Augen Feuer aus. Irgendwie spürten sie, dass etwas geschehen war. Sie spürten es durch ihre Angst, durch ein Summen in den Ohren, möglicherweise aber auch durch die Trauer, die plötzlich entstanden war. Wie ein schwerer Schatten hatte sie sich über uns gelegt. Wir verloren die Fähigkeit zu sprechen. Ich wollte schreien, mich auf Amdschads Schulter fallen lassen und weinen, aber ihre feuerspeienden Augen durchtrennten die letzten gemeinsamen Gedanken, die es hätten rechtfertigen können, dass ich lachte, weinte oder ihre Hände nahm und sie als letzte Geste drückte. Als Ibrahîm in den Eimer pinkelte, fragte er, ohne sich zu mir umzudrehen: „Radschab, haben sie dir neue Medikamente gegeben?"

Warum erinnerte sich Ibrahîm an meine Krankheit, während er pinkelte? War es das chronische Brennen des Urins, das ihn schmerzte? Eine rätselhafte Verbindung zwischen Urin und meinem Ende? Auf jeden Fall gingen ihm gefährliche Gedanken durch den Kopf, warum sonst hätte er so gefragt? Vielleicht würde er ja etwas unternehmen!

„Die Medikamente nützen nichts", sagte ich zu ihm, „ich bin am Ende, Ibrahîm!" Ohne seine Hose zu schliessen, kam er auf mich zu und sah mich mit einem Blick an, der von seinem Inneren abgeschnitten zu sein schien und sich in seinen Augen nur wie durch einen rostigen, blinden Spiegel hindurch zeigte. Ich senkte rasch die Lider, damit er die Wirkung seiner Worte in meinen Augen nicht bemerkte. Und Amdschad? Er sah uns flüchtig an, schlug mit den Füssen gegen die Wand und streckte sich dann aus.

Die letzte Nacht war hart wie eine Totgeburt. Meine Armbanduhr blieb stehen, wurde zu einem schwarzen, unbeweglichen Stein, der das Ende ankündigte. Ich wurde so sehr von Angst gepackt, dass ich schon glaubte, sie würden mich nicht am Leben lassen. Ich stellte mir vor, dass sie mich umringen und töten würden, sollte ich nur einen Augenblick schlafen.

Um Amdschads Gedanken zu erforschen, fragte ich ihn: „Hast du noch immer Probleme mit dem Schlafen?"

Er lächelte traurig und nickte.

„Wie früher, oder ist es schlimmer geworden?"

„Es hat sich nichts geändert."

Amdschad war nicht so naiv, wie ich mir vorgestellt hatte. Er wusste, dass ich mich verändert hatte, und er wäre der erste gewesen, der meinen Hals umschlossen hätte. Er bekämpfte seine Ängste mit Schlaflosigkeit, mit Radikalismus; wäre er nur einen Augenblick nachsichtig mit sich selbst, würde er zusammenbrechen. Er wollte nicht sagen, welche Gedanken in seinem Kopf loderten. Radikalismus ist der Anfang vom Ende, dachte ich.

Wieder sah ich von einem Gesicht zum anderen. Warum strahlten ihre Augen mit dieser Intensität? Es waren nicht dieselben Augen, die mich in den Nächten des Winters und des Sommers beruhigt hatten. Sie ähnelten eher den Augen der Wächter: misstrauisch, frech, feindselig.

Issmats Worte legten sich wieder um meinen Hals wie ein geflochtener Strick, ich konnte mich jetzt an alles erinnern! Nachdem Nadschîb aufgegeben hatte und wir vom letzten „Fest" zurückgekehrt waren, sprach Issmat die Silben auf geheimnisvolle Weise aus; die Worte selber aber waren klarer als alle Silben, aus denen sie sich zusammensetzten. Lange sah er in unsere Gesichter, sein Blick war grausam und hasserfüllt. Er schüttelte Amdschad an der Schulter und schrie: „Du hast ihn verteidigt! Tausendmal habe ich euch gesagt, dass er ein Verräter ist. Jetzt habt ihr es mit eigenen Augen gesehen: Er hat die Unterschrift nicht nur auf das Dokument gesetzt, das sein eigenes Ende bescheinigt, nein, er hat unser aller Ende damit unterzeichnet. Und wer weiss, was er ihnen alles erzählt hat! Und was ist mit den Papieren?"

In jener Nacht trennten wir uns von den Papieren; wir verbrannten sie neben dem Klosetteimer. Ich hielt Wache und beobachtete die Aussentür, um sie zu warnen, falls jemand käme. Wir hatten ausgemacht, dass jedes Papier einzeln verbrannt werden sollte. Würden die Wächter kommen, wollten wir sie im Eimer versenken: Nur so konnten wir verhindern, dass sie gelesen wurden. Ibrahîm sah auf den Eimer: „Das brennt zur richtigen Zeit! Kommt her und pisst, pisst für mich und für euch, damit wir die Papiere hineintauchen können, wenn der Teufel kommt!"

Issmat konnte sich nicht beruhigen; an keiner unserer Aktionen beteiligte er sich. Bis spät in die Nacht krochen seine Beschimpfungen in unsere Ohren. Seine Fäuste ballend, wiederholte er unermüdlich: „Hätte ich das gewusst, ich hätte ihn umgebracht! Ich hätte ihn ganz einfach umbringen können, ich hätte ihm nur das Kopfkissen auf sein Gesicht drücken und mich mit dem ganzen Gewicht draufsetzen müssen, bis er krepiert wäre!" Nervös gestikulierte er mit den Händen, schlug gegen die Wand, und in seine Stimme mischte sich trauriger Zorn: „Mit diesen beiden

Händen könnte ich ihn erwürgen. Jetzt betrinkt er sich. Er hat uns verkauft! Ah, wenn ich es rechtzeitig gewusst hätte, ich hätte ihn umgebracht!"

Issmat meinte alles ernst, was er sagte. Einmal hat er den Wächter aufgefordert, den Obersten Wachhabenden zu rufen. Der Wächter weigerte sich, und Issmat wiederholte seine Aufforderung. Als er sich abermals weigerte, sahen wir plötzlich, wie Issmat ihn kräftig in den Bauch trat, so dass er ohnmächtig zu Boden fiel. Für diesen Fusstritt bezahlten wir alle mit einundzwanzig Tagen Einzelhaft.

Ein anderes Mal hatte Issmat dem Obersten Wachhabenden ins Gesicht gespuckt. Eine Kakerlake aus den Bohnen auf seinem Teller in die Höhe haltend, rief er: „Ist das eure Fleischbeilage, ihr Schweine?" Er wartete keine Antwort ab, sondern spuckte ihm ins Gesicht. Der Speichel rann herab bis zum Orden auf seiner Brust, dem Stolz aller Wächter. Fünfundvierzig Tage blieb Issmat in der Isolierzelle.

Hatte Issmat früher jemanden getötet? Wie verbanden sich diese widersprüchlichen Seelen in seinem Körper? Er lachte wie ein Kind, ass wie ein hungriges Tier. Wenn ein Hungerstreik begann, behandelte er uns hundertmal härter als die Wächter. Er drohte, schimpfte und setzte sich vor die Eisentür. Wie Abfall türmte sich das Essen auf. Streckte aber einer von uns die Hand nach einem Fladen Brot aus, packte er sie und schüttelte sie so lange ausserhalb der Gitterstäbe, bis das Brot herabfiel.

Wenn sich Issmats Hände um meinen Hals legten, würden meinem Mund wie einem erstickenden Vogel nur noch ein paar kurze Schreie entfahren. Es würde nicht lange dauern, mein Hals würde sich krümmen, und ich würde niedersinken. Seine Hände sind stark. Er prahlt nicht wie Ibrahîm, aber niemand wagt es, ihm zu nahe zu kommen.

Einmal hat Ibrahîm versucht, seine Kräfte mit ihm zu messen. Issmat lachte, und nicht mal die Zigarette in seiner Hand zitterte. Ibrahîm aber lief rot an, er schrie, und mit seiner schlaffen Hand fielen auch einige Schweisstropfen herab.

Diese Nacht wird niemand schlafen. Es ist die Nacht, in der das Ende mit einem grossen Fest gefeiert wird. Die Zeit verliert ihre Bedeutung, die Gedanken verwandeln sich in einen ununterbrochenen, lärmenden Regenguss, wie er im Winter niedergeht. Waren die Atemzüge in jener Nacht wirklich regelmässig?

Versicherte sich Amdschad, als er zum Eimer ging, dass ich schlief und er das Zeichen zum Töten geben könne? Er schwankte im Gehen. Hielt er die Lider geschlossen, um sich sogleich wieder dem Schlaf hinzugeben? Oder sollte ich mich in Sicherheit wiegen und schlafen, damit der Mord beginnen konnte?

Issmats Schnarchen klang ungleichmässig wie das Rattern einer defekten Maschine. Lange beobachtete ich ihn: Mal schnarchte er ruhig, dann wieder nicht. Kann der Mensch bewusst schnarchen, selbst wenn er schläft? Wird Issmat nicht aufstehen, wenn die Hand, die das Zeichen geben soll, ihn rüttelt? Nicht einen Augenblick konnte ich schlafen. Wie durchgegangene Pferde türmten sich die Vorstellungen in meinem Kopf, der Gedanke an den Tod beherrschte mich. Issmat wird ohne Zögern aufstehen, um seine Pflicht zu erfüllen. Doch dann dachte ich entschlossen:

Ich lasse sie ihren Plan nicht ausführen, ohne zu schreien, ohne zu protestieren. Ein leiser Schrei, ein einziger Schrei in dieser stillen Nacht lässt Steine erwachen. Die Wächter sind nicht weit entfernt. Sie werden hier sein, bevor ich tot bin. Sogar wenn sie sich verspäten, werden sie noch rechtzeitig erscheinen! Ein Mensch stirbt nicht innerhalb weniger Sekunden. Das Herz kann mit letzter Kraft kämpfen, es kann warten. Und die Wächter? Bevor das Echo meines Schreis widerhallt, werden sie über unseren Köpfen stehen; sie warten darauf, sie sind darauf gefasst. Der Agha hat ihnen sicher etwas gesagt, sie sind jetzt wachsamer als sonst. Wenn ich sterbe, werden sie alle eingelocht, sie werden für meinen Tod verantwortlich sein!

Zu Beginn des Winters ist die Nacht lang, sehr lang. Eine Stunde einer Winternacht zieht sich länger hin als zehn Stunden im Sommer. Warum sonst war die Dunkelheit draussen so dicht? Warum diese aussergewöhnliche Stille, die weder durch das Geräusch der Kakerlaken noch durch das Husten in der benachbarten Baracke zerrissen wurde? Eine geheimnisvolle Art der Wahrnehmung legte sich über das Gefängnis, in Erwartung des Endes eines Menschen. Würde es mein Ende sein?

Aber es ist noch nicht zu Ende mit mir!

Doch, es ist zu Ende. Ihre Augen hatten gelacht, als sie den Agha das Papier zusammenfalten sahen, das mein Ende besiegelte. Die Worte des fremden Mannes, der mir die Zusammenarbeit mit ihnen vorgeschlagen hatte, bedeuteten mein Ende. Nein, ich bin nicht am Ende, es war die Krankheit, die mich tötete. Ich möchte mich eine Zeitlang erholen, ich kann nicht mehr. Der Mensch besitzt nur eine begrenzte

Fähigkeit zu leiden, dann geht er zugrunde. Und ich? Kann jemand bestreiten, was ich in den letzten fünf Jahren ertragen habe? Wer von euch hat so viel erduldet wie ich? Ich fordere euch alle heraus! Sag, Issmat, hast du mehr ertragen als ich? Die Schläge, die Isolationshaft, das kalte Wasser mitten im Winter, an der Decke aufgehängt und am Schlafen gehindert zu werden. Wir alle haben viel ertragen. Vielleicht hast du mehr gelitten, als du dort hingst, du hast einen Tag länger gehangen. Das ist nicht meine Schuld, es war mein Körper, der es nicht mehr aushielt. Mehrmals wurde ich ohnmächtig, das letzte Mal genügten weder kaltes Wasser noch Schläge, um mich wieder wach zu bekommen, mich aus der Ohnmacht zu holen, in die ich gesunken war. Issmat wog mehr als achtzig Kilo, ich aber habe in meinem Leben sechzig Kilo nie überschritten. Was kann ich tun, wenn mein Körper zerfällt? Meine Willenskraft ist nicht zusammengebrochen, an keinem einzigen Tag! Ich habe mehr ertragen als sie, und sie wissen das ganz genau. Sie erinnern sich an jenen Abend, es war ein Freitag, der wöchentliche Besuchstag. Meine Schwester kam, und meine Tante. Meine Mutter aber kam nicht, es war das erste Mal, dass sie fortblieb. Sie sagten kein Wort. Ich fühlte es, schreiend fragte ich nach ihr. Plötzlich begann meine Schwester zu weinen, und da wusste ich alles!

Meine Mutter litt seit langem an zu hohem Blutdruck. Mehrere Male hatte ich zu ihr gesagt: „Komm mich nicht mehr besuchen, ich möchte nicht, dass du mich so siehst!" Sie aber hatte nur gelächelt; sie hatte nicht geantwortet und besuchte mich auch weiterhin.

An jenem Abend fühlte ich mich so allein, ich glaubte, es nicht mehr ertragen zu können. Sie haben meine Mutter umgebracht, sie haben sich in ihren Verstand und in ihr Herz gebohrt, bis sie sie getöten hatten.

Viele Tage schlief ich nicht. Ich kauerte da wie ein Vogel, in mich versunken, verspürte heftige Schmerzen im Magen und übergab mich mehrmals, so dass der Agha mich für eine leichte Beute hielt. Während ich krank war, schlug er mir vor, zu unterschreiben und das Gefängnis sofort zu verlassen. Innerlich spuckte ich auf ihn, während ich mich vor Schmerzen krümmte. Dann antwortete ich grob: „Lieber werde ich sterben als unterschreiben!"

Er nickte zuversichtlich und befahl dem Obersten Wachhabenden, mich ohne Behandlung in die Baracke zurückzubringen.

Keinem von ihnen ist die Mutter gestorben. Meine Mutter war die einzige, die während meiner Gefangenschaft starb. Nein, ich leugne nicht, dass zwei von uns schon lange vor ihrer Verhaftung keine Mutter mehr hatten, seit einer Zeit, an die sie sich nicht erinnern können. Die anderen aber wärmten sich an dieser wunderbaren Sehnsucht, wenn sie an ihre Mütter dachten.

Sie waren sicher, dass die Gefangenschaft eines Tages enden und sie in ihr Zuhause zurückkehren würden, das von der Wärme der Mütter erfüllt war. Mütter bedeuten etwas Aussergewöhnliches, etwas, das diejenigen besser kennen, die ihre Mutter verloren haben.

Ein Jahr nach dem Tod meiner Mutter gab Huda auf. Sie war für mich die stärkste Hoffnung gewesen, die mich an die Welt der Freiheit gebunden hatte. Ich stellte sie mir immer als die Heldin aus den Sagen vor, die niemals des Wartens überdrüssig wird. Doch sie wartete nicht. In ihrem letzten Brief schrieb sie mir: „Ich bin gezwungen, ja zu sagen, Radschab. Aber ich werde die Erinnerung für immer bewahren."

Was nützt die Erinnerung, Huda? Wärmt sie den Gefangenen, der nur von der Stunde der Freiheit träumt? Entrinnt er den langen Nächten des Gefängnisses, um dann in Kälte und Leere zu sinken?

Sie kannten meine Beziehung zu Huda, jeder kannte sie. Im Gefängnis gab es keine Geheimnisse. Ihre Briefe lasen sie nie, aber jedesmal, wenn ein Brief kam, stellten sie mir viele Fragen. Es war Anîssa, die wusste, wie man Briefe schmuggelte. Sie steckte sie in die Umhüllung des Essenstopfes, unter die Zigaretten, in die Hackfleischbällchen. Und ich wartete, krank vor Ungeduld. Wenn ein Brief kam, wurde ich nicht müde, ihn zu lesen, bis der nächste kam. Sorgfältig bewahrte ich sie auf, und nachts küsste ich sie. Wie ein geheiligtes Amulett legte ich sie unter mein Kopfkissen. Und wenn wir von Zeit zu Zeit gezwungen waren, unsere Briefe und Papiere aus Angst vor Übergriffen und Durchsuchungen zu verbrennen, brannte mit den Briefen auch meine Seele. Ich wünschte mir, geschlagen zu werden oder in Einzelhaft zu kommen, ich hätte auch alle Gefängnisklos geputzt, nur um ihre Briefe behalten zu dürfen. Das aber schien unmöglich, und so war ich gezwungen, an dem Feuerfest teilzunehmen, das alle zwei Wochen unerwartet stattfand.

Ich habe Huda verloren, weil ich im Gefängnis war. Wäre ich frei gewesen, hätte ich nicht jahrelang gewartet, sondern zu ihr gesagt: „Lass uns heiraten, Huda." Und wir hätten geheiratet! Wäre ich frei gewesen, hätte niemand von ihrer Familie protestieren oder etwas gegen uns sagen können.

Was aber willst du ihnen erwidern, wenn du dazu verurteilt bist, die nächsten elf Jahre hinter den Mauern dieses Gefängnisses zu verbringen? Kann man jemandem zumuten, so lange Zeit zu warten? Kann sich ihre Familie damit abfinden? Ihre Mutter wusste von unserer Beziehung, aber wie alle Mütter wünschte sie sich für ihre Tochter ein Leben, wie es ein Gefangener ihr nicht bieten konnte. So ist Huda fortgegangen und hat geheiratet. Oft habe ich mich bei meiner Schwester nach ihr erkundigt, aber sie antwortete nur flüchtig und gereizt, als erwähnte sie ihren Namen nur ungern.

Ich war der einzige von ihnen, der eine Beziehung dieser Art mit der Aussenwelt hatte – und ich habe sie verloren. Und die anderen? Drei waren verheiratet und hatten Kinder, drei kannten die Welt der Frauen überhaupt nicht. Walîd konnte nicht einmal unsere Gespräche über dieses Thema ertragen. Wie ein Verrückter schrie er, wenn er irgend jemanden über die reiche, wunderbare Welt der Frauen sprechen hörte: „Gefängnis und Frau gehören nicht zusammen. Der Zusammenbruch des Gefangenen beginnt, wenn ihn der Gedanke an eine Frau beherrscht. Haltet euch von dieser Krankheit fern, ihr Bullen, kastriert euch, damit euer Leiden ein Ende hat!"

Nach diesem Brief erwähnte ich Huda nicht mehr. In einer Winternacht, nachdem ich den letzten ihrer Briefe erhalten hatte, sagte ich traurig zu ihnen: „Seit heute sind wir vier gegen drei; die kastrierten Bullen sind jetzt in der Mehrheit."

Sie waren betroffen, überrascht. Gegen Abend fragten sie mich nach Neuigkeiten über die Welt draussen, und meinten damit Neuigkeiten über Huda.

„Die Welt da draussen dreht sich immer noch um dieselbe Achse", antwortete ich, „und der Stier wird nicht müde, die Lage der Welt zu verändern, indem er sie von einem Horn aufs andere legt." Mehr fragten sie nicht, und mehr sagte ich nicht. Ich wollte die Qual langsam aufsaugen, um die Süsse und Pein des Verlusts zu spüren!

In der Nacht, als der Regen wie Leuchtfäden in den erhellten Hof fiel, sagte ich nach dem ersten Satz, den ich ruhig wiederholte, als würde ich eine Rede halten: „Ich bitte euch, mich ab heute nicht mehr nach Huda zu fragen. Sie ist wie alle anderen Frauen geworden." Dann schwieg ich einen Augenblick und nahm den Schmerz mit überwältigender Süsse in mich auf. Ein Lächeln versuchend, fügte ich hinzu: „Sie hat geheiratet, das heisst, noch nicht ..., sie wird bald heiraten."

Amdschads Augen traten vor Angst und Erstaunen hervor. Er wollte etwas sagen, aber um alle weiteren Fragen zu unterbinden, fügte ich hinzu: „Ich bitte euch, mich nie mehr nach ihr zu fragen, für mich existiert sie nicht mehr."

Issmat lachte wie ein Kind, und um die Stimmung zu verbessern, sagte er: „Beileidsbekundungen werden von den Männern an Samstagen und Sonntagen, von den Frauen am Montag entgegengenommen."

„Nun bist du ein guter Stier geworden", triumphierte Ibrahîm, „du solltest diese Eigenschaft dein ganzes Leben lang nicht aufgeben."

„Hätte meine Frau an eine Scheidung gedacht, wäre ich

seit drei Jahren geschieden", fügte Issmat ausgelassen hinzu, „und meine Kinder hätten von einem anderen Bullen Geschwister!"

Sie spotteten und ich litt. Sie hatten ihre Frauen nicht verloren, nicht dieses wunderbare, angespannte Warten. Eines Tages würden sie nach Hause kommen und ihre Söhne sehen, die noch klein waren, als sie sie verlassen hatten; die aufwuchsen und Gewohnheiten annahmen, von denen niemand weiss, woher sie kamen. Ja, ihre Kinder werden gross sein, die Kleinsten älter als elf Jahre. Auf den Wangen der Grossen wird der Bart spriessen, und sie werden mit den jungen Mädchen flirten. Und ich, wer wird mich erwarten?

Ich hatte viel ertragen. Ich zog mich im mich selbst zurück und begann, Huda zu bekämpfen, die an mir zu haften schien. Ich weiss nicht, warum ich mich – fast zwanghaft – immer wieder bei Anîssa nach ihr erkundigte. Nahezu jedesmal, wenn sie mich besuchte, fragte ich sie und erhielt die immergleichen Antworten: „Sie hat geheiratet; sie hat geheiratet und ist dann verreist; sie ist von der Reise zurückgekehrt, und ich habe sie nur flüchtig gesehen. Es scheint, dass Huda ein angenehmes Leben ohne Probleme bevorzugt!"

„Hat sie dir nichts gesagt? Hat sie dir keinen Brief mitgegeben?"

Anîssa lachte traurig. Sie schüttelte den Kopf und fragte schnell etwas anderes, damit ich aufhörte, über Huda zu sprechen. Auch nachdem Huda geheiratet hatte, hielt ich weiterhin stand, jahrelang. Aber die verfluchte Krankheit hatte kein Erbarmen!

Ich hörte das Knarren der Tür. Schnell schloss ich die Augen, um weiterhin die süsse Qual zu kosten. Ich wollte niemanden sehen, nichts hören. An den leichten, katzenhaften Schritten bemerkte ich, dass Anîssa das Zimmer betreten hatte; ich spürte, wie ihr Atem näherkam. Ich murmelte vor mich hin und drehte mich um. Lange blieb sie über mir stehen. Ihre Blicke verbrannten mich. Ich hätte gern gesehen, wie sie mich anschaute, ohne die Augen zu öffnen. Glitt ein trauriges Lächeln über ihre Lippen? Betrachtete sie mich wie ein wirkliches Wesen, das anderen Menschen gleicht? War der Zusammenbruch deutlich auf meinem Gesicht zu sehen?

Anîssa wollte auf dieser Welt nur eines: mich vor sich haben, sehen, dass ich da war, ohne nach dem Grund meiner Anwesenheit zu fragen.

Anîssa hat von Mutter ihre Schwächen geerbt – meine Mutter vererbte nur ihre Schwächen. Wir beide sind schwach, nur Mutter war stark. Aber sie hat ihre Stärke mitgenommen; sie ist von uns gegangen und hat nichts als Schwäche zurückgelassen.

Während der letzten Besuche hatte Anîssa auf eine Art mit mir gesprochen, die mich meine Krankheit stärker fühlen liess als früher. Sie weinte, strich mir ängstlich über die Wange, nahm meine Hände in die ihren und sah sie lange an. Es war Anîssa, die mein Leben zerstörte. Sie verwandelte meine letzten Tage im Gefängnis in eine Hölle. Sie berichtete mir über das Elend der Aussenwelt und über ihr Ende: „Bâssil ist irrsinnig geworden, er läuft nackt durch die Strassen. Châlid hat nach den Schlägen ein Auge verloren, sein zweites Auge ist auch verletzt. Und Muchsin, erinnerst du dich an Muchsin? Er ist jetzt gelähmt. Als seine Mutter sah, wie sie ihn ins Haus trugen, fiel sie tot um! Anwar, Abdalkarîm und Nadschîb leben jetzt in Freiheit. Anwar hat vor zwei Monaten geheiratet; er hat die Politik ganz aufgegeben. Nadschîb möchte sein Studium fortsetzen; vor einigen Tagen kam er bei uns vorbei und bat mich, dir zu sagen, dass du Vernunft annehmen sollst. Alle haben aufgegeben!"

Anîssa bewahrte die Geschichten von der Welt draussen in ihrem Gedächtnis, um sie mir zu berichten. Mehrere Monate war sie zornig auf mich. In verletzender Weise hatte ich zu ihr gesagt: „Anîssa, wenn du mir bloss diese Geschichten erzählen willst, dann brauchst du nicht mehr zu kommen!" Doch sie kam, schaute mich schweigend an, und manchmal weinte sie. Wenn sie die Hand nach meinem Gesicht ausstreckte, um sich der Festigkeit des Fleisches zu vergewissern, schob ich sie gereizt beiseite und sagte: „Ich bin Radschab, aus Fleisch und Blut, und alle meine Glieder sind heil und echt."

Sie hörte mir zu und weinte. Und dann fing sie wieder mit ihren Geschichten an. Sie begann mit trivialen Dingen, mit denen sie nichts Bestimmtes sagen wollte; nach einer Weile aber kehrte sie wieder zu diesen deprimierenden Berichten zurück: „Nimm Vernunft an, Radschab. Vielleicht hast du von der Gerichtsverhandlung letzte Woche gehört. Sie haben die Haftzeit für Dschâbir und Assaad verdoppelt, nachdem rauskam, dass sie Verbindungen nach draussen hatten."

Ich besänftigte sie mit einem Kopfnicken, einem Lächeln, einem flüchtigen Wort, sie aber liess nicht locker.

„Radschab, Gott möge dich schützen! Hör mir zu und nimm es mir nicht übel; du bist älter geworden und vernünftig, du kannst selbst beurteilen, was gut für dich ist. Nuumân hat sich umgebracht; aber man erzählt sich, dass sie ihn ermordet haben. Sie haben ihn nach einem Fluchtversuch getötet. Nimm Vernunft an, Radschab!“

In den letzten drei Monaten hatte sich Anîssas Ton verändert: „Hâmid hat den Polizeidirektor angerufen und ihm gesagt, dass dein Gesundheitszustand so schlecht ist, dass du eine Behandlung im Ausland brauchst. Sie haben abgelehnt und gesagt, die einzige Lösung sei, dass du dich verpflichtest, die politische Tätigkeit aufzugeben. Hâmid hat ihnen nichts geantwortet. Was hältst du davon?“

„Aber Anîssa, mein Gesundheitszustand ist nicht so schlecht!“

„Wenn du dich selbst im Spiegel sehen würdest: du bestehst nur noch aus Haut und Knochen, deine Augen sind gelb, deine Lippen blau. Wirklich, wenn du dich nur sehen könntest!“

„Ich brauche nur Wärme, um gesund zu werden, und dafür habe ich warme Kleidung!“

„Gesund werden heisst, dass du ein Haus hast, ein geordnetes Leben führst, regelmässig isst und schläfst. Hier im Gefängnis gibt es nur Quälerei und Kälte. Du weisst das alles besser als ich!“ Eine Weile schwieg sie, dann fragte sie von neuem: „Hâmid möchte wissen, was er dem Polizeidirektor sagen soll?!“

„Ich habe von Hâmid nicht verlangt, dass er sich mit irgend jemandem in Verbindung setzen soll.“

„Aber ich habe es von ihm verlangt, ich habe ihn darum gebeten.“

„Spar dir die Mühe, ich brauche nichts.“

„Denk darüber nach! Hâmid kann das Gespräch mit dem Polizeidirektor noch um eine Woche verschieben."

„Anîssa, ich brauche nichts. Wenn du kannst, bring mir bitte ein wollenes Unterhemd; das ist alles!"

Anîssa hatte meine Welt in kleine Partikel aufgespalten, verstreut im endlosen All. Einmal brachte sie mich fast um, als sie mir erzählte, Huda hätte schon zwei Kinder. „Vor einem Monat ist das zweite gekommen. Sie hat nach dir gefragt!"

„Ein zweites Kind?"

„Sie haben ihn Adnân genannt!"

„Und der erste – wie alt ist er? Wie heisst er?"

„Ich glaube, der erste ist schon über eineinhalb Jahre, und wenn ich nicht irre, heisst er Râdschi."

„Râdschi?"

„Râdschi!"

„Und was hast du sonst noch für Nachrichten?"

„Bei Gott, ich sehe niemanden! Meine Gesundheit ist ruiniert, und Hâmid kann es nicht mehr ertragen, mich so zu sehen."

„Und Hâmid, was gibt es Neues von ihm?"

„Er fragt, ob du dem Vorschlag des Polizeidirektors zustimmst?"

„Ich hab dir schon tausendmal gesagt, dass ich nicht zustimme. Ihr braucht niemand anzurufen."

„Und deine Gesundheit, Radschab?"

„Ich war beim Arzt, er hat mir ein neues Medikament gegeben."

„Was nützen Medikamente in so einer Umgebung? Die Schläge, die Beleidigungen, die Hinrichtungen!" Tränen traten ihr in die Augen, als sie hinzufügte: „Jeder Tag ist so lang wie ein Jahr, Radschab!"

Von da an begann ich zu fallen. Die Schmerzen breiteten sich wie Feuer in meinem Körper aus. Meine rechte Schulter brannte. Täglich übergab ich mich; mein rechter Fuss war so schwach und so rheumatisch, dass mir das Gehen zur endlosen Qual wurde. Ich befühlte alle meine Glieder, um mich zu vergewissern: Drei Zähne waren verfault und verursachten unsägliche Schmerzen, besonders nachts. Meine Nase war fast immer verstopft. Meine Brust rasselte, und die Zigaretten hatten längst nicht mehr ihren süssen Geschmack. Ein warmes Bett, ohne Alpträume schlafen können, lesen, Schaufenster betrachten, in einem Bus oder einem Zug fahren – all diese Träume begannen mich täglich zu überfallen, an all das dachte ich wie an unerfüllbare Wünsche.

Anîssa liess nicht locker: „Vorgestern habe ich geträumt, dass du aus dem Gefängnis gekommen bist, aber du kamst nicht aufrecht, nein, man brachte dich auf einer Bahre. Stell dir nur vor, seit vorgestern kriege ich kein Essen mehr runter und muss die ganze Zeit heulen. Hâmid ist wütend auf mich geworden und hat mir üble Dinge an den Kopf geworfen!"

Ich schwieg, aber die Welt rollte wie ein Feuerball in meinem Kopf. Gibt es diese Welt wirklich? Gehen die Menschen noch immer ins Kino? Sitzen sie in den Gärten? Und die Autos, fahren sie noch immer durch die Strassen? Und die Verkäufer, die Händler, die Museen? Wie sehr ich mich danach sehnte, in ein Museum zu gehen! Und die Frauen? In einer grossen Stadt gibt es Tausende von Frauen, Zehntausende, jede Frau ist eine Welt aus Ekstase und

Wärme. Werden diese Jahre vorübergehen, werde ich je wieder hier rauskommen? Sieben Jahre, sechs Jahre? Tausende von Tagen sind vorbei, aber das ist noch nicht einmal die Hälfte der Zeit, zu der ich verurteilt wurde. Wird die Haft enden? Werden sie nicht neue Beschuldigungen erfinden und uns dann weitere fünf Jahre sitzen lassen? Sie sind zu allem fähig! Wurde nicht Madschdi einen Tag vor dem Ende seiner ersten Haft zu weiteren drei Jahren verurteilt? Und Osmân? Eine Woche liessen sie ihn draussen, dann kam er wieder, acht weitere Jahre auf dem Buckel!

Die erleuchteten Strassen in der Nacht, die Menschen, Männer und Frauen, alles geschieht draussen ohne Angst. Und die Restaurants? Man kann in jedes Restaurant gehen und alles bestellen, worauf man Lust hat. Zu jeder Stunde kann man essen, bis man satt ist. Wenn einem das Essen nicht geschmeckt hat, ruft man den Kellner, bestellt etwas anderes und gibt ihm ein paar Groschen zusätzlich. Wenn man aber eine Kakerlake findet, wird das Restaurant am nächsten Tag geschlossen. Eine Kakerlake genügt, den Ruf der besten Restaurants zu ruinieren.

Draussen kann man, wann immer man will, auf die Toilette gehen, niemand hindert einen daran, niemand klopft an die Tür und befiehlt einem, sofort herauszukommen. Niemand zwingt einen, die Exkremente im Klosetteimer hinauszutragen, der schaukelt und dann über Kleidung und Hände schwappt.

Ist die Welt draussen wirklich noch vorhanden? Mehrmals bemerkte ich, dass Anîssa mich überlegen liess. Vielleicht sah sie in meinen Augen die Lichter der Strassen, die Gestalten der Frauen, die Pracht der Bäume. Sie liess mich in der Welt umherirren, und um mein Leiden zu vergrössern, rollte ihr eine Träne aus dem Auge. Als sie mich die Spur der Träne verfolgen sah, sagte sie: „Wie lange bleibst du noch hinter Gittern, Radschab? Wie lange bleibst du allein?"

Schau, Anîssa, schau, es ist nicht Radschab, den du jetzt siehst. Radschab ist tot, er hat sein Todesurteil selbst unterschrieben. Der Uhrzeiger näherte sich der sechs, als seine Hand für eine Sekunde zitterte, dann war es vorbei mit ihm. Der Mensch, der nun ausgestreckt auf dem Bett liegt, mit geschlossenen Augen, schweigend, hat nichts zu tun mit dem, der er früher war. Ah, wärst du nicht meine Schwester, Anîssa, und du, Huda, wärst du eine andere Frau, ich wäre nicht gefallen!

Mutter verzog das Gesicht, um ihre Angst und ihr Mitleid zu ersticken: „Hör mal, Radschab, ich bin deine Mutter, und du bist mein Fleisch und Blut. Es gibt niemanden auf dieser Welt, der dich so liebte wie ich. Hör nicht auf die Worte deiner Tante! Was willst du den Leuten sagen, deinen Freunden, morgen, wenn du gestehst und rauskommst? Das Gefängnis geht vorüber, mein Sohn! Öffne ein Auge und schliesse das andere, so vergehen die Tage erhobenen Hauptes. Aber wenn du gestehst, werden alle sagen, du seist ein Verräter. Du kannst niemandem mehr ins Gesicht sehen. Sei vernünftig, mein Sohn!"

Warum bist du gestorben, Mutter? Warum hast du mir die schwache Anîssa als mein Fenster zu dieser Welt zurückgelassen? Hätte ich doch eine andere Schwester!

Und mein Bruder? Er hat mich noch kein einziges Mal

besucht. Aber einmal richtete mir Anîssa Folgendes von ihm aus: „Radschab ist kein Kind mehr. Wir haben ihm tausendmal gesagt, er soll diese kindischen Aktionen unterlassen, aber er hat ja nicht auf uns gehört. Wenn er jetzt verspricht, sich von der Politik loszusagen, ist er mein Bruder, wenn er dies aber nicht tut, kenne ich ihn nicht mehr."

Als ich diese Worte hörte, spuckte ich vor Wut auf den Boden: „Sag Assaad, er ist nicht mehr mein Bruder, ich kenne ihn nicht mehr! Und sollte ich je einmal etwas von ihm verlangen, soll er mich wie einen Hund hinauswerfen. Wenn er aber nur ein Wort über mich sagt, bin ich bereit, mein ganzes Leben an diesem Ort zu verbringen, mit seinem Blut auf meinen Schultern!"

Ich war wütend wie ein Stier, und kaum eine Minute später kehrte ich in die Baracke zurück, obwohl die Besuchszeit gerade erst begonnen hatte.

Seit dieser Zeit war Assaad für mich gestorben. Eigentlich hatte er schon früher für mich kaum existiert. Und Mutter fand ihn niederträchtig und erbärmlich, weil er uns verkauft hatte, als wir noch klein waren – direkt nach Vaters Tod.

Du wirst dich nicht freuen, Assaad. Ja, ich habe dieses verfluchte Papier unterschrieben, aber ich werde dir keine Gelegenheit zur Schadenfreude geben. Du wirst mich nie wieder zu Gesicht bekommen, und auch ich muss dich mein Leben lang nicht mehr sehen!

Als erstes möchte ich morgen Mutters Grab besuchen. Kommst du mit, Anîssa? Nein, ich möchte nicht, dass du mitkommst, führ mich nur hin zu ihrem Grab. Ich möchte dort allein sein, ich werde weinen, ich werde ihr alles sagen.

Ich werde ihr sagen, wie es geschehen ist und warum. Sie ist die einzige, die mich versteht; sie versteht auch ohne Worte, was in meinem Kopf vorgeht. Ich werde Stunden an ihrem Grab weilen. Warum ist sie gestorben? Eine geheimnisvolle, törichte Macht bewegt das Universum, und diese Macht ist es, die mir meine Mutter nahm, zu einer Zeit, da ich sie so sehr gebraucht hätte.

Ich weiss, dass sie stundenlang in der Ecke vor dem Gefängnis sass, vor sich einen Korb mit Essen, Brot, Orangen. Auch Kleider waren darin, und in den Kleidern versteckt ein Brief. Unermüdlich wartete sie, und wenn sie ihr erlaubten einzutreten, sah ich von weitem ein Lächeln auf ihrem Gesicht. In diesen Minuten – es waren nie mehr als zehn – versorgte ich mich mit Kraft, mit Begeisterung und mit Liebe. Ich versorgte mich für eine lange Zeit, es musste für Wochen ausreichen, falls sie einmal die Besuche verbieten würden.

Nun ist sie gestorben. Anîssa gleicht Mutter nicht, die Gesichtszüge, die Stimme, die Blicke, alles ist anders.

Jede der beiden liebte auf unterschiedliche Art und Weise, jede drückte ihre Gefühle anders aus. Wie stark war ich in den ersten Jahren gewesen! Ich ertrug die Schläge und Erniedrigungen wie kein anderer und hielt durch. Aber nachdem Mutter von uns gegangen war, änderte sich alles in mir: das Leiden, die Angst vor dem Tod und vor der Welt der Freiheit, der Widerwille. Ich wurde ein anderer Mensch.

Sie haben sie umgebracht. Sie vertrieben sie vom Gefängnistor – sie und die anderen Mütter –, wie man Hunde wegjagt. Sie schlugen sie mit einem Stock und schimpften sie Huren und Kupplerinnen, sie schreckten vor nichts zurück.

Einmal bemerkte ich, dass sie zitterte. Sie hatte Angst und war sehr traurig. Mit einem Lächeln versuchte sie, ihre Unruhe zu verbergen, dann weinte sie, und als ich sie nach dem Grund fragte, antwortete sie: „Sie haben das Recht, alles zu machen!" Sie schwieg und liess eine grosse Träne herabrollen, ohne sie, wie es ihre Gewohnheit war, aufzuhalten und wegzuwischen. Als ich sie ein zweites Mal fragte, kamen ihre Worte dunkel und traurig hervor: „Der Hund da hat mich angetatscht!" Dabei wies sie mit dem Kopf auf den Wächter, der uns umkreiste.

Sie gruben Mutter hundert Gräben, jedesmal, wenn sie mich besuchen kam, einen neuen: Sie verboten das Essen, die Kleidung, die Rasiermesser; sie schlugen sie, und während sie sie vor sich her stiessen, sagten sie: „Wärst du keine Hure, hättest du nicht diesen Zuhälter geboren!" und zeigten auf mich. Mutter war wie ein Fels, härter als jeder Fels.

Morgen werde ich die Erde ihres Grabes hundertmal küssen. Könnte ich nur für eine einzige Minute ihr Gesicht sehen, für eine Sekunde, dann könnte sie von mir gehen. Nein, ich muss sie nicht sehen, mir genügt jenes Bild, wie sie mich durch die Gitterstäbe hindurch anschaut und mit ihrer verwundeten, aber starken Stimme sagt: „Die Welt besteht aus Leben und Tod, Radschab. Ich gebe dir einen Rat: Tu keinem weh! Und halte durch, mein Sohn!"

Diese Worte sagte sie mir zwei Wochen, bevor sie starb, als sie mich nachdenken und meine Blicke weit umherschweifen sah. Ich hatte Angst, und sie nahm die verfluchten Gedanken wahr, die mir durch den Kopf gingen. Sie sagte diese Worte, um gegen meine Angst anzugehen, um die schwachen, schmutzigen Momente in mir zu bekämpfen.

Morgen werde ich an ihrem Grab schlafen. Ich werde ihr sagen, dass es mein Körper war, der mich verraten hat. Mutter, du hast diesen Körper geschaffen, und wenn er auseinanderfällt, dann deshalb, weil er so schwach ist. Ich bin nicht dafür verantwortlich – solange du lebtest, war mein Körper nicht schwach.

Jede Woche kam sie mich besuchen, und gleich nach ihrem Tod veränderte sich mein Körper. Er wurde zu einem Gebilde, das bereit war, Leiden zu empfangen – wurde zu einer Last. Er liess mich nicht schlafen, kein Essen geniessen und stellte täglich neue Anforderungen an mich.

Anîssa setzte ihren Weg bis zum Ende fort. Sie machte mich auf Dinge aufmerksam, die mir bisher nicht aufgefallen waren: „Sieh mal in diese Richtung, Radschab!" Wie ein kleines Kind drehte ich den Kopf. „Deine Halsadern sind angeschwollen und blau. Haben sie dich geschlagen? Ist etwas passiert?" Als ich verneinend und etwas erstaunt den Kopf schüttelte, fuhr sie fort: „Die Adern treten hervor, wenn der Körper schwach ist, und du bist sehr schwach."

Heimlich schaute ich auf meine ausgestreckte Hand, betrachtete die Adern, befühlte meine Brust.

Anîssa ging den prekären Weg bis ans Ende. Dies und die Feuchtigkeit, der verhasste Gestank im Gefängnis und die Schmerzen liessen mich täglich spüren, dass vieles an meinem Körper sich veränderte und durcheinandergeriet.

Als ich zehn Jahre alt war, brach ich mir den Arm. Ich heulte und brüllte vor Schmerz. Mutter aber sagte damals in einem Ton, in dem sie nur sprach, wenn sie wütend war: „Wenn dein Vater dich heulen sähe wie ein Weib, würde er dir den anderen Arm auch noch brechen! Was ist passiert, dass du so schreist?“

Ich hörte nicht auf zu weinen, die Schmerzen waren kaum zu ertragen. Aber Mutter erzählte mir nur immer wieder und wieder dieselbe Geschichte: „Einmal wurde dein verstorbener Vater verwundet. Sein Unterschenkel war gebrochen, und er hatte mehrere Wunden am Kopf. Trotzdem hat er noch zwei Männer getötet und die anderen daran gehindert, weiter vorzurücken. Wäre er unverletzt geblieben, hätte er alle umgebracht! Stell dir vor, er bog sein Bein zurecht, bestieg sein Pferd und kehrte nach Hause zurück. Was würde er über dich sagen, wenn er dich so heulen sähe?“

Mutter schläft nun unter der Erde. Sie hinterliess mir Anîssa, die mich durch das verfluchte Labyrinth führte. Wenn sie über die Welt draussen sprach, glaubte ich, sie erzählte vom Paradies. Sie übertrieb in den Beschreibungen des Gartens neben dem Haus. Ich erinnerte mich gut an ihn: ein kleiner Garten, rundherum eine Mauer, halb so hoch wie ein Mann. Und da die Abwässer mitsamt der Seifenlauge hineingeleitet wurden, verwandelte er sich in eine Art Sumpf, so dass nur diese teuflischen Pflanzen in ihm wuchsen, die Hitze, Kälte und Waschwasser vertragen. Ich konnte mir nicht vorstellen, dass er sich während meiner Abwesenheit verändert hatte. Anîssa aber kreischte fast, als sie von dem Garten erzählte: „Die Sonnenblumen, Radschab, höher als ein Mann auf einem Pferd! Die Schwertlilien, das Basilienkraut, die Myrte …“

„Was sonst noch, Anîssa?“

„Wenn du ihn sehen könntest, Radschab! Es ist ein anderer Garten als der, den du von früher kennst!“

„Baust du jetzt Weizen und Gerste an?"

„Willst du dich lustig machen? Wirklich, wenn du ihn sehen würdest!"

„Ich mache keine Witze, es war nur eine Frage."

„Und dein Zimmer! Ich schrubbe es jede Woche mit Seife. Es ist bereit und sauber, Wind und Sonne spielen darin."

„Was gibt es sonst noch in der Welt der Freiheit, Anîssa?"

„Alles hat sich verändert, die Strassen sind andere Strassen, die Häuser andere Häuser geworden, die Lichter, viele Dinge haben sich verändert."

„Was noch, Anîssa?"

Sie lachte, als sie antwortete: „Du, Radschab, hast dich sehr verändert. Du bist zehn Jahre älter geworden, zwanzig Jahre. Wer dich jetzt wiedersieht, erkennt dich nicht mehr: die grauen Haare, die Falten!" Ihre Stimme veränderte sich, und das Lächeln wurde gequält, als sie hinzufügte: „Gott verfluche das Gefängnis und den Tag, an dem du hier rein kamst. Als du dein Studium beendet hast, haben wir gedacht, dass unser Glück nun begonnen hätte. Aber es verging kein Monat, da verwandelte sich die Freude in eine Trauerfeier!"

Wäre Mutter noch da, wäre ich jung und standhaft geblieben. Wäre Huda noch da, wäre ich stärker und kräftiger. Mein Körper aber quälte mich und liess mich keinen einzigen Tag in Ruhe. Lange Zeit widersetzte ich mich, schmeichelte ihm, bat ihn, mir zur Seite zu stehen, aber irgend etwas attackierte mich erbarmungslos von aussen.

Anîssa kam und ging. Sie brachte das Zimmer in Ordnung, räumte meine Kleider auf. Ich hörte, wie sie den Koffer aufklappte, den Schrank öffnete. Was ist in diesem schwindsüchtigen Koffer? Der Rest der Kleider, ein Rest, nach dem sogar die Bettler ihre Hand nicht ausstrecken würden! Hätte ich ihn im Gefängnis gelassen, hätte er jemandem nützlich sein können; aber in der Welt ausserhalb des Gefängnisses erregt er nur Mitleid. Doch wem hätte ich ihn überlassen können? Würde einer der Freunde ihn auch nur berühren? Ihrer Ansicht nach war er nicht nur schmutzig, er hatte Kadavergeruch an sich. Wahrscheinlich hätten sie ihn verbrannt, wenn ich ihn dort gelassen hätte.

Mach mit diesen Fetzen, was du willst, Anîssa, ich will sie nicht mehr. Von heute an werde ich sie nicht mehr tragen. Ich möchte mich von allem trennen, was mit der Vergangenheit zusammenhängt. Wenn du sie nicht zerreisst, werde ich sie verbrennen, ich muss alles verbrennen, was eine Beziehung zur Vergangenheit hat.

Aber welche Vergangenheit will ich verbrennen?

Sechs Uhr, jene schmähliche Stunde, die mein Ende zur sicheren, zur endgültigen Wahrheit werden liess. Vorher war ich ein Mann, dann wurde ich etwas anderes. Die Unterschrift dauerte nur eine Sekunde, es ging ganz schnell, meine Hand wurde unruhig, die Unterschrift unordentlich. Das Ende des Schriftzugs war lang, konfus.

Hätte ich doch nur in dieser Sekunde innegehalten, hätte ich doch gezögert!

Zweites Kapitel

Das Licht in Radschabs Zimmer tanzte auf dem Vorhang; ich beobachtete es ungeduldig. Bevor ich schlief, wollte ich sicher sein, dass auch er eingeschlafen war. Ich wartete, bis ich Hâmids Atemzüge in diesem urewigen Kreislauf der Sorglosigkeit versinken hörte, dann schlich ich mich leise fort und glitt in den Salon hinab.

Stille lag über dem Haus. Die Kinder schliefen schon seit Stunden, und draussen regte sich ein leichter Wind. Ich bemerkte es am sanften Hin- und Herschwingen der Vorhänge und am Knarren der Hühnerstallpforte. Ich hatte mir nicht vorstellen können, dass diese Tage so schnell und leicht vergehen würden, doch nun waren sie endgültig vorbei!

Zwei Wochen waren vergangen. Während dieser Zeit habe ich ihn nicht so häufig sehen können, wie ich es mir gewünscht hätte. Morgen wird er fortfahren, nein, heute. Es bleiben uns nur noch wenige Stunden, dann wird das Warten von neuem beginnen.

Ich sollte hören, was er mit entschiedener Stimme zu Hâmid gesagt hatte: „Wenn ich in zwei Monaten nicht zurück bin, heisst das, dass ich mich länger dort aufhalten werde. Wenn ich eine geeignete Arbeit finde, werde ich bleiben!"

Dieser Gedanke wollte mir einfach nicht in den Kopf, obwohl ich Ähnliches schon mehrmals gehört hatte. Bis zu jener Nacht war ich mir nicht sicher gewesen, ob er es ernst meinte, doch diesmal waren seine Worte klar und deutlich, auch wenn sie etwas Fremdes an sich hatten …

In jener Nacht war ich mir über nichts mehr im klaren. Ich hatte sogar geglaubt, er würde seine Reisepläne aufgeben. Sollte ich ihn vielleicht bitten zu bleiben? Aber ich wusste doch, dass jedes weitere Wort ihm Qualen verursachen würde, denen seine Gesundheit nicht mehr gewachsen war. Er soll nur wegfahren! Das ist die einzige Lösung. Ich werde erneut lernen zu warten. Fünf Jahre habe ich auf ihn gewartet, bis er zurückkehrte! Ich kann auch jetzt warten. Er meint es nicht ernst. Oder wird er doch bleiben? Welche Arbeit könnte er schon annehmen?

Bevor Hâmid einschlief, hatte ich ihn weinend gedrängt, Radschab zu überreden, die Idee mit der Arbeit fallen zu lassen: „Wir können das Haus verkaufen und ihm schicken, was er braucht. Ihm gehört mehr als die Hälfte des Hauses, es ist sein Recht, es zu verkaufen."

Der Radschab heute ist nicht der Radschab, den ich gekannt habe. Er hat sich sehr verändert. Er weigerte sich, auch nur einen seiner Freunde zu sehen. Barsch schrie er Âdil an und verlangte von ihm, den Besuchern zu sagen, er sei nicht da und käme auch nicht vor Mitternacht zurück.

Und meine Tante! Wie empört sie war! Zum ersten Mal habe ich sie so weinen sehen. Er hatte sie an den Schultern gepackt und mit aller Kraft geschüttelt, dass sie fast zusammenbrach. Sie hatte doch nicht ahnen können, dass ihre Freudentriller, die sie zur Begrüssung ausstiess, eine solche Wut in ihm auslösen würden. Zuerst glaubte sie, er scherze mit ihr. Als er jedoch nicht aufhörte, bekam sie es mit der Angst zu tun und erstarrte. Sie blickte ihn verwundert an, und als sie sah, wie erbost er war und wie die Worte aus seinem Munde aufstoben, wich sie zurück und schaute fragend zu mir herüber. Ich wusste nicht, was tun. Ich ging auf sie zu, umarmte sie, und als sie meine Tränen sah, begann auch sie zu weinen. Er aber ging in sein Zimmer und knallte die Tür hinter sich zu.

Nachdem wir uns von seinem Zimmer entfernt und in eine Ecke des Gartens nahe der Tür gesetzt hatten, sagte meine Tante: „Bei Gott, meine Tochter, ich kann es nicht glauben. Jeder Tag ist mir vorgekommen wie ein Jahr. Jetzt wollte ich mich nur sieben Tage lang an ihm erfreuen.“ Sie wischte ihre Tränen ab und fuhr mit gebrochener Stimme fort: „Hast du gesehen, was er getan hat?“

Ich erzählte meiner Tante viele Geschichten, um sie zu beruhigen, doch noch bevor der Abend anbrach, kehrte sie mit feuchten Augen in ihr Dorf zurück. Radschab weigerte sich, zum Mittagessen zu kommen oder auch nur ein Wort zu sagen. Er rauchte und trank Kaffee, und als Hâmid nach Hause kam und sein Zimmer betrat, bemerkte er Tränen in seinen Augen.

Dies alles ist vorbei!

Ich ging zur Zimmertür und legte mein Ohr daran. Das Haus war in tauber Stille versunken. Ich nahm an, er sei eingeschlafen und habe vergessen, das Licht auszuschalten. Einen Augenblick wartete ich ab, dann öffnete ich leise einen Spaltbreit die Tür und steckte meinen Kopf hinein: Zusammengekauert sass er auf dem Bett, doch kaum hatte er mich bemerkt, fuhr er zusammen. Seine Gesichtszüge veränderten sich ganz plötzlich und nahmen einen verärgerten Ausdruck an. Ich wollte mich gleich wieder zurückziehen, da er mich aber schon gesehen hatte, ging ich auf ihn zu, um mich zu entschuldigen: „Ich dachte, du hättest das Licht vergessen, Radschab!"

Ohne zu antworten, schüttelte er den Kopf. Sein Gesicht wirkte traurig und unwirsch. Der Qualm einer Zigarette stieg spiralförmig auf. Als ich die Luft einatmete, schien es mir, als würden unzählige Zigaretten gleichzeitig brennen, mir die Sicht nehmen und das Atmen erschweren. Ich flehte ihn an: „Du musst schlafen, Radschab. Schlaf wenigstens ein oder zwei Stunden, damit du morgen frisch für die Reise bist!"

Er zog eine neue Zigarette hervor und zündete sie an der anderen in seiner Hand an. Dann drückte er die erste aus und sagte, indem er sich etwas nach vorne beugte, ohne dabei seine Position zu verändern: „Weisst du, Anîssa, dass das Leben im Gefängnis besser ist?"

Ich hatte so etwas Überspanntes erwartet. Er sagte genau das, was ich befürchtet und wogegen ich in den vergangenen Tagen angekämpft hatte. Doch ich konnte nicht glauben, dass ihn so eine Sehnsucht überkommen würde.

Um festzustellen, ob sich die Bedeutung seiner Worte auch in seinen Augen widerspiegelte, trat ich näher und schaute ihn an. „Gibt es etwas, das dich bedrückt, oder warum redest du so, Radschab?"

Er antwortete nicht. Er schüttelte nur in tödlichem Kummer den Kopf, und ich glaubte, gleich würden die Tränen aus seinen Augen hervorbrechen. Ich wollte nicht, dass er weinte; es zerriss mir das Herz, ihn so zu sehen.

Jetzt musste ich kämpfen, um mir sein Bild so zu erhalten,

wie es vor dem Gefängnis war. Am ersten Tag nach seiner Entlassung hatten sich winzige, zaghafte Tränen in seinen Augen gebildet. Aber kaum war ein neuer Tag angebrochen, spürte ich, wie sich seine Trauer in eine schwarze Wolke verwandelte, die sich über das ganze Haus legte.

Ängstlich setzte ich mich auf die Bettkante. Ich war bereit, alles zu ertragen, um ihn von jener Qual in seinem Innern zu befreien, die an ihm nagte und ihn jederzeit in Tränen ausbrechen lassen konnte. Ich ergriff seine Hand und sagte: „Radschab, bei meiner seligen Mutter, dein Schweigen bringt mich fast um. Sag, Radschab, hast du etwas gesehen oder gehört, das dich verärgert hat?"

In der gleichen gequälten Art und Weise schüttelte er verneinend den Kopf. Ich wünschte mir, dass er etwas sagte. Es blieben nur noch wenige Stunden bis zu seiner Abreise, und wenn er jetzt nicht sprach, würde er es niemals tun. Ich drückte seine Hand und fragte nochmal: „Die Welt ist es nicht wert, dass du dir solche Gedanken machst. Was quält dich so?"

Wieder schüttelte er Kopf und Schultern, und nur seine traurigen Gesichtszüge zeugten von seinem Kummer. Er wollte nicht sprechen. Und ich spürte, dass es ihn noch mehr quälen würde, sich mir mitzuteilen. Trotzdem liess ich nicht locker. Ich war überzeugt, dass ein Augenblick des Leidens, ein Augenblick des Weinens ihn befreien könnte. Ich legte meinen Kopf auf seine Knie und flehte ihn an: „Hab Erbarmen mit mir, Radschab. Ich bin völlig verzweifelt. Wenn du es mir nicht sagst, wenn du nicht sprichst, werde ich mich umbringen!"

Endlich vernahm ich seine Stimme. Es schien mir, als

hörte ich sie zum ersten Mal, eine heisere, verzweifelte Stimme: „Diese Art quält mich noch mehr, Anîssa."

„Welche Art? Was quält dich?"

„Nichts. Wirklich, es ist nichts."

„Und dieses Schweigen, diese Gereiztheit?"

„Was willst du? Was soll ich machen?"

„Sprich! Ich bin deine Schwester, ich möchte dir helfen. Sag mir, was du auf dem Herzen hast. Du weisst, dass der Mensch Ruhe findet, wenn er spricht. Was bekümmert dich so sehr?"

„Was soll ich sagen, Anîssa?"

„Sprich, sag alles. Wichtig ist, dass du nichts in deinem Herzen behältst."

Er lachte verzweifelt. Nun wollte er mich beherrschen und quälen. Doch das Lachen verschwand, und sein Gesicht nahm wieder diesen kummervollen Ausdruck an. „Was würdest du sagen, wenn ich kein Herz mehr hätte?" fragte er.

Ich setzte mich ihm gegenüber aufs Bett, zusammengekauert wie er. Und ich weiss nicht, warum ich ihn bat, mir eine Zigarette anzuzünden. Dieses Mal lächelte er wie ein Kind. Während er zwei Zigaretten aus der Schachtel zog, fragte er mich: „Beginnen wir den Abend nun von vorn?" Er zündete die Zigarette an, reichte sie mir und fragte im gleichen Ton: „Weisst du nicht, dass ich morgen früh abreise und deshalb schlafen muss?"

Als er mich rauchen sah, musste er lachen. Zum ersten Mal sah ich ihn so lachen, wahrscheinlich war meine Art zu rauchen der Anlass. Dann zündete er seine Zigarette an und sagte: „Zieh den Rauch ein, schluck ihn, es nützt nichts, wenn du ihn im Mund behältst und dann wieder ausbläst!"

Er zog an seiner Zigarette und fuhr fort: „Schau mich an, ich habe den Rauch eingeatmet, und nach einem kurzen Augenblick blase ich ihn aus Mund und Nase wieder aus. Schau!"

Der Radschab, den ich jetzt vor mir sah, war dasselbe Kind, das ich vor mehr als zwanzig Jahren gekannt hatte, derselbe junge Mann, der mit blutigem Gesicht von Demonstrationen heimgekehrt war. Während ich ihn betrachtete, wie er mir das Rauchen beibrachte, erinnerte ich mich daran, wie er es schon Mutter gelehrt hatte.

Mutter war anfangs sehr streng mit ihm gewesen, mehr als einmal hatte sie ihn gescholten und die Zigaretten in die Toilette geworfen. Aber als sie merkte, dass es nichts fruchtete, änderte sie ihre Methode. Sie warnte ihn vor den Folgen und erzählte ihm viele Geschichten, bis sie schliesslich eines Abends auf zwei Schemeln im Garten sassen und zusammen rauchten. Er hatte sich über ihre Art zu rauchen köstlich amüsiert, über die Blasmethode, wie er es nannte. Kurze Zeit danach kaufte Mutter alle drei Tage eine Packung Zigaretten. Aber bald reichte ihr die Packung kaum mehr zwei Tage, und als Radschab eingesperrt wurde, rauchte und weinte sie nur noch.

Ich bemühte mich, Radschab nicht an all das zu erinnern, und sagte: „Es scheint, dass ich lerne, wie man raucht."

Doch da legte sich der Kummer wieder auf sein Gesicht: „Es wäre besser, du würdest es nicht lernen!"

„Und du? Warum rauchst du so viel?"

„Ich werde das Rauchen bald aufgeben. Ich spüre, dass es mich ruiniert. Du solltest nicht damit anfangen – so wie

Mutter!" Damit hatte Radschab den Faden aufgenommen. Mutters Bild schwebte über uns, wie ein grosser Vogel, dessen Flügel laut in der Luft schlugen. Alles veränderte sich plötzlich. Er wollte mich in ein Gespräch über sie verwikkeln. „Mutter hat viel geraucht, erinnerst du dich?" fragte er.

„Ich erinnere mich", erwiderte ich kurz, im Versuch, diesem Gespräch auszuweichen.

Doch Radschab trieb mich weiter, als müssten wir über sie sprechen, nur über sie. „Hat sie viel geraucht, als ich im Gefängnis war?"

„Wie früher, ein bisschen mehr."

„Dieselben Zigaretten?"

„Ja, dieselben."

„Wieviele Zigaretten hat sie geraucht?"

„Jeden Tag eine Packung."

Er schüttelte verwundert den Kopf, um mir zu bedeuten, dass ich nicht zögern sollte, alles zu erzählen. Und als er bemerkte, dass das Schweigen meine einzige Verteidigung war, fragte er: „Hat sie auch noch während ihrer Krankheit weitergeraucht?"

„Der Arzt hatte ihr geraten aufzuhören. Aber sie meinte, sie könne es nicht. Als er merkte, dass sie sich nicht davon abbringen liess, bat er sie, wenigstens nicht mehr als zwei oder drei Zigaretten am Tag zu rauchen."

„Und was hat sie gemacht?"

Ich versuchte zu lächeln, um das Gespräch über Mutter zur fernen Erinnerung zu machen, die keine Traurigkeit aufkommen liess. Mit hoher, fast schriller Stimme antwortete ich: „Stell dir vor, all meine Versuche, die Zigaretten zu verstecken, sind gescheitert. Ich verbot ihr das Rauchen, ich entfernte die Zigaretten aus dem ganzen Haus, aber sie fand immer einen Weg. Sie durchsuchte alles, bis sie sie entdeckte. Oder sie schickte, ohne dass ich davon wusste, einen Jungen Zigaretten kaufen. Die versteckte sie dann unter ihrem Kopfkissen. Aber obwohl ich alle Stellen kannte, an denen sie die Zigaretten verbarg, rauchte sie weiter!"

„Und sie rauchte weiterhin viel?"

„Nicht weniger als zehn pro Tag."

„Zehn Zigaretten pro Tag?"

„Sie bettelte, sie nutzte die Anwesenheit von Gästen aus. Manchmal aber weinte sie und dachte an dich und das Gefängnis. Dann sah ich mich gezwungen, ihr eine Zigarette zu geben, damit sie aufhörte zu weinen und ein wenig vergessen konnte."

„Hat sie bis zum letzten Augenblick geraucht?"

„In den letzten Tagen konnte sie es nicht mehr, sie war regelrecht zusammengefallen. Aber vorher rauchte sie trotz der Anweisungen des Arztes und trotz aller Versuche, sie daran zu hindern."

„Wie ist Mutter gestorben, Anîssa?"

Ich kann über Mutters Tod nicht ruhig sprechen, so sehr ich mich auch bemühe. Ich hatte den Entschluss gefasst, mit Radschab nicht darüber zu reden, obwohl er mir am ersten Tag, bevor wir schlafen gingen, gesagt hatte, er wolle am nächsten Morgen ihr Grab aufsuchen. Ich hatte versucht, ihn davon abzubringen, doch der Geist unserer Mutter verfolgte uns beide während dieser Tage. Er hatte mit uns im Haus gewohnt, und er war auch jetzt anwesend. Wir hatten – jeder auf seine Weise – versucht, darüber zu sprechen. Wir hatten es oft versucht, und nun sahen wir uns dem Problem gegenüber; es war unausweichlich!

Am Tag nach Radschabs Entlassung aus dem Gefängnis gingen wir zusammen zum Friedhof. Nachdem wir einige Augenblicke am Grab verweilt hatten und er meine Tränen bemerkte, sagte er gereizt: „Geh jetzt zurück, Anîssa!" Als ich mich nicht rührte, wiederholte er: „Geh nach Hause! Ich werde noch eine Weile hierbleiben. Ich werde auch Vaters Grab und das unseres Onkels besuchen."

Schliesslich ging ich. Als ich den Friedhof verliess, sah ich, wie er mir mit seinen Blicken folgte, um sicher zu sein, dass ich wirklich ging. Ich weiss nicht, was er tat, doch als er mittags nach Hause kam, war er bleich und nervös, und ich wünschte, ich hätte seine Worte nicht befolgt und wäre bei ihm geblieben.

Nun wollte er die noch nicht verheilte Wunde mit einem Mal aufreissen. Ich überlegte, was ich tun könnte, um nicht vor ihm zusammenzubrechen und in einem Meer von Tränen zu versinken. „Seit ihrem Tod sind drei Jahre vergangen", sagte ich dann. „Ich habe es vergessen."

Da packte er mich an der Schulter und schüttelte mich. Seine Hand war weich und warm. Die Zigarette in seinem Mund zitterte, und wahrscheinlich schloss er wegen des Qualms ein Auge. Mit dunkler, gebrochener Stimme fragte er: „Du hast es vergessen, Anîssa?"

Ich versuchte zu lächeln und antwortete: „Ja, Radschab, ich hab's vergessen."

Plötzlich setzte er sich wieder, lehnte sich mit dem Rücken gegen das Bettende und streckte sein linkes Bein in voller Länge aus. Ich sah, wie er versuchte, mich nicht anzuschauen. Radschab kannte mich genau: Ein gewisses kleines Lächeln ist die letzte Warnung vor der Explosion. Er wusste, dass ich viel ertragen kann, aber plötzlich einmal ist alles zu Ende, ich breche zusammen, werde wie ein kleines Kind, das niemand bremsen oder aufhalten kann. Mehr als einmal hatte er erlebt, wie ich in diesen kreischenden, irren Tönen heulte. Nun zog er sich zurück, indem er seine Haltung veränderte und versuchte, meine Erinnerung ganz ans Licht zu ziehen.

Ich wollte heulen. Ich hatte unzählige Gründe dafür. Ich stellte mir vor, dass ich auch Radschab retten könnte, wenn ich mir selbst die Freiheit zu weinen nahm. Wir hatten es beide nötig, uns, aus welchem Grund auch immer, auszuweinen. Unsere Herzen waren so von Trauer erfüllt, dass alles ein Anlass hätte sein können.

Als die Zigarettenasche auf das Kopfkissen fiel, fuhr er zusammen. Er wischte sie nervös weg, und während sich ein kleines Lächeln auf seinen Lippen abzeichnete, blickte er mich an. „Du scheinst ziemlich alt geworden zu sein“, bemerkte er, „wenn du schon vergessen hast, wie die alte Frau gestorben ist. Möglicherweise hast du alles vergessen!“

„Ich bin nicht mehr jung, Radschab. Ich bin schon über vierzig.“

„Und in diesem Alter werden die Leute vergesslich und reden dummes Zeug?“

„Auf jeden Fall, Radschab, weisst du nicht, was ich durchgemacht und ertragen habe.“

Dieses Mal schüttelte er den Kopf. Sollte ich ihm nicht alles erzählen, damit er aufhörte, sich zu quälen? Warum weinten wir nicht gemeinsam, diesmal um unsere Mutter, damit er sich befreien und ein neuer Mensch werden konnte? Ich lehnte mich an den niedrigen Bettrahmen und sagte: „Mir ist es unmöglich, etwas zu vergessen, Radschab. Ich erinnere mich an alles, als würde ich es jetzt vor mir sehen. Glaubst du, ich könnte Mutters Tod so schnell vergessen?"

Seine Gesichtszüge veränderten sich. Seine geweiteten Augen schienen begierig darauf zuzuhören. Schnell nahm er zwei Zigaretten aus der Schachtel, und ohne meine Gedankengänge unterbrechen zu wollen, fragte er: „Zigarette?"

Ich lehnte ab. Ich war erschöpft und aufmerksam zugleich. Bevor ich die traurige Geschichte zu erzählen begann, liess ich ihn seine Zigarette anzünden und einige Male daran ziehen. „Weisst du, wie Mutter gestorben ist, Radschab? Und warum?"

Sein zornig funkelnder Blick bohrte sich tief in mich hinein.

Doch bevor er antworten konnte, fuhr ich fort: „Sie haben sie umgebracht, Radschab!" Dann begrub ich meinen Kopf im Bett und begann zu heulen. Ich kann mich nicht daran erinnern, in meinem Leben jemals so geheult zu haben. Innerhalb kürzester Zeit häuften sich die Bilder Tausender Trauerzüge und erzeugten einen solchen Druck in meinem Kopf, dass ich glaubte, er würde bersten. Aber als die Tränen aus meinen Augen schossen, sah ich, wie die Prozessionen auseinanderfielen, zerstoben und verschwanden. Und nur dieses kummervolle Bild meiner Mutter, wie sie an jenem Nachmittag zurückkehrte, blieb.

Als er mich hochhob und meine Tränen abwischte, spürte ich, dass er den Moment meiner Schwäche genutzt hatte, um selbst zu weinen. Seine tränenleeren Augen waren gerötet, und auch sein sonst so blasses Gesicht hatte durch den Schmerz eine rötliche Farbe angenommen. Die Zigarette lag einsam auf dem Aschenbecher und bot mit ihrem aufsteigenden Rauch einen verzweifelten Anblick.

„Sie waren es, die sie umgebracht haben, Radschab", sagte ich, und in meiner Stimme klangen die letzten Tränen nach. „Wären sie nicht gewesen, würde sie heute noch leben!"

„Wie? Wer hat sie umgebracht?"

„Ich weiss es nicht. Wenn sie sie nicht umgebracht hätten, würdest du sie jetzt vor dir sehen."

„Setz dich her, Anîssa! Ich halte es nicht aus, ich habe das Gefühl zu ersticken."

„Zehn Tage vor ihrem Tod – es war ein Donnerstag – ging sie mit den Müttern und Frauen der Gefangenen fort, um den Innenminister aufzusuchen. Ich weiss nicht, wer sie auf diese Idee gebracht hatte, aber tagelang war sie unermüdlich von Haus zu Haus gezogen, bis sie einige Frauen zusammen hatte. Am Donnerstag zogen sie dann los, um mit dem Minister zu sprechen. Doch man verwehrte ihnen den Einlass und ebenso die Unterredung. Ich weiss nicht wer, aber eine von ihnen schlug vor, den Platz nicht zu verlassen, bis sie etwas erreicht hätten. Sie entblössten ihre Köpfe und rauften sich die Haare. Dann begannen sie zu schreien und zu wehklagen. Jede von ihnen war entschlossen zu sterben. Nun, du kennst die Polizei. Man begann zu schlagen, zu brüllen, aber ohne Erfolg. Und als der Minister hinaustreten wollte, stürzten sich die Frauen auf ihn. Es scheint, dass der Schlag, der ihre Rippen getroffen hatte, ihr Ende beschleunigte.

Sie nahmen sie und zehn weitere Frauen fest, und auf der Wache führten sie sich wie wilde Tiere auf: Sie schlugen sie, beleidigten und beschimpften sie, und nachdem sie ihre Namen erfahren hatten und die Namen derjenigen, nach denen sie sich hatten erkundigen wollen, hielten sie sie noch bis zum nächsten Tag fest. Freitag nachmittag kehrte sie nach Hause zurück, und es schien mir, als wäre nun alles zu Ende.

In jener Nacht bekam sie Fieber. Ihr Zustand verschlechterte sich stetig, und sie zerfiel täglich weiter. Sie sprach nur wenig, aber sie schimpfte und rauchte, und manchmal weinte sie. Hâmid holte drei Ärzte. Der erste gab ihr eine Spritze. Der zweite ordnete eine Untersuchung an und schlug vor, sie ins Krankenhaus zu bringen. Der dritte traf erst fünf Minuten nach ihrem Tod ein.

In den letzten Tagen sprach sie immer nur über dich. Auf der Wache hatten sie ihr gesagt, Radschab würde vor ihr ins Gras beissen. Sie würden seine Haftzeit nun verdoppeln, und er müsste sich auf Schläge gefasst machen, die nicht mal ein Esel ertragen könne. Wenn sie an den letzten beiden Tagen aus ihrer Ohnmacht erwachte, streckte sie die Hände zum Himmel und rief: ‚Mein Gott, gib Radschab Kraft und nimm die Blicke der Tyrannen von ihm!' Dann schimpfte sie weiter vor sich hin. Sie haben sie umgebracht, Radschab, und ich habe Angst seit jenem Tag. Ich trauerte mehr um dich als um Mutter. Ich hatte Angst, dass sie auch dich umbringen würden!"

Endlich weinte Radschab. Er hatte es so nötig, aus einem nachvollziehbaren, verständlichen Grund zu weinen. Jetzt konnte ich ihn verstehen. In den vergangenen Tagen war mir sein Weinen unverständlich gewesen. Ich hatte weder begriffen, warum er geschwiegen noch warum er geweint hatte.

Ich überliess ihn sich selbst. Wie kleine Bäche brachen die Tränen aus seinen Augen hervor und liefen seine Wangen herab. Er hob nicht die Hand, um sie abzuwischen, sondern liess sie fliessen. Ich hätte nie geglaubt, dass Männer so viele Tränen besitzen.

In einem Augenblick der Stille, während ich meine Tränen fortwischte und ihn mit neuen Augen anblickte, vernahm ich einen Schrei, der mich erzittern liess. Mit einer Stimme, polternd wie ein Steinschlag, fuhr er mich an: „Anîssa, du Verbrecherin, warum hast du mir das nicht gesagt, als ich im Gefängnis war?“

„Was hättest du denn machen können, Radschab?“

„Warum hast du es mir nicht gesagt? Warum?“

„Du hattest doch genug eigenen Kummer!“

„Warum hast du es mir nicht gesagt?“

„Ich weiss es nicht. Ich hatte Angst, deine Sorgen und deine Trauer dadurch noch zu vergrössern.“

„Aber ich hätte es erfahren müssen!“

„Das alles ist vorbei, Radschab. Wir müssen es vergessen.“

„Vergessen?“

„Was können wir sonst tun?“

Er schlug sich ins Gesicht und gegen die Stirn. Seine scharfen Schreie zerschnitten die Stille der Nacht, und seine Schläge glichen Messern, die sich ins Herz bohren. Ich stürzte mich auf ihn, um ihn zurückzuhalten, er aber stiess mich mit aller Kraft von sich und schlug mit dem Kopf gegen die Wand. Ich weiss nicht, ob Hâmid durch seine Schreie oder die Stösse mit dem Kopf erwacht war. Plötzlich sah ich ihn mitten im Zimmer stehen, sein Gesicht war vor Schreck so verzerrt, dass ich ihn zuerst für jemand Fremden hielt.

Wir hätten allein bleiben sollen. Niemand kann die Gefühle eines solchen Augenblicks verstehen. Sogar Hâmid, mein Mann, den ich seit dreizehn Jahren kannte, erschien mir fremd, und fast hätte ich ihn angeschrien, er solle wieder hinausgehen. Doch Radschab, der mit seinem Kopf gegen die Wand schlug und kurze, aus einem quälenden Schmerz hervorbrechende Schreie ausstiess, liess mir keine andere Wahl. Ich sah, wie sich Hâmid auf ihn warf, ihn an den Schultern packte und schüttelte.

Ich weiss nicht, wie und wann das Gespräch wieder begann, aber plötzlich hörte ich Hâmid in scharfem Ton sagen: „Ihr müsst schlafen. Ihr seid doch keine Kinder mehr, euch so zu benehmen!"

Und als Radschab seine Zigarette ausdrückte und sich auf dem Bett ausstreckte, sagte Hâmid streng zu mir: „Steh auf, du kluges Mädchen!"

War Radschab danach eingeschlafen? Das Licht war gelöscht, und wir hörten keinen Laut mehr, aber irgend etwas in meinem Inneren sagte mir, dass er nicht schlief. Ich verbrachte die letzten Stunden wartend mit geöffneten Augen in der Dunkelheit. Ich fürchtete, ich könnte seine Stimme hören oder einen Schuss – obwohl es im ganzen Haus keine Waffe gab – oder das Donnern vernehmen, wenn er wieder mit seinem Kopf gegen die Wand stiesse. Als ich ihn in diesem Zustand gesehen hatte, hatte ich furchtbare Angst, denn sofort stellte ich mir vor, dass Radschab damit einen

Weg gefunden hatte, sich umzubringen. Er würde von einer Seite des Zimmers auf die gegenüberliegende Wand zurasen, um seinen Kopf dagegen zu schlagen. Ein einziger solcher Aufprall würde genügen.

Als sich der ewige Kreislauf des Schlafes einstellte und Hâmids Atemzüge regelmässig wurden, kehrte ich erneut zu meinen Erinnerungen zurück.

Mutter stand vor der Tür und versuchte, sie am Eintreten zu hindern. Kurz vor dem Morgengrauen waren sie gekommen. Wir vernahmen Mutters Stimme. Sie schrie ihnen ins Gesicht, doch sie stiessen sie mit Gewalt zur Seite und kamen herein.

Zuerst nahmen sie Hâmid fest, den sie für Radschab hielten, doch einer von ihnen flüsterte dem Anführer etwas ins Ohr, worauf der fast die Nerven verlor. Er stiess Hâmid gegen die Brust und brüllte ihm ins Gesicht: „Wo ist Radschab, dieser Dreckskerl?" Sie stellten das ganze Haus auf den Kopf, doch Radschab war schon seit drei Tagen darauf gefasst gewesen und hatte sich versteckt.

Danach blieben jeweils zwei von ihnen im Haus zurück, die alle paar Stunden abgelöst wurden. Sie sassen meistens im Salon, gegenüber der Tür. Wie Wölfe sprangen sie jedesmal auf, wenn sie Schritte vernahmen. Einer von ihnen riss dann die Tür auf, der zweite zog die Pistole und sprang auf die andere Seite. Den Kindern jagten sie solche Angst ein, dass sie zu weinen begannen, den Erwachsenen warfen sie hasserfüllte, anklagende Blicke zu. Ihre Augen spien Feuer, und ihre Befehle duldeten keinen Aufschub und keine Diskussion. Kurz gesagt, in jenen finsteren Tagen veränderte sich unser Leben vollkommen: Wir konnten nicht weggehen und durften uns kaum rühren.

Am vierten Tag, als Radschab nach Sonnenuntergang eintraf, verhafteten sie ihn. Sie hatten schon Châlid und Admûn gefangengenommen. Über Châlid hatten sie sich besonders gefreut, denn sie waren ihm schon lange auf der Spur und betrachteten ihn als den wertvollsten Fang dieser Zeit.

Als Radschab sie sah, raste er vor Wut. Grimmig stürzte er sich auf sie und begann sie zu schlagen und zu beschimpfen. Aber er konnte nicht lange Widerstand leisten. Nach einem Hieb mit einem Pistolenknauf auf den Kopf sank er zu Boden, und rötlich angeschwollene Spuren ihrer Finger erschienen auf seinem Gesicht. Mutters Schreie aber, die ihn mit ihren Krallen verteidigte, waren vergeblich. Sie stiessen sie gewaltsam fort und sagten Worte zu ihr, die sie bis zu ihrem Tod nicht vergessen konnte. Der Kleine, der Radschab mit dem Pistolenknauf geschlagen hatte, tobte vor Wut und Erschöpfung: „Hau ab, du Drecksweib! Wenn du keine Hure wärst, hättest du nicht so einen verkommenen Sohn geboren!“

Nachdem sie Radschab festgenommen hatten, ging einer von den beiden Verstärkung holen. Der andere blieb mit der Pistole in der Hand an die Wand gelehnt stehen. Er war nervös und ängstlich und befahl uns, zu bleiben, wo wir waren. Er drohte sogar, das Feuer auf jeden zu eröffnen, der sich von seinem Platz rührte.

Als sie Radschab dann mitnahmen, begann Mutter ihr Klagegeheul und lief hinter ihnen her. Die Leute versammelten sich in der Gasse, doch einer der Soldaten blieb stehen, hob seine Pistole und drohte, auf jeden zu schiessen, der sich näherte. Sogar Mutter konnte ihnen nicht mehr folgen. Der Mann packte sie, doch die Leute aus der Gasse schalteten sich empört ein.

Von diesem Tag an zog Mutter umher. Im Morgengrauen verliess sie das Haus und kehrte nicht vor Sonnenuntergang zurück. Bei allen Behörden sprach sie vor, bekam aber stets die gleiche Antwort: „Wir haben hier niemanden mit diesem Namen!"

Sie wollte nur eins wissen, nämlich, ob Radschab noch lebte, mehr nicht. Doch niemand gab ihr diese verfluchte Gewissheit. Wenn sie zu Hause war, wurde sie von ihren Tränen überwältigt und weinte die ganze Zeit.

„Anîssa, was hältst du davon, wenn ich zu Hadsch Mustafa al-Ghasâwi gehe?" fragte sie. „Er kennt viele Leute und kann uns vielleicht helfen." Oder: „Bevor die Sonne aufgeht, gehe ich zum Haus des Polizeidirektors. Ich werde seine Hand küssen. Ich möchte nur, dass er mir die Gewissheit gibt, dass Radschab noch lebt ... Der Hund Abu Saadi wollte mir nicht in die Augen sehen. Er hat zu seiner Frau gesagt, dass er mit der Sache nichts zu tun habe und dass ich ihn nicht nochmal belästigen soll."

Und Hâmid? Er bat alle Leute um Hilfe, die er kannte. Er war gereizt und schweigsam, und wenn ich ihn etwas fragte, schrie er mich an. Wenn aber Mutter ihn ansprach, fühlte er sich bedrängt und wiederholte immer nur einige Worte, die sie aber mehr aufregten als beruhigten.

Vier ganze Monate wusste niemand etwas über Radschab. Mutter trug ein schwarzes Kopftuch und band sich ein schwarzes Band um die Stirn. Sie wies jegliches Essen von sich, und oft sagte sie zutiefst verzweifelt: „Sie haben ihn umgebracht, vier Monate lang haben sie ihn geschlagen. Selbst wenn er stark wie ein Kamel wäre, hätten sie ihn schon umgebracht.“

Die durchwachten Nächte und die Sorgen wirkten sich auf ihre Gesundheit aus. Sie wurde ein Schatten ihrer selbst und konnte nicht mehr stillsitzen. Wenn sie zu Hause war, öffnete sie die Tür und schaute auf die Strasse: Vielleicht würde ja jemand vorbeikommen und ihr eine Nachricht bringen. Und wenn sie keine Hoffnung mehr hatte, setzte sie sich schweigend in eine Ecke und sprach mit niemandem. Immer wieder bestand sie darauf, selbst die Tür zu öffnen, wenn jemand klopfte. Sie wurde immer gereizter und bekam wegen Kleinigkeiten einen Wutanfall. Sie schrie die Kleinen an, stiess sie von sich und regte sich auf, wenn sie zu laut lachten oder spielten. Sie konnte es nicht mehr ertragen, irgend jemanden lachen zu sehen. Einmal ertappte sie mich dabei und sagte: „Es fehlt nur noch, dass du dich schminkst! Radschab ist tot und du lachst und tanzt!“ Als ich bemerkte, dass sie zu weinen begann, bereute ich, so fröhlich gewesen zu sein. Lange hörte sie nicht auf zu schluchzen, und mehrere Tage sprach sie kein Wort mit mir.

So war Mutter – bis zu jenem Tag, an dem sie vollkommen verwandelt nach Hause kam. Noch bevor sie eingetreten war, rief sie vom Hof aus: „Anîssa, Anîssa, Radschab lebt! Radschab ist noch am Leben!“ Und sie erzählte, wie sie zum Gefängnis gegangen war und dort viele Stunden verbracht hatte, bis sie diesen Polizisten sah, der meinem Vetter Machmûd glich. Sie stürzte sich auf ihn, um seine Füsse zu küssen; er sollte ihr helfen herauszubekommen, ob Radschab dort war. Er erbarmte sich ihrer und versprach es, sobald er um zwei Uhr nachmittags ins Gefängnis zurückkehren würde. Von halb neun bis vier Uhr wartete sie. Es war die froheste Botschaft ihres Lebens, als er ihr mitteilte, dass Radschab im Gefängnis sei. Wieder und wieder erzählte sie während jener Nacht diese Geschichte und fügte jedesmal neue Einzelheiten hinzu. Doch dann überkamen sie die Sorgen erneut. Was, wenn er sie belogen hatte? Was, wenn sich im Gefängnis eine andere Person gleichen Namens befand? Oder wenn er versehentlich nach jemand anderem gefragt hatte?

Sie musste sich vergewissern. Lange dachte sie nach in dieser Nacht, und noch bevor die Sonne aufging, schnürte sie ein kleines Bündel, in das sie einige Kleidungsstücke und etwas Essen packte, und zog los. Jeden Tag kehrte sie mit dem gleichen Bündel zum Gefängnis zurück, nur das Essen war neu zubereitet.

Radschab war für mich immer mehr als ein Bruder, trotz der zehn Jahre, die uns trennten. Ich erinnere mich an ihn als kleinen Jungen. Ich erinnere mich an seinen verbundenen Kopf nach den Demonstrationen. Ich erinnere mich an sein Lachen, sein Geschrei, seinen Zorn. Aber der Radschab, der nun im Zimmer nebenan lag, war ein anderer Mensch. Er war in den letzten Monaten sehr gealtert. Ich konnte mir nicht vorstellen, dass ein Mensch so schnell alt wird, aber ich habe es mit eigenen Augen gesehen: Jede Woche wurde er ein Stück älter.

Als ich ihn zwei Monate zuvor im Gefängnis besuchte, klammerte ich mich an die Eisentür und fing laut zu weinen an. Damals glaubte ich, ich würde ihn zum letzten Mal sehen.

Seine Augen versanken in einem schweissnassen, fahlen Gesicht. Er sah aus, als hätte er gerade eine gefährliche Krankheit überstanden und stehe kurz vor einem schlimmen Rückfall. Ich streckte meine Hand aus, um sein Gesicht zu befühlen. Er reagierte nicht wie früher, sondern liess sie auf seinem Gesicht ruhen, und als er erneut zu mir aufblickte, sah ich ihn auf eine Weise wie nie zuvor.

Ich habe Mutter häufig getadelt, wenn ich beobachtete, wie sie emsig wie eine Biene den ganzen Tag durchs Haus und durch die Gassen hastete. Sie verbrachte ihre Zeit vor dem Tor des Gefängnisses, und wenn sie ein wenig Ruhe finden wollte, ging sie zur Mutter eines anderen Gefangenen. Dann begannen sie gemeinsam zu klagen und in Erinnerungen zu schwelgen.

Einmal forderte mich Hâmid, der bedrückenden Atmosphäre überdrüssig, dazu auf, ihr zu sagen, sie sollte zu meiner Tante fahren; dort könnte sie sich ein wenig erholen. Da schaute sie mich bitter und vorwurfsvoll an. „Radschab ist nicht der erste Mann, der eingesperrt worden ist", fuhr ich fort, „und er wird auch nicht der letzte sein. Wenn er wüsste, was du jeden Tag treibst, würde er sicher böse werden."

Da schrie sie mich verletzt und wütend an: „Was hab ich denn getan? Habe ich etwa gestohlen? Hab ich jemanden beraubt?"

„Nein, aber dieses ständige Herumlaufen! Was nützt es, wenn du so weitermachst?"

„Hör zu, Anîssa! Misch dich nicht in meine Angelegenheiten. Ich bin alt genug und weiss, was ich zu tun habe!"

„Aber die Leute reden schon!"

„Über was?"

„Sie sagen, Umm Assaad ist verrückt geworden. Tag und Nacht läuft sie sich die Hacken ab."

„Ich habe nichts Verrücktes getan."

„Bleib zu Hause, und am Besuchstag gehst du zu Radschab. Das ist das einzig Vernünftige!"

„Und das Unvernünftige ...?"

„... ist das, was du jetzt machst!"

„Ich mache weiter so, egal, was die Leute sagen, und wenn dir das nicht passt, kannst du ja gehen, und dein Mann auch!" Danach sprachen wir eine ganze Weile nicht mehr miteinander.

Eines Tages kam Hâmid sorgenvoll und sehr erregt nach Hause. Als ich ihn nach dem Grund für seine Unruhe fragte, erzählte er mir, man habe drei Gefangene umgebracht, die versucht hätten zu fliehen. Dann fügte er bekümmert lächelnd hinzu: „So jedenfalls steht es in der Zeitung."

Sie war gerade beim Essen. Sie sass auf dem Boden, vor sich den Blechteller, den sie seit einiger Zeit stets benutzte, und hatte ein Stück Fleisch auf ein Brot gelegt. Vielleicht wollte sie es Radschab mitbringen – obwohl erst Mittwoch war, also zwei Tage vor dem Besuchstag. Als sie mich sah, hörte sie auf zu essen. Obwohl ich mich bemühte, ruhig zu erscheinen, blickte sie mich erstaunt an, und ohne etwas zu fragen erhob sie sich vorsichtig, nahm den Korb, vergass auch das Stück Fleisch nicht und ging fort.

An jenem Abend drängte sie mich stundenlang, ihr zu berichten, was ich gehört hatte. Ich erzählte ihr alles und versicherte ihr, dass sich das Ereignis in einem Gefängnis weit weg in der Wüste zugetragen habe. Doch das beruhigte sie nicht. Nach Mitternacht weckte sie Hâmid mit Tränen in den Augen und bat ihn, mit ihr in dieser späten Stunde zum Polizeidirektor zu gehen. Hâmid aber beschwor sie, die Sache bis zum nächsten Morgen zu verschieben. Ganz verzweifelt setzte sie sich schliesslich bis zum Morgengrauen auf die Schwelle vor der Haustür.

Ich glaubte, dass alles, was Mutter tat, uns – und ganz besonders Radschab – nur schadete. Ich hatte Radschabs Einstellung von Anfang an für falsch gehalten. Was nützte das, was er tat? Lohnten sich diese langen Jahre, die er nun im Gefängnis verbrachte? Und Mutter? Was nützte es, dass sie von Haus zu Haus zog, während die Gefangenen, nachdem sie verurteilt worden waren, in ihren Zellen sassen?

Ich hatte Radschabs Tun für falsch gehalten, doch meine Gedanken schliefen in meiner Brust. Ich sprach mit niemandem darüber, und Hâmid, der über Politik spottete, zwang mich sogar, Radschabs Standpunkt zu verteidigen. Dies hatte zu vielen Streitereien geführt. Mit Mutter aber sah die Sache anders aus. Ich spürte, dass das geringste Wort gegen Radschab oder auch nur ein falscher Blick von mir sie zum Wahnsinn treiben würde. Einige Monate nach der Urteilsverkündung hatte sie zu mir gesagt: „Hör zu, Anîssa, wenn ich auch nur ein Sterbenswörtchen von dir über Radschab höre, wirst du mich nicht mehr zu Gesicht bekommen, ich werde weggehen!"

Nach ihrem Tod wurde alles anders. Häufig bereute ich diese Gedanken, die mich von Zeit zu Zeit überfielen, ebenso die Worte, die ich zu ihr gesagt hatte. Ja, ich glaubte sogar, dass mein Verhalten ihren Tod noch beschleunigt hatte.

Nachdem sie gestorben war, beschloss ich, für Radschab

mehr als nur eine Schwester zu sein. Ich wollte gleichzeitig Mutter und Schwester für ihn sein, und ich musste dafür mehr erleiden, als eine Frau in meinem Alter ertragen kann. Als ich dann in dieses verfluchte Dorf am Rande der Wüste fuhr, hatte ich sogar mit der Möglichkeit einer Scheidung zu rechnen. Ich sprach mit niemandem darüber, wie man mich dort behandelt hatte: Zwei Polizisten, deren widerliches Gerede ich mir anhören musste, spuckte ich ins Gesicht, und mehr als einmal zog ich meine Schuhe aus und bedrohte damit einen Geheimdienstler. An das Warten aber und das Sitzen vor dem Gefängnis gewöhnte ich mich vollkommen. Ich begann sogar, ein gewisses Vergnügen daran zu finden, den Geschichten der Mütter und Frauen über ihre Söhne und Männer zuzuhören. Auch ich konnte einiges über Radschab erzählen!

Nach einiger Zeit wurde ich in den Augen der anderen Frauen sogar etwas Besonderes: Wie war es möglich, dass Radschab zu elf Jahren verurteilt worden war, dass er sieben Tage und Nächte an der Decke aufgehängt und Qualen ausgesetzt war, die kein Mensch ertragen konnte? Die Frauen hörten mir mit einer Mischung aus Beklemmung und Bewunderung zu, und ich wurde niemals müde, diese Geschichten zu erzählen, die das Weinen einer alten Frau oder besonders eines kleinen Mädchens beenden konnten: „Alles, was ihr von der Polizei hört, ist Lüge! Die Polizei redet so, um uns einzuschüchtern. Wäre es wahr, was sie sagen, wären die Männer imstande, mehr zu ertragen, als wir uns vorstellen können. Was glaubt ihr? Mein Bruder Radschab Ismaîl blieb drei Monate und sieben Tage in Einzelhaft, er schlief und ass, ohne irgendeinen Menschen zu sehen oder auch nur die

Stimme eines Menschen zu hören. Aber nicht nur das, gleich nach dieser Zeit habe ich ihn gesehen, und er war mutiger und stärker als je zuvor!" Ich erzählte dieselben Geschichten, die schon meine Mutter erzählt hatte, so, als hätte ich sie direkt aus Radschabs Mund erfahren. Ich hatte sie nicht selbst gehört, aber ich hatte alles vor Augen und war von jedem Wort überzeugt. Und die Frauen fragten mich meistens nach den kleinsten und heikelsten Einzelheiten.

Doch ich konnte diese Rolle nicht zu Ende spielen. Als ich vor zwei Monaten sah, wie krank Radschab war und wie häufig seine Ohnmachtsanfälle geworden waren, bemerkte ich, dass ich gegen diese Rolle und damit gegen mich selbst anzukämpfen begann. „Ihr müsst etwas unternehmen, und zwar schnell", hatte der Gefängnisarzt gesagt, der aus demselben Dorf wie Hâmid stammte. „Wenn ihr zögert, werdet ihr ihn verlieren!"

Als Hâmid mir dies mitteilte, bekam ich es mit der Angst zu tun. Ich glaubte nicht nur, dass Radschab sterben würde, ich glaubte sogar, dass mit ihm auch alles andere zu Ende sei. Ich sah alles nur noch schwarz, und dies war der Beginn meiner Bemühungen. Ich vergass Mutters Worte, die sie – bis wenige Tage vor ihrem Tod – jedem, der sie nach Radschab fragte, wiederholte. Zum Beispiel meiner Tante, als sie miteinander diskutierten: „Was glaubst du, Hassîba, Radschabs Kapital ist seine Ehre! Wenn er die verliert, verliert er alles. Ausserdem kenne ich ihn – Gott spende ihm Heil –, er ist eigensinnig, und sein Kopf ist aus Granit."

Dutzende Male sagte Mutter diese Worte. Sie wiederholte sie vor sich selbst, und sie sagte sie zu mir und Hâmid, um diese Gedanken zu bekämpfen, die unausgesprochen in unseren Köpfen kreisten.

An einem regnerischen Tag kam sie früh am Abend zitternd und durchnässt heim. Zuerst dachte ich, sie zittere vor Kälte, aber kaum hatte sie sich neben das Feuer gesetzt, brach zornig ihre Stimme hervor: „Möge Gott diese Frau in Stücke reissen, das ist doch keine Mutter, so ein Misthaufen! Wir sassen da und haben gewartet, dass sie uns reinlassen oder wenigstens das Essen abholen würden. Aber kaum erschien der Oberste Wachhabende und rief die Namen auf, hat sie angefangen zu heulen und die Tränen liefen ihr die Wangen runter. Noch eine Minute vorher war sie eine vernünftige Frau gewesen, hat gewartet, erzählt, aber als sie ihren Sohn sah, kam es über sie: Sie heulte und jammerte und schrie. So eine Mutter ist doch eine Mörderin!" Dann schwieg sie und trocknete ihr offenes Haar am Feuer. Sie schaute mich an, um die Wirkung ihrer Worte festzustellen, und als sie den zweiten Zopf öffnete, fuhr sie fort: „Mutter, was für eine niederträchtige Mutter! Heute ist ihr Sohn entlassen worden, nachdem er seine Freunde verraten und unterschrieben hat." Sie sah mich wieder an, ihre Blicke waren noch bitterer als ihre Worte. Es kam mir vor, als ob Mutter eine verborgene Macht bekämpfte, die sie von Zeit zu Zeit in Form von Angst oder geheimen Wünschen befiel. Aber sie fürchtete uns mehr als sich selbst!

Als ich Radschab an jenem Tag vor zwei Monaten sah, vergass ich Mutters Worte. Und als ich dann den Arzt hörte, glaubte ich, ich würde Radschab vielleicht nie mehr wiedersehen, und beschloss, seinen Widerstand zu brechen.

Hâmid wälzte sich im Bett. Er schlug mit der Hand gegen die Bettkante, als würde er sich gegen eine Macht verteidigen, die ihn bedrängte. Als er sich wieder beruhigte, entfernte ich mich, schlich auf Zehenspitzen davon, um an Radschabs Zimmertür zu lauschen.

In der Stille war nur das Geräusch aufeinanderschlagender Zähne zu hören. Das bedeutete, dass Radschab schlief. Ich erinnerte mich an dieses Zähneknirschen, eine Angewohnheit, die er nie ablegen konnte. Mutter hatte ihn oft gefragt, ob er geträumt habe. Er konnte sich aber meistens nicht erinnern. Wenn er sich nach dem Grund ihrer Frage erkundigte, antwortete sie mit einem Lächeln über das ganze Gesicht: „Ich dachte, deine Zähne würden zerbröckeln. So laut ist das Geräusch, wenn sie aufeinanderschlagen."

Radschab gewöhnte sich an diese Frage. Wenn er sich zu erinnern versuchte, verzog er das Gesicht. Aber er konnte es nicht, zumindest sprach er nicht darüber.

Ich schaute auf die Uhr, die neben dem Fenster hing. Ihr Mosaik leuchtete, als würde es aus vielen kleinen, hüpfenden Punkten bestehen. Ich war überrascht, dass es schon halb vier sein sollte. Um sechs Uhr wird uns Radschab verlassen, er wird wegfahren, und ich werde ihn vielleicht nie wiedersehen!

Es blieben noch drei Stunden, nein, zwei, dann würden diese Tage unseres gemeinsamen Lebens vorüber sein. Sie waren nicht sehr angenehm gewesen, eher schwierig, und trotzdem liebte ich sie mehr als alle früheren.

Als er im Gefängnis war, wartete ich – wie ein kleines Kind – immer auf den Freitag. Worauf sollte ich nun warten?

In unserem Inneren war etwas zerrissen. Ich hatte es gespürt, als wir am ersten Abend nach Radschabs Rückkehr aus dem Gefängnis zu essen begonnen hatten. Die Atmosphäre war beklemmend. Radschab schwieg die meiste Zeit und sah niemanden an, und die Heiterkeit, die Hâmid verbreiten wollte, schlug sich auf Radschabs Lippen nur in einem farblosen Lächeln nieder. Es war ein trauriges Lächeln, das schnell wieder verschwand und von einem bedrückenden Schweigen abgelöst wurde, Vorbote ernster Gefahren.

Wir vermieden es, über das Gefängnis zu sprechen. Unsere Fragen betrafen nur banale Dinge, die keine Erinnerungen wachriefen. Aber mehr noch als wir vermied er es, überhaupt zu sprechen; wenn wir zusammensassen, hüllte er sich in Schweigen. Mein Bedürfnis, dieses Schweigen zu durchbrechen, liess mich dummes, unzusammenhängendes Zeug schwatzen. Er hörte mir zu, aber er antwortete nicht. Seine Fragen hingegen verwunderten mich, da ich nicht verstehen konnte, warum er sich an bestimmte Dinge erinnerte. Jetzt aber war mir alles klar. Ich hatte auf seine scheinbar unbedeutenden Fragen immer rasch geantwortet und nicht bedacht, dass sie noch einen anderen Sinn haben könnten.

So hatte er sich etwa nach unserem schwarzen Nachbarn erkundigt, und ich hatte geantwortet, er sei gestorben. Er fragte mich nach der alten Dienerin, und ich antwortete, sie sei gestorben. Er fragte mich nach Umm Dschaafar, und ich antwortete, sie sei schon gestorben, bevor er ins Gefängnis gekommen sei. Meine Antworten schienen ihn nicht zu erstaunen.

Irgendwann einmal, als ich betrübt und wie mit verbundenen Augen um ihn kreiste, unternahm ich den Versuch, die Schwermut zu vertreiben, die sich über das Haus gelegt und auch die Kinder angesteckt hatte, so dass sie meistens still waren oder draussen spielten. Ich versuchte, ihn an die Tage seiner eigenen Spiele zu erinnern und an die Zeit, als wir noch zur Schule gingen. Doch nur einmal sah ich ihn ein wenig fröhlich lachen; dann nahm er sich schnell wieder zusammen, und auf seinem Gesicht zeigte sich Bedauern.

Vor drei Tagen, als ich ihn durch den Garten hinter dem Haus führte, um ihm die neuen Blumen und den hochgewachsenen Magnolienbaum zu zeigen, fragte er mich unvermittelt nach Huda. Die Wunde in seinem Herzen hatte sich noch nicht geschlossen! Er hatte Huda nicht vergessen und kam in seinen Gedanken nicht von ihr los. „Gibt es etwas Neues über Huda, Anîssa?" fragte er unvermittelt, den Blick zu Boden gerichtet. „Hast du sie gesehen? Hat sie nach mir gefragt?"

Ich habe immer alles umgangen, was ihn an sie hätte erinnern können. Ich erwähnte sie nie und hatte ihm auch den Brief noch nicht gegeben, den sie für ihn zurückgelassen hatte und den er – so hatte sie mich angewiesen – erst nach seiner Entlassung aus dem Gefängnis lesen sollte. Um die Gedanken zu bekämpfen, die ihr Geist heraufbeschwor, sagte ich mir: Sie ist jetzt weit fort, und es wäre besser, wenn er sie vergässe. Über den Brief werde ich später entscheiden!

Ich kenne Huda. Sie hatte ihm etwas erklären wollen. Als sie den Brief zuklebte und ihn mir mit Tränen in den Augen überreichte, sagte sie: „Bitte bewahre mein Geheimnis!" Ich hatte nichts anderes gewollt, als diesen Wunsch zu respektieren und Radschab eine schöne Erinnerung an sie zu bewahren. Aber jetzt, da ich ihn so tieftraurig sah, glaubte ich, dass dieser Brief ihn quälen und neuen Trübsinn in ihm auslösen würde, und beschloss, die Sache zu verschweigen.

Ich ging noch immer vor ihm her, meine Augen irrten über den weiten Horizont. Ich hätte Radschab gerne ein Bild von ihr vermittelt, das er liebte, aber ich sagte: „Dieses Mal werde ich nicht behaupten, sie sei tot. Nein, sie lebt, und sie wohnt nicht weit entfernt von hier. Aber Huda hat sich verändert, sehr verändert. Sie ist dick geworden, dicker, als du dir vorstellen kannst, und sie geht zu Empfängen und spricht bei jeder passenden und unpassenden Gelegenheit von ihrem Mann!"

„Hat sie niemals nach mir gefragt, Anîssa?"

„Anfangs schon, aber seit einem Jahr oder länger habe ich sie nur ein- oder zweimal gesehen, und da hat sie nicht gefragt." Dann fügte ich, um die Wirkung meiner Worte etwas zu mildern, hinzu: „Als ich sie sah, war sie nicht allein; allein konnte ich sie nicht sehen. Vielleicht hat sie mich deshalb nicht nach dir gefragt!"

Er ging schweigend weiter. Ich kenne die Welt der Männer nur durch Radschab und Hâmid. Und sogar die Welt dieser beiden scheint mir nicht die gleiche, ja, nicht einmal vergleichbar zu sein. Wenn ich jetzt an Huda denke, glaube ich, dass sie sehr gelitten hat. Sie weinte oft. Viele Stunden verbrachte sie bei uns und tat nichts als weinen. Wie ein kleines Kind fragte sie mich: „Soll ich fliehen, Anîssa? Ich ertrage es nicht, jemand anderen als Radschab zu heiraten!" Aber Radschab war weit weg, unerreichbar. Ihre Familie drängte sie, und Huda konnte sich nicht von ihr lösen.

Ich habe gegen ihren Geist angekämpft, wenn Radschab mich im Gefängnis nach ihr fragte. Ich habe vieles erzählt, was so nicht geschehen war ... Was hätte ich auch machen sollen?

Mit der Zeit veränderte sich Huda. Sie erkundigte sich nicht mehr nach ihm, sie weinte nicht mehr. Sie schuf sich eine neue Welt und begann, ein Teil davon zu werden. Den Brief, den sie mir für Radschab überreicht hatte, erbat sie ein Jahr nach ihrer Heirat zurück. Sie flehte und bettelte, Tränen der Angst füllten ihre Augen. Sie sagte, ihr Mann würde sie umbringen, wenn er davon erführe. Und als ich ihr antwortete, dass ich alle Papiere Radschabs verbrannt hätte und ihren Brief als erstes, wurde sie wütend und schien mir zu misstrauen. Ich sagte ihr: „Alles ist verbrannt, ich möchte nicht, dass wir noch einmal darüber sprechen." Und meine Worte sollten sie eher tadeln als überzeugen.

Ich nahm Radschabs Hand und sagte, in der Hoffnung, etwas über seine Gefühle zu erfahren: „Mutter hat diesen Baum für dich gepflanzt, zwei Monate nachdem du ins Gefängnis kamst."

„Oh, eine Pappel!" rief er erfreut.

„Ja, eine Pappel! Und sie sagte: ‚Wenn Radschab aus dem Gefängnis kommt, wird er selbstbewusst und stolz sein wie sie!'" Zum ersten Mal sah ich, wie sich Radschabs Gesicht vor Schmerz zusammenzog. Hastig wandte er sich ab. Verzweifelt lehnte er sich gegen die Hauswand, und nach einem Augenblick vernichtenden Schweigens begann er zu weinen. Es war ein klagendes Weinen, fast ein Schluchzen. Im Gefängnis schien es ihn gefreut zu haben, wenn ich ihm vom Garten erzählte. Aber als ich ihm nun die Bäume zeigte und über sie sprach, war es, als würde ich ihn umbringen. Ich liess ihn weinen. Ich verstand ihn nicht und dachte, die Erinnerung an Mutter habe ihn zum Weinen gebracht. Doch als ich nachdachte, stellte ich fest, dass meine Worte hart und bitter gewesen waren.

Noch bevor dieser Tag zu Ende ging, sah ich, wie Radschab, in kalten Schweiss gebadet, versuchte, den Baum zu fällen. Als er es nicht schaffte, kam Hâmid ihm zu Hilfe. Wir fragten ihn nicht nach dem Grund und protestierten auch nicht. Ohne ein einziges Wort des Einspruchs liessen wir ihn handeln.

Ich hatte Hâmid gedrängt, ihm zu helfen: „Einige Menschen vermuten ihre Widersacher in materiellen Dingen. Radschab glaubt, dass dieser Baum ein Feind ist. Wir wollen nicht mit ihm darüber diskutieren. Wichtig ist nur, dass du ihm hilfst!"

Schweigend ging Hâmid ihm zur Hand. Und als der Baum umstürzte, fiel auch ein Teil der Mauer ein.

„Ich baue die Mauer morgen wieder auf!" sagte Radschab verwirrt, in dem verzweifelten Versuch, sich zu rechtfertigen.

Ich freute mich, als der Baum stürzte, und Hâmid begann – nachdem er sich von der Arbeit erholt hatte – zu lachen und bedachte Radschab mit einem Blick voller Heiterkeit. Dann legte sich ein triumphierendes Lächeln auf sein Gesicht, als er sagte: „Wie wir es in den alten Geschichten gelesen haben! Dieser Baum ist das Symbol für die Vergangenheit. Und nun, nachdem er gefallen ist, ist mit ihm die Vergangenheit aus und vorbei. Was sagst du dazu, Radschab?"

Langsam, fast geheimnisvoll, antwortete Radschab: „Diese Art von Bäumen, so dünn und lang, macht mich traurig.

Seit langem schon hasse ich Pappeln und Zypressen. Es sind so schwermütige Bäume!"

Hâmid wollte weiter über die Bäume und die Vergangenheit schwatzen, aber als Radschab nichts mehr sagte und plötzlich gereizt aufstand, hielt er inne, als habe er seinen Fehler bemerkt.

Von diesem Tag an verliess Radschab sein Zimmer nur noch selten. Was die Mauer betraf, so bat er mich am nächsten Morgen, jemanden zu suchen, der sie wieder aufbaute. Ich akzeptierte sein Verhalten. Ich wollte, dass er tat, was ihn gutdünkte. Auch wenn er selbst die Mauer wieder aufgebaut hätte, hätte ich kein Wort gesagt. Und jetzt, nachdem er mich bat, jemanden für diese Arbeit zu finden, bemühte ich mich, heiter zu wirken. „Du zerstörst sie, und Hâmid baut sie wieder auf! Und wenn Hâmid es nicht macht, werden wir eben eine zweite Tür für den Garten einbauen."

Als Zeichen der Gleichgültigkeit zuckte er nur mit den Schultern, kehrte in sein Zimmer zurück und schloss die Tür hinter sich.

Und jetzt gingen wir ein zweites Mal durch den Garten, und Radschab fragte mich nach Huda. Was sollte ich ihm ausser diesen tödlichen Worten sagen? In seiner Erinnerung war Huda jene Frau, die umhersprang wie eine Gazelle, die lachte und sang, deren Gesicht sich vor Aufregung rötete, wenn ihre Meinungen über politische Fragen – von denen sie allerdings nicht viel verstand – auseinandergingen.

Hâmid hob seinen Kopf in der Dunkelheit. Er wollte sich versichern, dass ich eingeschlafen war. Schnell schloss ich meine Augen, und nach einer Weile drehte ich mich als Reaktion auf seine Bewegung auf die andere Seite und gab vor zu schlafen.

Vielleicht ist es schon nach vier Uhr? Radschab wird das Licht anmachen. Als wir ihn letzte Nacht baten, früh schlafen zu gehen, sagte er zu mir: „Ich werde die Sachen, die ich oft brauche, selbst in die kleine Tasche packen, damit ich weiss, wo sie sind." Dann bemühte er sich, seinen Tonfall zu ändern, um mich zu beruhigen, und fuhr fort, wobei er mir freundlich auf die Schulter klopfte: „Ich werde früh aufstehen, um mich zu rasieren und alles in Ordnung zu bringen." Radschab wird jetzt aufstehen. Vielleicht ist er schon auf, er hat das Licht nicht angedreht, aber es ist unmöglich, dass er noch schläft.

In den vergangenen Tagen hatte ich ihn genau beobachtet. Er pflegte früh aufzustehen. Ich weiss nicht, wohin er ging. Aber ich hatte grosse Angst, als ich ihn am zweiten Tag weggehen sah, und beschloss deshalb, auf ihn zu warten.

Oh Gott, wie sehr sich Radschab verändert hatte! Er war nicht mehr der, den ich gekannt, mit dem ich zusammengelebt hatte. Er war ein anderer Mensch geworden. War der alte Radschab tot? Hatte er ihn im Gefängnis gelassen? Konnte sich denn ein Mensch so sehr verändern?

Die früher von Vertrauen und Freude erfüllte Stimme wurde von Auswurf und Husten erstickt. Die lachenden Augen, die meine Mutter „diebische Augen" genannt hatte, waren vollkommen erloschen. Seine Augen waren wie blinde Spiegel geworden, die nichts mehr sahen. Sie schauten, aber sie sahen nichts. Wenn Radschab mich nur seinen Körper betrachten liesse. Konnte sich auch der Körper verändern?

Einmal, als Alpträume und Gedanken mit wahnsinniger Geschwindigkeit durch meinen Kopf sausten, hatte ich ihn gefragt: „Hat dich das Gefängnis sehr verändert?“

„Nein, ich habe mich nicht verändert. Und wenn doch, dann zum Positiven!“

„Das Gefängnis verändert den Menschen zum Negativen. Siehst du nicht, wie alt du geworden bist? Wie erschöpft?“

„Aber ich bin von niemandem mehr abhängig. Ich habe viel gelernt: Wäsche waschen, spülen, und – wundere dich nicht, Anîssa, wenn ich dir sage, dass ich geschickter Knöpfe annähen und flicken kann als eine Frau.“

„Hast du auch gelernt, dich allein zu waschen?“

„Zu Beginn habe ich meinen Rücken an der Mauer geschrubbt, aber dann habe ich gelernt, den Schwamm von beiden Seiten zu packen und mich abzureiben.“

Wenn ich nur seinen Körper sehen könnte, die alten Wunden an seinen Beinen und an seiner Schulter. Waren die Narben, an die ich mich erinnerte, noch da? Hatten sie sich verändert?

Er mochte nicht, dass ich seinen Körper betrachtete. Er wollte nicht, dass ich die Spuren entdeckte, von denen man sich erzählt, dass sie die Körper der Gefangenen in Landkarten verwandeln. Verändern sich diese Spuren nicht? Ich habe viele Geschichten über Gefangene gehört, die prahlten, wenn sie auf die Blessuren der Folter zeigten: die Schwellungen an den Beinen, die blauen Flecken auf dem Rücken ... Sie betrachteten die Male mit einer Mischung aus Neugier und Genuss, als würden sie sie zum ersten Mal entdecken.

Einige Tage zuvor konnte ich etwas von Radschabs Körper erspähen. Er steckte gerade einen Arm in den Ärmel eines

Hemdes. Unwillkürlich ging ich auf ihn zu und legte meine Finger auf seine Schulter nahe der Brust. Ich konnte eine Schwellung fühlen, doch er hob schnell seinen Arm, um das Hemd anzuziehen, und als er in meinen Augen die Frage bemerkte, sagte er: „Glaub nicht, dass alles vom Gefängnis ist. Diese Wunde habe ich mir zugezogen, als ich vom Walnussbaum gefallen bin. Erinnerst du dich nicht?"

Ich erinnerte mich, dass er sich den Arm gebrochen hatte, aber ich erinnerte mich an keine Schwellung oder Narbe. Um mir keine Gelegenheit zum Fragen zu lassen, fuhr er fort: „Sie hinterlassen keine Narben, sie wollen nicht, dass der Gefangene entstellt ist. Sogar wenn er gestanden hat, behalten sie ihn so lange da, bis alles geheilt ist."

„Haben sie dich viel geschlagen, Radschab?"

Als ob ihn die Frage überrascht hätte und er kaum sprechen könnte, entgegnete er gereizt: „Nein."

„Und all das, was wir gehört haben?"

„Lüge, alles Lüge!"

Ich konnte ihm nicht glauben. Ich wünschte mir, seinen Körper anzuschauen. Könnte ich nur einen flüchtigen Blick darauf werfen, würde ich alles ablesen: die Spuren, die Veränderungen, das Altern. Aber er betrachtete seinen Körper seit langer Zeit als Geheimnis und gestattete niemandem, ihn zu sehen. Ich erinnerte mich an die Geschichte jenes Mannes, der ein ganzes Stück vom Haus unserer Tante entfernt wohnte und sich ein Vergnügen daraus machte, sich seiner Kleidungsstücke zu entledigen und fast nackt aufs Dach zu steigen. Als Radschab erfuhr, dass die Kinder des Viertels ihn schlugen und ihn zwangen, das Haus zu verlassen, sagte er zu Mutter, die gerade davon erzählte: „Sogar die

Tiere ekeln sich vor seinem Anblick. Was glaubt er eigentlich? Stellt er sich vor, dass die Frauen hinter ihm herlaufen und sich ihm vor die Füsse werfen?"

Niemand sagte etwas zu dieser Geschichte. Radschab aber sagte nach einigen Tagen zu Munim, unserem Cousin, der ihn nach jenem Mann gefragt hatte: „Ich an deiner Stelle hätte ihn rücklings auf einem Esel durch die Strassen reiten lassen. Schämt er sich nicht für seinen Bauch? Und für seinen Hintern, der grösser als ein Schweinehintern ist?"

Irgend etwas an seinem Körper machte Radschab Angst. Als ich Hâmid über seine Jugend ausfragte und Vergleiche zwischen den beiden anstellte, wurde mir klar, wie verschieden sie voneinander waren. Hâmid beispielsweise vergisst niemals die Geschichten, die beweisen sollen, wie stark er war. Immer wieder prahlt er: „Sie waren zu dritt, ich war allein und unbewaffnet. Deshalb tat ich so, als hätte ich etwas in meiner Tasche versteckt. Dann schlug ich den ersten, und er fiel zu Boden. Den zweiten schlug ich ins Gesicht, so dass Blut floss; nach dem zweiten Schlag fielen zwei seiner Vorderzähne heraus, als er das Blut ausspuckte. Der dritte aber, der nur zugeschaut hatte, haute dann ab."

Diese und andere Geschichten hatte ich schon viele Male von Hâmid gehört. Radschab aber musste seinen Körper keiner Prüfung unterziehen. Er verliess sich auf seine Beweglichkeit. Es war ihm wichtig, seine Beweglichkeit in Dingen zu beweisen, von denen er glaubte, dass andere dazu nicht in der Lage wären. Er war ein geübter Ballspieler und Läufer. Sein Körper aber war eher mager, früher und auch noch, als er älter wurde und mit blutigem Gesicht und geschwollenen

Lippen von den Demonstrationen heimkehrte. Deshalb glaubte ich, dass er sich mehr auf seine Beweglichkeit verliess als auf seine Stärke.

Als ich ihm vorgestern ein weiteres Stück Huhn auf den Teller legte, sagte ich zu ihm: „Âdil isst mehr als du! Warum isst du nicht?“ Um anzudeuten, dass er satt sei, schlug er sich auf den Bauch und entgegnete zornig: „Essen ist mir lästig geworden. Trotzdem habe ich schon zuviel gegessen!“ Wollte er sich vielleicht irgendwie selbst quälen?

Ich habe mich wieder an ihn gewöhnt, aber Radschab ist nicht mehr derjenige, den ich kannte. In einer Stunde wird er wegfahren, und dort? Wer wird ihm dort sein Essen zubereiten? Wird er überhaupt essen? Jetzt ist er bei uns und meidet das Essen. Was wird er erst machen, wenn er allein ist? Ich werde nicht vergessen, ihm zu schreiben. Ich werde ihn immer anweisen, auf seine Gesundheit zu achten. Dieses verfluchte Gefängnis hat ihn zugrunde gerichtet. Er braucht jetzt zusätzliche Fürsorge, damit er für die fünf Jahre entschädigt wird, in denen er nicht mal wie ein Mensch essen konnte.

Er hatte zu mir gesagt, das Essen im Gefängnis sei köstlich gewesen. Ich konnte es nicht glauben. Als er mein spöttisches Gesicht bemerkte, bestand er darauf: „Der Hunger ist der beste Lehrer. Vor der Verhaftung hatte ich spezielle Vorlieben: Das mag ich, das mag ich nicht. Im Gefängnis habe ich alles gegessen.“ Und damit ich keine Bemerkung machte, fügte er hinzu: „Eine Darmfüllung. Wichtig war nur, dass man alles ass, um nicht zu hungern. Und trotzdem war das Essen köstlich!“

Und der Schlaf? War Radschab aufgewacht? In einer Stunde würde er wegfahren. Der Schlaf war sein Feind in diesen Tagen. Ich wusste nicht, wann er schlief und wann er wach lag. Meistens spielte das Licht in den Winkeln seines Zimmers. Als ich am dritten Tag nach seiner Entlassung seine Schritte im Morgengrauen vernahm, war ich verwundert. Ich erinnere mich, dass ich in jener Nacht Licht in seinem Zimmer gesehen hatte, als ich zum zweiten Mal aufgewacht war. Der Schlaf lag noch angenehm auf meinen Augen. Zuerst dachte ich, er sei nur aufgestanden, um etwas zu trinken. Als ich dann aber hörte, dass sich die Haustür hinter ihm schloss, wurde ich unruhig. Wohin ging er wohl zu dieser frühen Stunde?

Am ersten Tag liess ich ihn gehen und fragte ihn nicht. Als ich aber am nächsten Tag etwa zur selben Zeit die Tür wieder hörte, nahm ich an, dass Radschab sich neuen Gefahren aussetzte. Ich wartete, bis er zurückkam. Ich gab vor, sein Weggehen nicht bemerkt zu haben, und tat sehr erstaunt, als ich ihn nun hereinkommen sah. Er öffnete leise die Tür und trat ein. Als er gewahr wurde, dass ich vor ihm stand, hielt er inne, und auf seinem Gesicht zeigten sich Zorn und Verwirrung.

Es sollte heiter klingen, als ich ihn fragte: „Bist du an die Luft gegangen, weil du nicht schlafen konntest? Du hast dich wohl noch nicht an das neue Leben gewöhnt!“

„Ich bin früh eingeschlafen und konnte nicht mehr im Bett bleiben. Deshalb bin ich rausgegangen“, entgegnete er unwirsch.

„Seid ihr gewöhnlich früh aufgestanden?“

„Nicht vor sechs!“

„Aber jetzt ist es noch nicht sechs. Wieviel Uhr ist es?“

Er schlug die Richtung in sein Zimmer ein, damit ich mit dem Geschwätz aufhörte, und sagte: „Ungefähr sechs, vielleicht etwas später.“

„Soll ich dir einen Kaffee machen, Radschab, oder möchtest du noch etwas schlafen?“

„Ich werde schlafen.“

Radschab unternahm geheimnisvolle Dinge. Wohin war er gegangen? Was hatte er gemacht? Ich wollte es wissen! Aber wenn er merkte, dass ich ihn beobachtete, oder wenn ich ihn ausfragte, würde er mir das nicht verzeihen. Seine Gewohnheiten haben sich im Gefängnis nicht geändert. Fragen machten ihn schon immer nervös oder gar ärgerlich.

Wenn Mutter ihn etwas gefragt hatte, pflegte er zu sagen: „Wenn du mich liebst, dann frag mich nicht! Ich bin alt genug und weiss, wie ich mich verhalten muss. Hab keine Angst!“ Und wenn sie versuchte, ihn zu bitten, oder ihn fühlen liess, dass sie vor Angst und Sorgen nicht schlafen konnte, entgegnete er: „Schlaf, und wenn ich komme und dich nicht schlafen sehe, werde ich mich in Zukunft noch mehr verspäten, oder ich werde woanders übernachten.“

Sie hatte es oft versucht, doch als sie nichts erreichte, liess sie ihn in Ruhe. Ebenso verhielt sie sich in bezug auf seine Aktivitäten. Nach einer Nacht, in der er sie so angefahren hatte, dass sie sich furchtbar aufregte und dann auf ihr Zimmer ging, um zu weinen, wagte sie nicht mehr, ihn etwas zu fragen.

Einmal hatte sie zu ihm gesagt: „Mein Sohn, wenn du

doch von der Politik lassen würdest! Du hast doch mit eigenen Augen gesehen, wie sie den Sohn von Nadâwi abgeholt haben, wie sie Madschdi eingesperrt haben. Was nützt die Politik, mein Sohn?"

„Diese Dinge sind grösser als du!" antwortete er wütend. „Misch dich also nicht ein. Ich bin alt genug und weiss, was ich zu tun habe."

„Aber du siehst es mit eigenen Augen!"

„Was sehe ich?"

„Jeden Tag nehmen sie jemanden fest, jeden Tag bringen sie einen um. Was soll ich machen, wenn sie dich einsperren? Wenn sie dich umbringen?"

„Reg dich ab! Wenn sie jemand einsperren, dann nur mich. Dir wird man nichts tun!"

„Glaubst du etwa, dass ich das Leben auch nur einen einzigen Tag ertragen könnte, nachdem sie dich verhaftet haben?"

„Warum solltest du es nicht ertragen?"

„Ich sterbe! Ich bringe mich um!"

„So ist das also! Ich dachte, ich hätte eine Mutter, die stärker ist als die Männer! Ich dachte, wenn ich ins Gefängnis käme, könnte ich getrost und sicher sein, dass es keine Tränen und kein Geschrei gibt. Jetzt drohst du mir, bevor ich überhaupt eingesperrt worden bin. Willst du eine Memme aus mir machen? Soll ich ein Kastrat werden?"

Ich weiss nicht, warum ich mich eingemischt habe. Aber hätten sie die Diskussion allein fortgesetzt, wäre sie ergebnislos verlaufen. Als ich kühl, fast tadelnd zu Mutter sagte, sie solle aufhören, sich in seine Angelegenheiten zu mischen, entgegnete sie aufgebracht: „Du bist keine Mutter, du kennst die Gefühle einer Mutter nicht. Wenn er ins Gefängnis kommt, läufst nicht du durch die Strassen, nicht du durchwachst die Nächte. Was soll ich nur tun?"

„Radschab steht jetzt vor dir", entgegnete ich im selben Tonfall, „und bevor er eingesperrt ist, darfst du nicht vom Gefängnis reden!"

„Soll ich ihn etwa warnen, nachdem sie ihn umgebracht haben?"

Um die Diskussion zu beenden, rief Radschab gereizt: „Lasst das Thema! Wenn ich eingesperrt werde, werde ich die Folgen tragen."

„Aber mein Sohn, ich bin eine Mutter, und du weisst, was ein Mutterherz ist!"

„Wenn jede Mutter so sprechen würde wie du, würde sich niemand bewegen, und wir würden in diesem Misthaufen hier krepieren!"

„Aber du setzt dein Leben aufs Spiel, mein Sohn!"

„Ich bin alt genug und weiss, was ich zu tun habe!"

Ich verstand Radschab und wünschte mir, dass er sich beruhige: „Mutter, lass ihn machen, was er will!"

„Zur Hölle! Soll er machen, was er will! Ich mische mich nicht mehr ein, ich habe nichts mehr damit zu tun."

„Ja, ich gehe zur Hölle", rief Radschab wütend, „und ich möchte nicht, dass irgend jemand mit mir geht."

„Wenn dein Vater noch lebte und sähe, wie du dich in Gefahr bringst! Er wüsste, wie er dich zu erziehen hätte!"

„Gott sei Dank ist er tot! Und selbst, wenn er nicht tot wäre, wüsste ich, wie ich zu handeln hätte!"

„Würdest du ihm etwa widersprechen, wenn er dich an der politischen Arbeit hindern würde?"

„Wahrscheinlich würde er mich nicht hindern. Die Zeit, in der mich jemand hindern kann, ist vorbei!"

„Mein Sohn, du musst auf mich hören!"

„Du bist kindisch und hast keine Ahnung!"

„Hundert Höllen!" schrie sie wutentbrannt, als liesse seine Kränkung sie nicht mehr ruhig nachdenken. „Und ich werde verrückt sein, wenn ich nach dir frage!"

„Hundert Höllen! Und ich möchte nicht, dass irgend jemand nach mir fragt."

Wütend ging sie zu ihrem Bett. Kaum hatte sie sich dort hingesetzt, begann sie zu weinen, erst still, dann schluchzend. Da Radschab nichts unternahm, setzte ich mich neben sie und redete ihr etwa eine Stunde lang zu, doch sie antwortete mit keinem einzigen Wort. Erst als sie sich beruhigt hatte, schlief sie, ohne sich umzuziehen, ein.

Seit dieser Zeit vermied ich es, Radschab direkte Fragen zu stellen. Ich bemühte mich nur, ihn dazu zu bringen, von sich aus zu erzählen. Und wenn er dann sprach oder zumindest bereit schien zu reden, brachte ich ihn allmählich dorthin, wo ich ihn haben wollte. Aber meistens bemerkte ich danach an seinem Gesichtsausdruck, dass er es bereute, über Dinge gesprochen zu haben, die man einer Frau oder einem fremden Menschen eigentlich nicht erzählt! Seit dieser Zeit wusste ich, dass Radschab sich durch Fragen nicht nur bedrängt fühlte, sondern dass er sie hasste, dass sie ihn zu einer Brutalität trieben, die nicht zu seiner Art passte.

Eines Tages hatte ihn unser neuer Nachbar ausgefragt, der bis zum Tod seiner Frau letztes Jahr neben uns wohnte und der etwas älter war als Radschab. Bei seinem ersten Besuch erkundigte er sich nach der Herkunft unserer Familie, wieviele wir seien und wovon wir lebten. Radschab antwortete nur kurz und knapp. Als der Mann aber noch wissen wollte, wieviel Landbesitz wir im Dorf hätten, ob wir das Land selbst bestellten oder unsere Verwandten, sah Radschab ihn verunsichert und streng an, und ich hörte ihn ärgerlich sagen: „Ich habe eine Schwester, die schon verheiratet ist, und ich selbst habe zur Zeit keine Heiratsabsichten!“ Dem Mann kam diese Antwort sonderbar vor, und als sich auf seinem Gesicht Verwunderung und Verwirrung abzeichneten, fügte Radschab hinzu: „Hören Sie, mein Herr, es gibt keinen Grund für so eine Fragerei. Ich bin überzeugt, dass nur jemand, der eine Heirat einfädeln will, solche Fragen stellt.“

Der Nachbar wollte sich entschuldigen, doch diese Begegnung blieb in Radschabs Gedächtnis als traurige, ja abstossende Episode haften. Und als Mutter ihn anflehte, den Besuch bei unserem Nachbarn zu erwidern, entgegnete er nur kurz und bündig: „Ich will ihn nicht besuchen, aber die Befragung wird schon noch stattfinden, keine Angst!“

Mutter wunderte sich. Doch nachdem Radschab hinausgegangen war, erzählte ich ihr, wie dieser Nachbar ihn mit seinen Fragen gereizt hatte. Mutter sagte kein Wort.

Ich muss aufstehen. Ich werde später an Radschab denken. Jetzt möchte ich ihn sehen, in der letzten Stunde sein Gesicht geniessen. Er wird nicht zurückkehren. Und wenn, dann sicher nicht bald.

Als ich leise die Tür aufstiess, sah ich, wie Radschab sich über den kleinen Koffer beugte. Ich schlich auf Zehenspitzen zu ihm, damit er mich nicht bemerkte, und als ich nahe genug war, sah ich, wie er einen Stapel Papier verstaute.

Ich erinnerte mich an das schwarze Heft, an diese verfluchten Papiere. Ich hatte Angst und glaubte, seine Wut könne mit einem Mal explodieren und mich in einem Meer von taubem Hass versenken. Es waren dieselben Papiere, dasselbe Heft! Er hatte sie Mutter gegeben mit der dringenden Bitte, sie an einem geheimen Ort zu verwahren. Ich erinnerte mich, dass sich an jenem Tag eine verdächtige Stille über das Zimmer gelegt hatte. Als ich eintrat, hatte ich gesehen, wie Mutter zusammengeschreckt war und die Papiere schnell unter ihr Bett steckte. Ich hatte vorgegeben, nichts gesehen zu haben. Doch bevor Mutter starb, hatte sie, auf den Kamin im oberen kleinen Zimmer zeigend, zu mir gesagt: „Anîssa, ich verlasse mich darauf, dass du diese Papiere für Radschab verwahrst. Ich weiss nicht, was darin steht, aber er hat sie mir ans Herz gelegt."

Eine Zeitlang blieben die Papiere an ihrem Platz, aber der Teufel, der im Herzen eines jeden Menschen wohnt, regte sich eines Tages in mir, und ich streckte die Hand nach ihnen aus. Ich kann nicht über alles berichten, denn ich habe sie nicht ganz gelesen. Und selbst wenn ich sie gelesen hätte, wäre es ungeziemend, davon zu erzählen. Es waren keine gefährlichen Papiere, sie betrafen niemanden ausser Radschab.

Fielen sie irgend jemandem in die Hände, würde er nichts von dem finden, was Radschab darin fand. Es sind keine grossen Worte: seine kleine Welt, seine Gedanken, seine Träume, seine Liebe und seine Verrücktheiten, Beschimpfungen. Das ist es, woran ich mich erinnern möchte.

Als Radschab mich bemerkte, fuhr er zusammen und sah mich so hasserfüllt an, als wollte er gleich etwas Schreckliches tun. Um seine Gedanken zu vertreiben und ihm Vertrauen einzuflössen, fragte ich: „Soll ich den Kaffee jetzt machen oder erst, nachdem du dich rasiert hast?"

Ein bleiches Lächeln durchzog seine Worte, als er entgegnete: „Egal, jetzt oder später."

„Bist du fertig mit Packen?"

„So ziemlich."

„Hast du auch nichts vergessen? Versuch dich zu erinnern!"

Er bemühte sich nicht, sondern antwortete nur gereizt: „Ich habe nichts vergessen." Dann liess er sich auf einen nahestehenden Sessel fallen, stiess mit dem Fuss den Koffer beiseite und fragte, indem er mir eine Zigarette hinhielt: „Weisst du noch, was Mutter über die erste Zigarette am Morgen gesagt hat?"

Ohne zu antworten, schüttelte ich den Kopf. Ich wollte, dass er sprach, denn er erinnerte sich an Seiten unserer Mutter, von denen ich überhaupt nichts mehr wusste. „Die erste Zigarette ist Gift", fuhr er fort, als er sah, dass ich schwieg. „Leg eine Zigarette ins Wasser, hat sie gesagt, und lass sie dort liegen, bis sie sich auflöst. Dann schau dir die Farbe des Wassers an – es ist dunkelgelb. Das ist das Gift. Aber woher sie das Gift kannte, wer ihr gesagt hatte, dass das die Farbe von Gift sei – das hat sie mir nie gesagt. Jedesmal, wenn sie mich vor dem Essen rauchen sah, wiederholte sie diese Geschichte und versuchte, mir die Zigarette abzunehmen. Dann beeilte sie sich, mir etwas zu essen zu bringen. Erinnerst du dich daran?"

Ich schüttelte den Kopf und bemerkte, wie sich seine Gesichtszüge verhärteten. „Deshalb rauche ich allein", sagte er dann. „Ich werde dir keine Zigarette mehr geben, wie ich es vergangene Nacht getan habe."

Ich wollte Mutter nachahmen, damit er eine freudige Erinnerung mit auf den Weg nehmen konnte: „Und wie kannst du jetzt rauchen, bevor du gegessen hast, Radschab? Weisst du nicht, dass die erste Zigarette Gift ist, sogar stärker als Gift?"

„Im Gefängnis gewöhnt man sich daran. Die erste Zigarette verursacht einen dauerhaft bitteren Geschmack im Mund, den brauche ich jetzt."

„Warum sagst du so etwas, Radschab?"

„Habe ich etwas Falsches gesagt?"

„Sogar deine Art zu sprechen hat sich verändert!"

Er zog einige Male an der Zigarette, versunken in fernen, widersprüchlichen Gedanken. Ich spürte dies an seinen nervösen Gesichtszügen, die sich ständig veränderten, als würde er verschiedene Kämpfe führen. Plötzlich setzte er sich aufrecht, zog sein Bein an, das wie ein überzähliges Glied auf dem Zimmerboden gelegen hatte, und sagte: „Ich bin immer noch ratlos, Anîssa. Dieses Heft, das ich bei Mutter gelassen hatte und das du mir zurückgegeben hast ..." – dabei zeigte er auf den Koffer – „... ich weiss nicht, ob ich es mitnehmen oder vor der Reise verbrennen soll. Wenn ich es mitnehme und sie mich durchsuchen und es finden, wäre dies eine neue Schande, ein Skandal anderer Art: Radschab, der Liebende; Radschab, der Poet; Radschab, der Träumer. Sie werden alles verbreiten, damit man über mich lacht. Besonders meine Freunde. Und dann wird die Nachricht das Gefängnis erreichen: Issmat, Amdschad und die anderen. Alles, was sie über mich dachten, wird sich bestätigen! Und wenn ich es nicht mit mir nehme, wenn ich es verbrenne, werde ich es vielleicht bereuen, denn darin befindet sich alles, woran ich mich erinnern möchte." Die Worte sprudelten aus ihm hervor, als würde er zu sich selbst sprechen. Er sah niemanden und fragte mich nicht wirklich. Seine Worte waren der letzte Versuch, sich selbst zu überzeugen.

„Lass es bei mir, Radschab, und wenn du zurückkehrst, kannst du damit machen, was du willst."

„Aber ich hänge daran, Anîssa. Und ich habe im Gefängnis oft daran gedacht."

„Ich nehme an, dass du es in diesen Tagen gelesen hast und dich an alles erinnern kannst. Es ist unnötig, dass du dich einer neuen Gefahr aussetzt. Wäre es nicht besser, es hier zu lassen?"

„Vielleicht wäre es besser, es zu verbrennen. Was meinst du?"

„Lass es bei mir. Ich werde es an einem sicheren Ort aufbewahren; es wird niemand in die Hände fallen, bis du zurückkehrst!"

„Sag mir die Wahrheit, Anîssa, hast du diese Papiere gelesen?"

Was sollte ich ihm antworten? Dass ich einige Seiten gelesen hatte? Sollte ich es leugnen? Ich konnte kein Wort sagen, das ich nicht bereuen würde. Wenn ich ihm gestand, dass ich sie gelesen hatte, würde er zornig werden. Ich erinnerte mich an sein Verstummen, als ich ins Zimmer kam, während er Mutter die Papiere überreichte. Wenn ich aber behauptete, dass ich sie nicht gelesen hätte, würde er mir nicht glauben. Meine Augen würden mich verraten. Manchmal fragte er nur mit den Augen, die mich durchschauten.

Alles riskierend antwortete ich: „Ich habe einige Seiten gelesen, Radschab; ich hatte Angst vor der Polizei. Ich fürchtete, dass sie dir, wenn man bei einer neuerlichen Durchsuchung die Papiere finden würde, neue Probleme bereiten könnten. Ich habe sie gelesen, um mich zu versichern, dass diese Papiere nichts mit Politik zu tun haben."

„Was hast du gelesen?"

Ich musste ihn überzeugen und fasste ihn an beiden Händen: „Glaub mir, Radschab, ich erinnere mich nicht! Ich wollte nur wissen ..."

„Und was hast du erfahren?"

Ich lachte und rüttelte ihn, damit er aufstehe: „Ich werde deine Geheimnisse niemandem enthüllen. Darauf kannst du dich verlassen."

„Auch wenn sie dich schlagen?"

„Auch wenn sie mich schlagen!"

„Auch wenn sie Elektroschocks anwenden?"

„Sie können alles anwenden!"

„Du lügst!"

„Ich lüge?"

„Ja, du lügst! Der Mensch behauptet immer, dass er nichts sagen wird. Aber wenn sie anfangen, ihn zu schlagen, wenn sie ihre Methoden anwenden, erst in diesem Moment wird er sich entscheiden. Und dann ist es sein Körper, der entscheidet, der Wille ist in diesem Augenblick tot, erloschen, der Körper ist es, der alles macht!"

„Hast du viel ertragen, bevor du gestanden hast, Radschab?"

Er spuckte auf den Boden und stand auf.

Wenn er nur etwas sagen würde, damit ich ihn verstehen könnte! Jetzt aber fährt er, und mit ihm fahren seine Geheimnisse. Hat Radschab etwas gesagt? Hat er viel ertragen müssen, bevor er redete? Wie mag er sich gefühlt haben, als man ihm die Worte wiederholte, die sein Körper unter ihren Peitschenhieben und Erniedrigungen gesprochen hatte?

Ich hätte Radschab zwingen müssen zu sprechen. Aber das schien jetzt unmöglich. Warum habe ich ihn nicht in den vergangenen Tagen gefragt? Warum habe ich ihn hinter den Vorhängen in seinem alten Zimmer mit seinen Erinnerungen allein gelassen? Der Mensch, so stark er auch sein mag, ist, allein gelassen, schwächer als eine Fliege! Radschab war allein, und er hatte es so gewollt. Warum aber beschloss er alles allein? Und die Papiere, das Heft? Sollte ich es ihm lassen? Oder sollte ich diese Erinnerungen aufbewahren und mir das Recht einräumen, sie zu lesen und an den Radschab von damals zu denken, als er sie geschrieben hatte?

Ich beobachtete, wie er aufstand und voller Hass gegen den Koffer trat. Vielleicht trat er gegen die Papiere, die Vergangenheit, die Augenblicke der Schwäche? Ich versuchte, ihn zurückzuholen: „Also, wie ist es? Lässt du die Papiere nun hier oder nimmst du sie mit?“

„Ich weiss nicht! Kurz bevor ich das Haus verlasse, werde ich mich entscheiden.“

„Es wäre besser, wenn du dich jetzt entscheiden würdest, in diesem Augenblick, da wir allein sind. Wenn Hâmid und die Kinder dabei sind, wird es vielleicht schwieriger sein, die Papiere zurückzulassen. Wenn sie sie sehen, werden sie Fragen stellen, und ich werde sie nicht wie früher geheimhalten können.“

„Keine Angst, Anîssa, wenn ich mich entscheide, sie hier zu lassen, möchte ich, dass du sie verbrennst. Dann werde ich sie nicht mehr brauchen!"

„Es wäre besser, wenn du sie nicht mitnimmst. Wenn du sie jetzt hierlässt, werde ich sie aufbewahren, bis du zurückkehrst!"

„Ich weiss nicht!"

Ich machte Kaffee, während er sich rasierte. Die Stille spannte sich wie eine Todesbrücke. Ich hörte nicht einmal das Wasser sprudeln, das in der Kanne kochte. Wieder dachte ich an die Papiere. Während ich Kaffeepulver in das kochende Wasser schüttete, erinnerte ich mich: Stösse von sorgfältig gefalteten Blättern, ein dickes schwarzes Heft mit braunem Umschlag. Die Gedanken von drei Monaten. Sie endeten lange vor dem Gefängnis. Während der letzten Monate hatte er nichts mehr geschrieben, trotz der noch vorhandenen weissen Blätter. Nach den Erinnerungen folgten Gedichte, ein Drittel des Heftes oder etwas mehr. Über den Gedichten stand: „Kleine traurige Querelen". Den Titel des letzten Teils, „Gedanken über die Freiheit", hatte er später durch „Ohne Titel" ersetzt.

Was hatte ich gelesen? Erinnerte ich mich an die Worte und an die schrecklichen Momente, die vor meinen Augen vorübergezogen waren? Der Kaffee kochte über. Plötzlich bemerkte ich, dass Radschab hinter mir stand und lachte. Wir hatten die Rollen vertauscht. Vorher, als er den Koffer packte, hatte ich seine Bewegungen verfolgt, und als sich unsere Blicke getroffen hatten, war er zusammengefahren und schien verwirrt und zornig. Und jetzt? Wie lange stand er schon hinter mir und beobachtete mich? Unbewusst hob und senkte sich meine Hand mit der Kaffeekanne. Erst als ich sie zu nahe ans Feuer hielt und der Kaffee überkochte und das Feuer löschte, kam ich wieder zu mir und sah ihn lachen!

„Du hast wohl vergessen, wie man Kaffee macht!“ meinte er, um mir aus meiner Verwirrung zu helfen. „Wir haben zwar jahrelang keinen getrunken, aber ich kann den Schaden, den du angerichtet hast, wieder beheben.“

Ich liess ihn nicht an den Herd, sondern fügte noch einen Löffel Kaffee und etwas Zucker hinzu.

Nicht nur Radschab hat sich verändert, wir alle haben uns verändert. Wie sonst sollte ich diese leidenschaftliche Liebe deuten, dieses Zittern in der Hand und das Pochen in der Brust? Wie sollte ich mein gesamtes Verhalten erklären? Ich bin nicht mehr, was ich war: eine Schwester, eine Mutter. Ich litt und ich wusste nicht, wie diese letzte Stunde vergehen würde. Ich fürchtete mich, mit ihm allein zu bleiben; ich fürchtete um mich, noch mehr aber um ihn. Was würde passieren, wenn er wie in der letzten Nacht weinte? Was, wenn ich in Tränen ausbräche?

Diese ständige Spannung drohte jeden Augenblick zu explodieren, konnte sich plötzlich in ein irres Heulen verwandeln, in nicht mehr aufzuhaltende hysterische Weinkrämpfe. Und wenn wir nicht weinten? Was konnten wir tun? Sollte ich mir die Feinheiten seines Gesichts und seiner Bewegungen einprägen, bevor er wegging? Sollte ich mich mit banalen Dingen beschäftigen, um mich nicht vor ihn hinsetzen und ihn anschauen zu müssen? Fast hätte ich meine Selbstbeherrschung verloren.

Früher hatte ich Angst gehabt, mit Radschab allein zu sein. Mehrere Male hatte ich die Gedanken und Worte, die ich sagen wollte, aufgeschoben. Und jetzt, da ich sah, wie er eine Tasse nahm und, einige Schlucke trinkend, in den Salon ging, überfiel mich ein unbändiges Verlangen, ihn von der Reise abzuhalten. Zum ersten Mal bemerkte ich in seinen Bewegungen die freudige Unruhe eines Zugvogels. Er war gewandt und ging mit tänzelnden Schritten. Seine Finger, die Tasse und Unterteller gleichzeitig gekonnt umfassten, waren von einer Schönheit, die einen von innen her erfreute. Voller Hass stampfte ich auf den Boden und fragte mich, warum Radschab gerade jetzt zu den Tagen seiner Kindheit zurückkehrte.

Als wir uns einander gegenüber hinsetzten, flüsterte ich: „Willst du deine Reise nicht doch verschieben, Radschab?" Das Lächeln auf seinem Gesicht war nur ein dünner Schleier, der über seiner qualvollen Entschlossenheit lag. Er schüttelte den Kopf, als sänge er ein langsames Nein, sagte aber kein Wort. Dann legte sich wieder Schweigen über uns. Seine Blicke jagten in jeden Winkel. Wenn sie doch nur einen Moment stillhielten und meine träfen! Welche Gedanken gingen ihm durch den Kopf? Von welchem Wunsch wurde er beherrscht? Wenn ich ihn bitten würde zu bleiben, würde er sicher nicht zustimmen! Gleich wird er seinen Koffer nehmen, mit der Hand winken und wegfahren. Er wird fahren, mit diesem schmerzhaften Kloss in der Kehle!

Ich muss mich zusammennehmen und stark erscheinen, muss ihm freundliche Worte sagen, an die er sich lange erinnern wird. „Ich meine nicht, dass du die Reise ganz aufgibst. Ich wollte nur, dass du mir etwas versprichst!"

„Dir etwas versprechen? Was?"

„Dass du zurückkommst und dass du schreibst!"

„Ich werde schreiben, ich werde oft schreiben."

„Einen Brief jede Woche?"

„Vielleicht ..."

„Wenn nicht jede Woche, dann alle zwei Wochen."

„Ich werde mich bemühen."

„Ist das ein Versprechen, Radschab?"

„Ich werde immer schreiben. Ich kann nicht sagen, jede Woche oder alle zwei Wochen. Aber ich werde schreiben, wann immer ich dazu in der Lage bin."

„In der Lage?"

„Wenn ich sehe, dass ich Ruhe finde im Schreiben. Wenn ich nicht schreibe, heisst das, dass ich die Ruhe suche, dass ich hinter ihr herlaufe und keine Zeit zum Schreiben habe."

„Und das heisst, dass ich mich quäle und warte. Wenn deine Briefe ausbleiben, weiss ich, dass du in einer schwierigen Lage bist, und muss warten. Ist es nicht so?"

„Es wird eine kurze Reise sein, Anîssa, und ich weiss nicht, warum wir in dieser Art und Weise über Briefe und Trennung und Qualen sprechen. Hast du dich noch nicht an mich gewöhnt? Bist du nicht durch das Gefängnis daran gewöhnt, dich zu gedulden und etwas auszuhalten?"

„Aber das Gefängnis ist vorbei, und selbst damals habe ich dich in meiner Nähe gespürt. Aber jetzt ...!"

„Das Gefängnis sitzt im Inneren des Menschen, Anîssa. Ich möchte aber mein Gefängnis nicht überallhin mit mir herumtragen. Allein diese Vorstellung könnte einen zum Selbstmord treiben!"

Hâmid räusperte sich, um uns spüren zu lassen, dass er

sich näherte. Instinktiv fühlte er, dass Augenblicke wie diese etwas Traumhaftes hatten, und er war stets darauf bedacht, uns diesem Genuss – oder auch dieser Qual – zu überlassen, ohne sich einzumischen.

Zwischen einem fremden Mann – sei er der Ehemann oder ein Freund – und den weit entfernten Kindheitstagen, dem Beginn unseres Lebens, verbleiben Barrieren aus schwarzen Wolken; man kann sie erst nach einer langen Zeit gemeinsamen Lebens und gemeinsamen Leids durchdringen. Dann öffnen sich Horizonte und lassen das Leben wie ein Gebäude aus harten, festgefügten Steinbrocken erscheinen.

Ich bemerkte, wie Hâmid eintrat. Spuren des Schlafs und der Sorge zeigten sich auf seinem Gesicht. Seine Finger durchwühlten das Haar. „Die Träume der Nacht sind schlimmer als die Qualen des Tages!" sagte er nervös und setzte sich. Wir fragten nichts, und er sprach nicht. Unser Schweigen hemmte ihn. Er sah mich lange an, und in seinen Augen lag jene quälende, fast vorwurfsvolle Frage. Als er sah, dass ich mich nicht rührte, fragte er: „Und ich? Wo ist mein Kaffee?"

Ich zuckte zusammen, schloss und öffnete mehrmals die Augen, als würde ich aus einem Traum erwachen. Doch als ich sah, dass Hâmid lächelte, lächelte auch ich und stand auf.

Die restliche Zeit verging wie ein süsser Traum. Um sieben Uhr stellte Radschab den Koffer vor die Haustür und hängte sich seine Tasche über die Schulter. Dann stellte er sie wieder auf den Boden und begann, durch das Haus zu gehen, um einen letzten Blick auf alles zu werfen.

In seinen Bewegungen glich er jemandem, der nach etwas Verlorenem suchte. Er trat von einem Zimmer ins nächste, schaute auf die Wände, die Fenster und in unsere Gesichter. Sein Blick war fragend. Er sprach nicht, schien an nichts zu denken, er suchte und wollte keine Hilfe, bis Hâmid zu ihm sagte: „Es ist Zeit, wir müssen gehen!"

Da fuhr er zusammen und stürzte sich wie ein aufgescheuchtes Huhn auf die Kleinen. Er hob Râmis und Laila hoch und küsste sie so wild, als würde er sie nie wiedersehen. Dann schaute er sie abwechselnd an, als wollte er ihre Gesichtszüge in sich aufsaugen, bis er plötzlich Âdil und Châlid neben sich spürte. Er hockte sich auf den Boden, setzte Râmis und Laila, die sich fest an ihn klammerten, auf seine Beine, fasste Châlid an den Schultern und rüttelte ihn, als wollte er ihm Kraft einflössen oder ihn zerstören. Dann wandte er sich zu Âdil, boxte ihn an die Brust und sagte streng: „Ab heute lügst du nicht mehr! Wenn jemand nach mir fragt, sagst du ihm, ich sei verreist. Aber diesmal bin ich wirklich verreist, nicht wahr?"

Âdil nickte zustimmend, sagte aber nichts. Und Châlid lief die ganze Zeit um ihn herum, als sähe er ihn zum ersten Mal.

In diesem Augenblick hätte das Leben enden sollen! Mir war, als zerrisse eine tiefe, schwere Traurigkeit meine Eingeweide. Aber ich war entschlossen, stark zu bleiben. Radschab sollte unsere lachenden Gesichter in Erinnerung behalten, um in der Fremde davon zehren zu können. Hâmid beobachtete die Szene und war zufrieden und gleichzeitig verlegen. Dann sagte er zu den Kleinen: „Lasst euren Onkel los, Kinder, sonst wird er sich noch verspäten!"

Jetzt musste Radschab nur noch von mir Abschied nehmen. Würde er meine Hand schütteln und sich dann schnell zurückziehen, um sich selbst zu erlösen? Sollte ich in mein Zimmer laufen, um nicht zurückgehaltene Tränen in seinen Augen zu entdecken, von denen er vielleicht fürchtete, dass sie im letzten Moment hervorbrächen? Könnte ihn Mutter doch für einen Augenblick sehen und erst dann sterben! Wäre sie jetzt bei uns, würde sie diesen schweren, gefahrvollen Augenblick von uns nehmen.

Sie ist von uns gegangen zu einer Zeit, in der wir sie brauchten. Ohne Wiederkehr ist sie gegangen und beobachtet uns nun: unsere Hände, unsere Augen, unsere Seufzer, die Schläge unserer Herzen. Sie beobachtet uns, um zu erfahren, wie wir uns verhalten, wie wir dem zerstörerischen Moment der Schwäche begegnen.

Sie mochte es nicht, wenn wir vor ihr weinten. Unzählige Male befahl sie mir, meine Tränen zurückzuhalten und nicht vor ihr zu heulen, selbst wenn ich ersticken sollte. Dann pflegte sie zu sagen: „Das Weinen schwächt den stärksten Mann. Der schwerste Schlag für einen Mann ist, wenn er seine Mutter oder seine Schwester weinen sieht.“

Ich werde jetzt nicht weinen, nein, ich werde nicht weinen. Ich werde mein Gesicht an seiner Brust vergraben und ihn küssen. Ich werde weinen, wenn er fort ist, allein. Ich werde ihm in die Fremde nicht die Erinnerung an meine Tränen mitgeben, die wie schwarze Sterne auf ihn herabfallen und ihn bedrücken würden. Ich werde lachen. Meine Kiefer jedoch gehorchen mir nicht. Sie sind hart und schwer. Ich werde lächeln. Der Mensch kann lächeln, auch wenn er traurig ist. Lächeln ist Wille.

Plötzlich nahm Radschab seinen Koffer auf und zog mich, ehe ich mich versah, ins nächstbeste Zimmer. Mir fielen das schwarze Heft und die Papiere ein. Radschab hatte die ganze Zeit nachgedacht, er hatte gekämpft und sich am Ende entschieden! Was erwartete mich, was hatte er für diese letzte Stunde aufgespart? Welche Traurigkeit würde sein Geschenk verursachen?

Mit zitternder Hand übergab er mir einen geöffneten Umschlag. Noch bevor ich die Worte auf der Rückseite las, sagte er: „Ich zögere immer noch, dir die Papiere zu geben. Soll ich sie wirklich hierlassen?" Er wollte fragen, sprechen, aber die erwartungsvollen Augen Hâmids und der Kleinen liessen ihn einhalten.

Um ihm aus der Verlegenheit zu helfen, sagte ich: „Lass alles bei mir, ich werde schon das Richtige tun!"

In verzweifelter Resignation senkte er die Augen. Das Drama war noch nicht beendet, noch immer kämpfte er mit sich selbst: das Heft, die Papiere ...

Doch mich beherrschte das Verlangen, die Papiere bei mir zu behalten: „Gib sie mir, Radschab, ich werde sie aufbewahren, bis du zurückkehrst!"

Auch die stärksten Menschen, diejenigen, die stets wissen, was sie zu tun haben, verlieren in bestimmten Augenblicken die Fähigkeit, selbständig zu handeln. Jemand an ihrer Seite muss ihnen sagen, wie sie sich verhalten sollen.

Radschab beugte sich über den Koffer und zog das Heft und die Papiere heraus. Er legte beides in meine ausgestreckten Hände. Und ohne mich nach der geöffneten Tür und den Blicken, die auf mich fielen, umzusehen, hob ich eine Seite der Matratze hoch – genau wie es meine Mutter vor mehr als fünf Jahren getan hatte – und legte alles dorthin, wortlos und ängstlich.

Der letzte Schritt vor der Reise. Mit zarter Hand stiess er mich vor sich her, bis wir zur Tür gelangten. Dann küsste er mich, küsste mein Haar und meine Wangen. Er wollte mich kaum mehr loslassen. Ich reagierte mit zurückhaltenden Bewegungen, ich wünschte mir, mich auflösen zu können. Ich litt so sehr, dass ich glaubte, an meinen Tränen ersticken zu müssen. Wäre doch nur eine einzige Träne nach aussen gedrungen – mein Geist hätte aufgeatmet und ich hätte mich vor seiner Abreise an ihm erfreuen können. Aber es gelang mir nicht; wie ein erstickendes Tier rang ich nach Luft.

Als er hinaustrat, fiel der feine Regen des beginnenden Winters ruhig und stumm auf die Blätter der Bäume. Die Schritte auf dem Pfad im Garten hinterliessen traurige, blasse Spuren. Die Kinder liefen hinter Radschab und Hâmid her, bis sie auf der Strasse verschwunden waren. Ich aber blieb neben der Tür stehen und nahm sein Bild, das langsam verschwand, in meinem Herzen auf – und endlich begann ich zu weinen.

Drittes Kapitel

Zittere Aischylos, zittere stärker, verwandle dich in einen Wal. Wenn du ein Wal geworden bist, bäume dich auf, ganz plötzlich, und wirf die Menschen ab. Wenn sie dann um dich herum treiben, tot, mit entstellten Gesichtern, sammle sie auf, einen nach dem anderen, schluck die umherirrenden Geschöpfe, schluck die Erinnerungen, die Augenblicke des Niedergangs! Hörst du, Aischylos, was ich dir sage? Du musst jedes Wort hören! Wenn du gut zuhörst, wird die Reue vergehen, wird der Moment des Zögerns verstreichen und du wirst …

Die Aischylos, ein griechischer Passagierdampfer, überquert das Mittelmeer. Wenn der Regen nachlässt und das Meer so bleibt wie jetzt, aufgewühlt und doch gelassen, werden wir Piräus bei Sonnenuntergang erreichen. Piräus, Vorbote griechischer Erde. Ich werde mich dort nicht länger aufhalten als der Dampfer. Ich will kein gepeinigtes Griechenland erleben, ich werde seine Menschen aus der Ferne grüssen und die Reise fortsetzen. Es heisst, die Freiheit sei in einem anderen Land beheimatet, weiter noch als Griechenland; in einem Land, in dem man nicht im Morgengrauen durch die Stimmen der Geheimdienstler oder durch die Tritte ihrer Schuhe geweckt wird. In dieses Land werde ich reisen.

Aischylos, hör auf mit diesem abstossenden Geplänkel! Vibriere, wie ich es dir sage, vibriere wie eine orientalische Tänzerin, die ihre Hüften allen Hungertagen zum Trotz rachsüchtig der Welt entgegenschmettert. Möchtest du, dass ich dir alles sage, Aischylos? Spiel nicht dieses Spiel, denk nicht, dass wir uns gegenseitig täuschen! Mir bleiben noch fünf Tage, ich werde mich an die Reling klammern, als letzten Gruss, den dir ein Reisender, der dich niemals wiedersehen wird, entgegenbringt!

Gestern haute ich in einer herbstlich matten Sonne an Deck gegen die Reling und sprach mit so lauter Stimme zu mir selbst, dass man es auch in einiger Entfernung noch hören konnte. Ich hatte keine Angst; vielleicht zum ersten Mal in meinem Leben habe ich keine Angst verspürt. Ich sagte zum Meer, zur Reling, zur Sonne, egal, zu wem – ich sagte: „Ich möchte vergessen, möchte ein für allemal aufhören, mir jene elenden Tage ins Gedächtnis zurückzurufen. Die Erinnerung ist ein Egel, ein Tier, das durchs Blut kriecht. He du, Tier, hast du keine Angst vor meinem besudelten Blut? Ich sage dir als Freund: Das Blut, das durch meine Adern fliesst, wird vom Rheuma zersetzt. Tauche nicht ein in dieses Blut, such dir ein anderes! Hörst du, was ich dir sage?"

Jetzt endlich bin ich Herr über meinen Körper, ich könnte ihn ins Meer werfen! Niemand ausser mir hat Macht über ihn. Früher haben sie die Macht gehabt, sie haben alles Erdenkliche mit diesem Körper angestellt. Jetzt können sie es nicht mehr. Ich bin weit fort, jede Sekunde entferne ich mich weiter, ich entrinne ihnen. Wenn sie jetzt noch etwas gegen mich unternehmen wollten, hätten sie nur eine Möglichkeit: mich zu erschiessen. Und wenn sie das wollten, müssten sie es aus der Ferne tun, denn ich werde ihnen niemals wieder die Gelegenheit geben, meinen Körper zu berühren!

Zittere, Aischylos, entferne dich, ich entferne mich, entferne mich.

Werde ich auf irgendeine Weise je wieder mit mir Frieden schliessen können? Ich möchte wieder mit mir selbst in Einklang stehen, aber ich weiss, dass alles in mir erloschen ist, zerrissen. Kann der Mensch mit seinen letzten Tagen Frieden schliessen? Das ist es, was ich möchte!

Seit drei Tagen fühle ich mich frei auf dem Dampfer, doch es ist keine Freiheit, die mich jubeln liesse. Gestern hatte ich den Wunsch, mit lauter Stimme zu singen. Die Emigranten sangen traurige Lieder, sie drohten dem Schicksal, sie würden zurückkehren. Ich aber wollte singen, ohne jemandem zu drohen. Alle sangen. Warum liess ich mich selbst hinter einem Schiffsmast verkümmern und sang nicht mit? Jetzt könnte ich singen!

In den noch verbleibenden fünf Nächten kann ich singen, soviel ich will. Ihre Lieder dröhnten, vermischten sich mit Blut, mit Geschrei, sie hatten einfach Lust, sich zu vergnügen, und die Klänge des Kassettenrecorders zerrissen die schwere Stille.

Wie soll ich die Leute jetzt an Deck rufen, damit sie meinem Gesang lauschen?

Gestern, als die Männer und Frauen am Heck des Dampfers standen, begannen sie ganz plötzlich zu singen, wie zufällig. Wahrscheinlich hatte die Sonne in ihnen den Wunsch geweckt, diese herbstliche Sonne, wärmend und traurig zugleich. Die Araber, die nach Venezuela und Uruguay fahren – oder an ferne Orte, deren Namen niemand je gehört hat –, sangen. Ihre Lieder waren traurig, bitter wie verdorbenes Salz. Wenn das Salz einmal verdorben ist, kann es niemand mehr geniessbar machen. Aber nicht allein die Araber, auch die Rebellen aus verarmten, vergewaltigten Ländern sangen: Ein Mexikaner sang zu seiner Gitarre; und einträchtig sangen ein Inder und ein Pakistaner miteinander. Wollten sie damit etwas Bestimmtes zum Ausdruck bringen? Hatten sie sich schon vorher gekannt? Und kannten sie sich, nachdem sie zusammen gesungen hatten, besser?

Ich stand hinter dem Schiffsmast. Der Wunsch zu singen sass wie ein Geschwür in meiner Kehle, und ich wünschte mir, dass es aufbrechen würde. Doch die Süsse der Qual, der unheiligen, rief die Schreckgespenster der Tyrannen hervor, riesig wie der Mast selbst, und ich beschloss zu schweigen. Schweigen ist Medizin. Ich habe gelernt, diese Medizin jederzeit zu schlucken, und bin geheilt worden!

So viel Freiheit an Deck der Aischylos, die Tag und Nacht rauscht, ist auf Jahre mehr als genug für mich. Aischylos, meine Freundin, meine Freundin, du hast das Gefängnis nicht gesehen. Hättest du es nur einen einzigen Tag erlebt, hätte sich deine Stimme verändert. Sie wollten eine Stimme, nur eine Stimme, sie brüllten: „Sag ein Wort, du Hurensohn!" Ich aber schwieg. Kein einziges Wort sagte ich, und sie schlugen zu. Wenn du das Gefängnis kennen würdest, Aischylos, hättest du gelernt zu schweigen. Würde deine Stimme mit einem Schlag ausbleiben, wären sie vor Schreck gelähmt und stürben. „Sag irgend etwas, du Sohn einer Dirne, fluch meinetwegen! Wenn du schweigst wie eine Wand, tauchen wir dich in Pisse, bis du krepierst!" Ich wusste nichts, aber auch gar nichts, was ich hätte sagen können.

Ich werde ein Gedicht schreiben für dich, ich möchte singen. Jetzt ist niemand an Deck, sie haben sich im Salon versammelt und in der Bar. Sie gewöhnen sich an die kommenden Tage, so wie ich mich an die vergangenen Tage gewöhnt habe. So hat alles begonnen.

Es hat begonnen im Freien, bei den Weizenfeldern oder im Schatten der Bäume. In die Sätze mischten sich Flüche und Gelächter. Dann wurden sie nur noch in verschlossenen und verqualmten Räumen ausgesprochen. Rauchige Worte, vertrauenstrotzend, schliesslich nur noch ein Flüstern unter den Türen oder ein Klopfen gegen die Wand.

Der Mensch lernt, und du, Aischylos, willst die Menschen belehren! Schliess sie ein im Salon und in der Bar, damit sich ihre Lungen mit Qualm und Worten anreichern. In Piräus wird ein Teil der Leute von Bord gehen, und nach einigen Stunden werden die übrigen auf dem Rücken des Meeres zu einem anderen Ort reisen.

Wenn ich nur weiter schriebe; wenn ich mir Scheuklappen aufsetzte, wie sie die Maulesel tragen, um nicht zu erschrecken; wenn ich sänge oder schrie! Was hieltest du davon, Aischylos? Aber wer bist du überhaupt, du mächtiges, glitschiges Untier, dass ich dein Einverständnis erbettle?

Auf ihren Händen, ja, selbst auf ihren Fingern wuchsen Haare. Auch auf ihrer Brust. Und ihr Haupthaar hing, wenn sie wütend waren, wild herab.

„Du weisst also nicht, wohin Nadschm gegangen ist?

Da, nimm das!“ Schaum spritzte ihnen um den Mund, wie er um dich spritzt, Aischylos. Ihre Augen waren aufgerissen, fassungslos und wütend. „Du sollst reden, du Zuhälter! Ich werde dich lehren, alles zu sagen, diesmal überlebst du nicht!“ Mein Körper zitterte, wurde in Stücke gerissen, verwandelte sich in einen Hund, der unablässig heulte. „Was sagst du jetzt? Weisst du jetzt, wo Nadschm ist?“

Sag ihnen etwas, Radschab, lüg sie an! Nein, ich werde kein Wort sagen. Ich schreie, mein Gesicht läuft rot an, ich fühle meine Augen hervortreten: „Befragt mich über mich, ihr Hunde!“

„Ah, endlich redest du doch! Wer bist du, du Arschloch, dass wir uns für dich interessieren sollten? Wir wollen Hâdi, wir wollen Nadschm! Wo steckt Hâdi, sag es uns, du Hurensohn!“ Ich schweige.

Wenn du das Gefängnis nur einen einzigen Tag kennengelernt hättest, Aischylos, würdest du das Schweigen kennen, würdest dich in eine Stimme verwandeln, die in der Sonne erschauert und nach Insekten schnappt, die über ihr schweben.

Der Tag wird kommen, da wirst du in einem verlassenen Hafen stehen wie ein Gefangener, der alles gesagt hat. Und doch wird niemand zufrieden sein. Alle werden dich verlassen, sogar die Ratten, und wenn ein Wind aufkommt, neigst du dich zu dieser Seite, dann zu jener – und sinkst. Sie werden dir nicht mal die Gelegenheit lassen, in einem grossen Meer zu versinken, in den Tiefen des grünen Wassers. Sie werden dich in einen verlassenen Hafen schleppen. Dort werden sie dich deiner Erinnerungen entkleiden und dich einsam sterben lassen. Vergiss nicht, was ich dir sage, Aischylos!

Wie wunderbar ist es doch für einen Menschen zu sterben, solange er stark ist. Es hatte ihnen einen furchtbaren Schrecken eingejagt, als Hâdi starb. Sie schrien uns nicht an wie sonst. Sie schwiegen. Diesmal waren wir es, die ihnen Fragen stellten. Said brüllte: „Wo ist Hâdi, ihr Mörder? Glaubt nicht, das Hâdis Blut umsonst geflossen ist!" Schweigend sahen sie uns an, und die Furcht zerriss ihnen die Gedärme.

Lange Zeit hatten sie Angst. Wir hörten ihre furchtsamen Stimmen, ihre vorsichtigen Schritte. Warum fürchteten sie sich, wo Hâdi doch tot war? Kann sich ein Mörder überhaupt so sehr fürchten? Hâdi war gross und stark gewesen, sie hatten Angst vor ihm.

Hâdi lachte immer wie ein Kind, wenn er zu uns sagte: „Habt niemals Angst vor ihnen! Sie sind gemein, minderwertig, Feiglinge! Sie haben mir gesagt: ‚Gesteh, Hâdi, und keiner wird dir etwas tun. Sag, wer dabei war. Als Preis für dein Geständnis wirst du frei kommen. Du musst nur gestehen!' Doch sie haben kein einziges Wort von mir erfahren. Wenn sie dieser Methoden müde wurden, wandten sie andere an: ausländische Zigaretten, eine Tasse Tee, gute Behandlung. Und nach einer Woche: ‚Was sagst du nun, Hâdi, ist die Zeit gekommen, dass du auspackst und rauskommst?' Ich aber schwieg weiterhin. Da wurden sie auch dieses Vorgehens müde. Wisst ihr, was danach passierte? Der Mensch, Freunde, ist härter als Stein, er kann alles ertragen. Sie versuchten es mit Schlägen, mit Aufhängen, mit Strom; sie versuchten es mit Isolation und mit dem Klosett; sie versuchten es mit Licht, mit den Schreien der Gefolterten und mit Gesang. Ich aber sagte nur: ‚Ihr werdet Hâdi nicht besiegen, ihr werdet nichts erreichen!'"

Sein Schweigen hatte sie gequält, und wir hatten die Lektion gelernt, schon bevor wir gefasst worden waren!

Woher kam dieses Mädchen? Kindlicher Mut und Trotz standen ihr ins Gesicht geschrieben. Auf die Reling gestützt, standen wir da, als der Gesang zu Ende war. „Sie kommen aus …, nicht wahr?" wollte sie wissen.

Erst nachdem sie sich aufgerichtet hatte, bemerkte ich, dass sie eine erwachsene Frau war. „Woher wissen Sie das bloss?" fragte ich im Plauderton.

„Ich weiss es halt!"

„Aber woher?"

„Ihr Aussehen. Ich habe es vermutet, und Sie bestätigen es jetzt."

„Ich habe nichts gesagt."

„Aber durch die Art Ihrer Gegenfrage weiss ich, dass ich mich nicht geirrt habe!"

So begann unser Gespräch gestern. Ich hatte sie vorher nicht gesehen, und seither vermeide ich es, in den Salon hinaufzugehen, um ihr nicht zu begegnen. Ich denke jetzt an gar nichts. Ich mag mit niemandem sprechen. Der Mann, der sich uns anschloss, nachdem er erfahren hatte, dass wir aus dem gleichen Land stammen, sprach betont deutlich. „Wer keine fremde Sprache beherrscht und allein reist, ist verloren", sagte er und blieb neben uns stehen, als erwartete er eine Antwort auf eine Feststellung, auf die es keine Antwort gab. Um es der Kleinen zu ersparen, fragte ich ihn: „Wohin fahren Sie?"

„Nach Italien."

„Für lange Zeit?"

„Für einen Monat. Und Sie beide?"

„Ich fahre nach Frankreich, für länger."

„Und Sie?"

„Nach England, zum Studium."

Jetzt wusste ich also, dass sie nach England fuhr und dass sie Studentin war. Ich hatte sie noch nicht danach gefragt. Wir hatten uns wie aufgeregte Vögel unterhalten, über das Meer, den Gesang und die Reise. Das Meer war drauf und dran, zornig zu werden, so sagten wir. Und als der Gesang geendet hatte, sagten wir, er sei wunderbar gewesen. Und die Reise … Darüber hatten wir gerade zu sprechen begonnen, als sich der Mann zu uns gesellte. Ohne dass wir ihn darum baten, begann er zu erzählen: „Ich habe grosses Glück. Fast immer, wenn ich verreist bin, hat mich Gott mit guten Menschen zusammengeführt, mit jungen Leuten, die Sprachen beherrschen. Ich habe schöne Zeiten mit ihnen auf dem Schiff und in Italien verbracht. Für jemanden, der zum ersten Mal verreist, ist alles schwierig. Man weiss nicht, wie man sich verhalten soll. Und die Italiener! Wenn sie jemanden sehen, der ihre Sprache nicht spricht, bestehlen sie ihn und lachen ihn aus. Sie sind widerwärtig!"

„Sie sind wohl schon viel gereist und wissen alles!" sagte das Mädchen, dessen Namen ich nie erfahren habe.

„Aber die Sprache! Die Sprache, mein Fräulein, ist eine Katastrophe!"

„Haben Sie denn auf den Reisen nichts gelernt?"

„Einige Worte, weniger als zehn: Guten Tag, Danke, Auf Wiedersehen …"

„Ich kann kein Italienisch."

„Eine fremde Sprache ist sehr wichtig, egal welche. Ab Beirut nützt das Arabische nichts mehr. Sogar jene Griechen, die lange Zeit in Ägypten verbracht haben und Arabisch können, wollen es nicht mehr sprechen, nachdem der Dampfer Beirut verlassen hat."

Ich liess die beiden reden. Er begann, von Italien zu erzählen, von der schönen Natur, von den Strassen. Ich erinnere mich an die letzten Worte, die ich hören konnte, während ich mich zurückzog: „Wenn Sie möchten, mein Fräulein, werde ich die Ehre haben, Ihnen zu zeigen …"

Die Worte lösten sich in der Luft auf, bevor sie mein Ohr erreichten. Ich weiss nichts, was ich diesem Mädchen sagen könnte. Ich würde ihr nur furchtbar lästig fallen. Warum also sollte ich in den Salon gehen? Warum ihnen die schillernden Gedanken verderben, die beim Spaziergang durch Rom oder andere Orte in ihren Köpfen lodern? Wenn sie mich an Deck des Schiffes erblickte und mich fragte – was sollte ich ihr sagen? Aischylos, du fragst nicht. Du hörst zu und antwortest nicht. Mein Kopf ist so voller Fragen, dass mir weitere unerträglich wären. Ich weiss nichts, und ich will auch nichts wissen!

Aber nach dem Halt in Italien werden wir noch zwei, drei Tage gemeinsam verbringen. Wie soll ich dieser kindlichen Frau gegenübertreten, nachdem sie durch die Hände dieses strahlenden Schürzenjägers gegangen ist? Ich könnte die meiste Zeit in der Kabine verbringen, ich könnte eine Begegnung mit ihr vermeiden, oder ich könnte schweigen, wie ich es zuvor getan habe. Sie wird mühelos eine Bekanntschaft machen. Alle halten nach Bekanntschaften Ausschau. Ich bin der einzige, der das nicht tut. Mir genügt, was ich gesehen und kennengelernt habe. Aischylos, hartes Eisen, Holz, schwer von Salz und Regen, aufspritzende Gischt, schwere Tage, die deiner harren. Wenn du stirbst, du, Aischylos, wenn deine Stützen altersschwach werden und du zusammenbrichst, welches Los wird dir beschieden sein? Aischylos ist die einzige, mit der ich reden möchte, die einzige, die mir zuhören kann. Aischylos leiht mir ihr Ohr und fragt nicht!

„Lass dir nicht alles herausziehen! Erzähl! Du musst gestehen! Es ist besser für ich, wenn du auspackst. Warum schweigst du wie ein Schaf? Hast du etwa Angst? Ich hab dir doch gesagt, wenn du singst, wird dir niemand etwas tun. Aber wenn nicht … Ich werde es schaffen, dass du gestehst wie ein Hund! Weisst du, wie ein Hund heult? Du wirst lauter heulen!"

„Was wollt ihr wissen, was soll ich sagen?" fragte ich erschreckt.

„Fang mit dem Tag an, an dem du aus dem Bauch deiner Mutter gekrochen bist."

„Ihr wisst alles über mich!"

„Aber wir wollen es von dir hören!"

„Fragt!"

„Zu Befehl, mein Herr, wir werden fragen und du wirst antworten. Aber wenn du auch nur mit einem einzigen Wort lügst, dann gnade dir Gott!"

Es war ein Montag gewesen, der erste Tag nach dem Fest

des Fastenbrechens. Sie hatten mich am Donnerstag kurz vor Einbruch der Nacht verhaftet. Sie rannten umher, schenkten mir kaum Aufmerksamkeit. Nûri brüllte wie ein Stier: „Hier, ein Neuer, der kommt unter deine Obhut. Ich will, dass du dich um ihn kümmerst!"

Hâtim, der Oberste Wachhabende, hielt mich wie eine räudige Katze an der Schulter fest und befahl: „Abed, mach den Keller auf!" Er stiess mich vor sich her. Ich versuchte, mich zu widersetzen, und schrie: „Ich bin herzkrank, ich kann nicht in den Keller gehen!"

Ich erinnere mich, dass ich sah, wie sich die Tür öffnete. Dann entdeckte ich eine Blutlache, die einen grossen Teil des Kellerbodens bedeckte. Ich weiss nicht, wie ich die zehn Stufen hinabstieg. Alles geschah in einem einzigen Augenblick. Hâtim schlug mir mit dem Handrücken ins Gesicht, und im nächsten Moment fühlte ich einen Tritt von hinten und stürzte hinunter. Alles geschah ganz schnell. Der Keller war so klein, dass drei Personen nicht darin hätten schlafen können. Die Decke war niedrig, das kleine Fenster, das eher einem Spalt glich, liess ein mattes Licht vom Hof hereinfallen.

Kaum hatte ich mich vom ersten Schock erholt, begann ich zu schreien. Ich schimpfte und rief mit lauter Stimme: „Ihr Feiglinge!" Gleich darauf öffnete sich die Kellertür. Der Farbanstrich an der gegenüberliegenden Wand strahlte süsslich gelb im hellen Licht.

Ich war erleichtert, als ich die Tür aufgehen sah. Sie hatten also auf meine Schreie reagiert! Sie würden es einem Gefangenen nicht verübeln, dass er wegen der schlechten Behandlung protestierte.

Ein Mann, dessen Gesicht ich nicht erkennen konnte, weil das Licht von hinten auf ihn fiel und ihn zu einem schwarzen Schatten werden liess, rief: „Schweig, du Hundesohn! Wenn ich noch einmal deine Stimme höre, dann verfluche deine Ahnen!"

Welcher Teufel bewegte in diesem Augenblick meine Zunge? Welche Gedanken schwirrten in meinem Kopf? Ich weiss es nicht. Mit einer Stimme, die fest klingen sollte, sagte ich zu ihm: „Ich bin krank! Ich werde nicht im Keller bleiben!"

„Krank?! Du wirst gleich gesund werden!" Dann richtete er den Wasserschlauch, der von oben herabhing, auf mich, und innerhalb kurzer Zeit schwamm ich in einer Wasserlache. Mein Protest ging in dem trichterförmigen Strahl des Wassers unter. Als er endlich genug hatte, rief er: „Dieses Mal ist es Wasser. Wenn ich deine Stimme nochmal höre, werde ich dich in Pisse tauchen!"

Ich konnte nicht schlafen. Während der ganzen Nacht zitterte ich. Ich versuchte alles, dachte an unzählige Möglichkeiten, dem Wasser zu entkommen, doch all meine Versuche und Überlegungen waren vergeblich. Erst am nächsten Tag ging die Tür auf, und ich konnte einige Zeit draussen verbringen. Ein unbeschreiblicher Hass stieg in mir auf, mehrere Male spuckte ich auf den Boden der Toilette. Meine Kopfschmerzen waren so heftig, dass ich kaum mehr denken konnte.

Als ich in den Keller zurückkehrte, fand ich einen Fladen Brot und ein Stück Käse von der Grösse einer Münze vor. Ich war sehr hungrig, denn ich hatte seit vierundzwanzig Stunden nichts zu mir genommen. Ich beschloss, erst zu essen, dann zu schlafen. Das Brot schmeckte köstlich, ich ass es ganz langsam und schob zum Schluss das Stück Käse in den Mund. In diesem Augenblick erschien mir der Schlaf als der grösste Genuss, der dem Menschen zuteil werden kann. Also stellte ich mich in eine Ecke der Zelle und versuchte, an die Wand gelehnt, einzuschlafen. Doch das kalte Wasser an meinen Füssen liess es nicht zu. Deshalb hob ich erst den einen Fuss und liess den anderen im Wasser, dann wechselte ich, doch an Schlaf war nicht zu denken.

Ich weiss nicht, wie ich auf die Idee kam, dass es einen Abfluss für das Wasser geben könnte. Ich begann, den ganzen Boden Zoll für Zoll abzusuchen, möglicherweise würde ich diesen verfluchten Abfluss finden. Doch der Boden schien so hart und undurchdringlich zu sein, dass nicht ein Tropfen Wasser ablaufen konnte. Ich überlegte, ob ich schreien, um Hilfe rufen sollte, denn ich nahm an, dass der Wächter jetzt nicht mehr derjenige war, der den Schlauch auf mich gerichtet hatte. Sie können nicht alle gleich grausam sein, dachte ich. Der Wächter, dessen Schuhe ich von Zeit zu Zeit durch den Spalt nahe der Decke sehe, kann nur besser sein als der andere.

Nein, Schreie bahnen mir sicher nicht den Weg zu den Herzen jener Männer. Ich muss leise gegen die Kellertür klopfen, und wenn sie kommen, werde ich sie bitten, mich von dem Wasser zu erlösen, damit ich wenigstens eine Stunde schlafen kann. Eine Stunde würde genügen!

Doch dann war ich wieder entschlossen, niemanden um etwas zu bitten. Ich werde mich auf eine der Kellerstufen setzen und schlafen. Ich machte mir Vorwürfe, dass ich dies nicht schon früher in Erwägung gezogen hatte, und nahm mir vor, von nun an alles genau zu durchdenken.

So begann ich mit der ersten Treppenstufe. Sie war so schmal, dass man sich unmöglich darauf setzen konnte; auch war sie an der Kante zerbrochen. Meine Phantasie liess mich annehmen, dass man sie absichtlich zerstört hatte. Ich rutschte auf die nächste, aber auch sie war an der Kante so zerbrochen, dass man nicht darauf sitzen konnte. Die dritte aber schien mir geradezu bequem. Sie war genau so breit, dass ich mich darauf setzen konnte. Ich versuchte, meine Beine auszustrecken, doch gleich verspürte ich einen Stich im Rücken und meine Kopfschmerzen verstärkten sich. Ich legte den Kopf auf die obere Stufe und drehte mich erst auf die eine, dann auf die andere Seite. Die Decke – oder war es die Dunkelheit? – bedeckte alles, und nun war es der Gedanke an den Tod, der mich befiel und am Schlafen hinderte.

Ich versuchte es wieder und wieder, vertrieb die Gedanken und sagte mir mit Nachdruck: Es gibt nur diesen einen Platz, und ich muss schlafen. Ich schloss meine Augen, aber wieder dachte ich an das Wasser und an die Möglichkeit, einen Abfluss zu finden. Oder sollte ich an die Tür klopfen und schreien? Dann wieder überlegte ich, ob ich dem Wächter etwas Freundliches sagen, ihn an das Fest erinnern sollte, vielleicht würde er sich meiner erbarmen und mir helfen. Doch erneut verscheuchte ich alle Gedanken dieser Art, und während ich gegen die Schmerzen ankämpfte, die sich überall einnisteten, sagte ich mir: Radschab, dies ist dein erster Tag. Das ist noch gar nichts. Wenn du jetzt schon schwach wirst, wirst du wie ein Leichnam zerfallen.

Sei stark, halte durch! Sind deine Kameraden nicht schon vor dir in diesen Keller geraten? Haben sie es etwa nicht ertragen? Haben sie etwa nicht geschlafen und sind dann frisch herausgekommen? Doch wie kann der Mensch hier schlafen? Und wo?

Wie komfortabel doch diese Stufen waren! Ich wunderte mich jetzt, dass ich gezögert hatte, darauf zu schlafen. War ich wirklich so dumm gewesen? Gab es einen besseren Platz zum Schlafen als diese Stufen?

Das Lärmen begann am frühen Morgen des nächsten Tages. Ich hörte Stimmen und viele Schritte. Ich zitterte vor Angst und folgte den Schritten, bis sie sich entfernten. Jeder Schritt zerrte an meinen Nerven, schien mich zu rufen. Ich versuchte, die Menschen an ihren Schritten zu erkennen: Dies sind die Schritte eines schweren Mannes, dies die eines schlanken. Das sind die Schritte eines Polizisten, sie wirken so stumpf und einfältig. Und diese? Sind das nicht die Schritte des Offiziers? Nein, die Offiziere gehen nicht so nahe am Keller vorbei, sie haben es nicht nötig, sich ihm auch nur zu nähern, ein kleiner Wink genügt, und alles wird ihnen gebracht. Warum scheinen jene Schritte so langsam und strauchelnd? Ein Gefangener? Haben sie zu dieser frühen Stunde schon begonnen?

Diese Menschen haben ihre eigene Welt. Ich darf nicht hoffen, von ihnen etwas zu erfahren, ich muss sie in Ruhe lassen und alles selbst entdecken. Und ich muss mir meine Gedanken aufsparen, um widerstandsfähig zu bleiben und ohne Angst auf ihre Fragen zu antworten. Aber fragen diese Menschen überhaupt? Sprechen sie wie die übrigen Geschöpfe? Bei einer unserer Zusammenkünfte hatte Hâdi zu uns gesagt und uns dabei streng ins Gesicht geschaut: „Eins müsst ihr von Anfang an wissen: Der Weg ist lang und hart. Wer sich nicht dazu imstande sieht, soll es jetzt sagen. Wir werden es keinem übelnehmen, der jetzt aufgibt. Aber nach der Festnahme, im Gefängnis, wird jeder, der zusammenbricht und gesteht, zum Verräter. Habt ihr das verstanden?"

Wir setzten uns mit harten Worten zur Wehr. Wir glaubten, Hâdi vertraue uns nicht genügend. Wir wollten ihm beweisen, dass wir Männer waren, dass wir weder gestehen noch zusammenbrechen würden. Doch er hörte uns nicht zu. Sein Gesicht war von einer beängstigenden Traurigkeit, als er sagte: „Jetzt können wir niemanden beurteilen, die einzige Prüfung wird das Gefängnis sein. Das heisst aber nicht, dass wir das Gefängnis umschwärmen wie die Motten das Licht. Nein, das Gefängnis ist das letzte, das einem von euch zustossen darf. Seid so wachsam wie irgend möglich, tut alles, damit ihr nicht in die Hände der Polizei fallt. Und wenn es doch geschehen sollte, müsst ihr euch als Männer beweisen, die etwas aushalten können!"

All das ist schon lange her. Ich erinnere mich, dass es draussen stürmte, aber ich erinnere mich nicht, ob es ein Herbst- oder ein Wintersturm war. Doch jetzt, während diese Gedanken an mir vorüberziehen, spüre ich, dass Hâdis Worte nicht deutlich genug gewesen waren, so deutlich, dass man sich wirklich hätte entscheiden können. Damals war der Sturm gewaltiger und unbarmherziger als Hâdis Worte gewesen!

Ich krümmte mich vor Schmerzen, als ich ihnen sagte: „Ich kenne Hâdi nicht, ich habe ihn nie gesehen!"

„Mach dir nur klar, welche Schmerzen du wegen ihm erleidest! Du wirst es schon sehen: Ohne dass wir es von dir verlangen, wirst du uns zu dem Haus führen, in dem er sich versteckt hält! Dein Schweigen wird nicht lange anhalten!"

„Aber ich kenne keinen Menschen dieses Namens!"

„Das ist nicht der Name eines Menschen, sondern der eines Tieres, kennst du kein Tier mit diesem Namen?"

„Ich hab euch doch gesagt, dass ich ihn nicht kenne!"

Wir waren zu dritt gewesen, als Hâdi gesagt hatte: „Glaubt nicht, was man erzählt! Auch die stärkste Kraft der Welt kann niemanden zu einem Geständnis zwingen, ich meine, wenn man es nicht will. Es gibt Menschen, die sterben, ohne zu gestehen. Es hängt, von Anfang an, vom Willen des einzelnen ab. Wenn man sich entschieden hat, nicht zu gestehen, wenn man entschlossen ist und die ersten Augenblicke der Folter erträgt, wird alles, was danach kommt, leicht sein."

Der Wille! Ich glaube, dass manche Worte nie eine Bedeutung hatten. Und du Aischylos, du Katze, hast du einen Willen? Vorne im Schiff sitzt im Mondschein ein Mann von über vierzig Jahren mit einem kleinen grauen Bart. Er ist es, der alles will. Er sagt zu dir: Beeil dich, bleib stehen, wende dich auf diese Seite oder auf jene. Er ist es, der etwas will! Und du, du Prachtsexemplar von einer Kuh, wartest nur darauf, was er dir sagt.

Ich hatte mir vorgestellt, dass der Körper niedersinkt, zerfällt, die Fähigkeit verliert zu ertragen. Und ich hatte mir vorgestellt, dass der Mensch an diesem Punkt aufgeben muss. Deshalb hatte ich meinen Körper einer Prüfung unterzogen: Viele Male schlug ich meinen Kopf gegen die Wand, trat mit dem rechten Schuh gegen mein linkes Bein. Vor Schmerz sank ich zusammen und glaubte, ein solcher Schlag würde mich sicher zu einem Geständnis zwingen. Aber die Folter, die Wogen des Meeres, die Windböen, dieser törichte Starrsinn, durch den die Natur ihre Existenz beweist. Der Seefahrer aber, der die Höhe der Wellen kennt, die Richtung des Windes, die Natur in ihrer Aussergewöhnlichkeit, kann sich retten, sich dahin oder dorthin wenden und sich in Sicherheit bringen, und die Natur wird am Ende nur eine melancholische Erinnerung bleiben.

Ich erzähle dir die ganze Wahrheit, du Katze: Hâdi war so aufgebracht, dass ich glaubte, er würde vor Wut zu heulen beginnen. „Ich habe diesem Dreckskerl oft genug gesagt, dass er abhauen soll", schrie er. „Ich wusste, dass er schwach werden und gestehen würde. Jedesmal kam er mir mit den haltlosesten Argumenten, um bleiben zu können. Ja, wir wollten ihn haben, aber wir hatten auch Angst. Wir brauchten seine Bildung und seine Fähigkeit zu schreiben, aber wir befürchteten, er würde der Polizei in die Hände fallen und zusammenbrechen. Vor drei Tagen hatten wir ihm befohlen abzureisen. Er aber bat um einen Aufschub von drei Tagen, damit er sich darauf vorbereiten könne. Schon am zweiten Tag haben sie ihn geschnappt, und keine Woche später stand in der Zeitung, er habe unterschrieben! Sein Wille hat sich in Worte verwandelt, und selbst von diesen hat er sich durch seine Unterschrift auf dem Papier befreit. Erst hat er für uns geschrieben, jetzt schreibt er für sie!"

„Sag uns, wo Hâdi ist! Mehr wollen wir nicht von dir!"

„Aber ich kenne niemanden mit diesem Namen!"

„Du kennst ihn nicht?"

„Nein!"

Alles auf der Aischylos erinnert mich an jene Tage. Gestern stieg ich in die Laderäume hinunter: Brennstoff, Proviant, Männer, deren dunkle Schatten sich in halberleuchteten Gängen bewegen. Ich sah mein Gesicht in ihren Augen, den Zorn, den Hass, die Schmähungen. Trägt der Mensch wirklich so viel Grausamkeit und Abscheu in sich?

Sie legten mich vollkommen nackt auf einen Tisch, das Gesicht zur Erde gerichtet, mein Kopf pendelte unter den Schlägen hin und her. Ich weiss nicht, wieviele Zigaretten sie auf meinem Rücken ausdrückten, auf meinem Hals, in meinen Ohren, auf meinem Gesäss. Als ich versuchte, mich mit meinen freien Beinen zu wehren, lachten sie. Zwei- oder dreimal trat ich zu, aber als ich es ein viertes Mal probierte, banden sie auch meine Beine fest und schrien: „Gesteh, du Bastard, gesteh!"

Ich erinnere mich, dass ich ihnen sagte: „Ich weiss nichts, und ich werde euch nichts sagen, ihr Hunde!"

Da wurde ich mit Tausenden von Peitschenhieben und Schuhtritten traktiert. Sie traten in mein herabbaumelndes Gesicht, und einer sprang auf meine Schultern, während meine Hände auf dem Rücken zusammengebunden waren.

Ich spürte, wie meine Knochen krachten und mein Nacken nach unten gepresst wurde.

„Ich weiss es nicht, ich weiss nichts!“

Der Gesang wurde lauter ...

Sie steckten mir einen dicken Stock in den Hintern und brachen in Gelächter aus, als ich mich krümmte. Sie bespuckten mich, ich fühlte eine warme Flüssigkeit auf meinem Rücken. War es mein Blut, das an irgendeiner Stelle hervorquoll und warm den Rücken entlangfloss? War es Urin oder etwas anderes?

„Glaubt ihr etwa, dass alles vorbei ist, wenn man erst mal angefangen hat zu reden? Nein, das erste Wort ist der Anfang einer Kette von Geständnissen, und jede Verzögerung des Geständnisses, der Antwort, erbost sie mehr als Schweigen. Ich sage euch das aus eigener Erfahrung. Ich habe mich selbst geprüft, und ich habe jene gesehen, die das Gegenteil ausprobiert haben. Wenn die erste Perle gefallen ist, löst sich die Kette auf!“

Während Hâdi das sagte, dachten wir an Nâdschi, dessen Geständnis wir gelesen hatten. Wir wanderten am Fluss entlang; die Stille zog sich weithin wie ein endloses Feld, und die Angst sass wie ein trauriger Schatten über unseren Köpfen. An jenem Tag hatte ich Hâdi gefragt: „Glaubst du, dass Saadaldîn unter der Folter gestanden hat?“

„Ich will gar nichts glauben! Saadaldîn hat gestanden, und sein Geständnis ist das Ergebnis von Angst. Der Angst vor der Folter oder der Folter selbst. Wenn der Mensch Angst hat, verliert er die Kontrolle über sich selbst.“

„Und die anderen Geständnisse? Haben sie sie geschlagen, um sie zu erhalten?“

„Wenn der Verrat einmal beginnt, hört er nicht mehr auf. Es gibt nur einen Anfang, das Ende kennt niemand!“

„Ich hätte nicht gedacht, dass Saad gestehen würde!“

„Vielleicht wird der Tag kommen, an dem wir erfahren, dass Saadaldîn nicht geschlagen, ja, nicht einmal angefasst wurde.“

„Meinst du, dass er von Anfang an mit ihnen zusammengearbeitet hat?“

„Er hat den Willen zum Widerstand verloren. Er hat ein regelrechtes Vergnügen dabei empfunden, jeden, der ins Gefängnis kam, auszufragen. Er erkundigte sich nach den feinsten und kleinsten Einzelheiten: Wann haben sie dich das erste Mal zu sich bestellt? Wie sahen sie aus? Konntest du dich hinsetzen? Konntest du schlafen? Wann hörte die Folter auf, vor dem Morgengrauen oder später? Die Fragen Saadaldîns machten mich misstrauisch. Warum fragte er bloss so? Vielleicht hatte er sich, bevor sie ihm auch nur eine einzige Frage gestellt haben, ein Bild im Kopf zurechtgelegt und ihnen alles gesagt, um der Folter zu entgehen.“

„Wie kann man gestehen, bevor man überhaupt geschlagen wurde?“

„Wie ich gesagt habe, nicht die Schläge verändern den Willen des Menschen, vielleicht ist sogar das Gegenteil der Fall. Wenn sich eine Hand auch nur gegen mich erhebt, werde ich von einer Entschlossenheit erfasst, die mich kein Wort sagen lässt, und mit jedem weiteren Schlag vergrössert sich der Abstand zu dem von ihnen erwarteten Zusammenbruch. Der Mensch ist in erster Linie Wille!“

„Sie haben dich verkauft, Radschab. Sie haben dich verraten, sie haben alles gesagt! Und du? Wie lange noch? Willst du nicht gestehen? Willst du dich nicht rächen?"

„Ich habe nichts zu sagen!"

Das Lied erzählte vom Mond. Ich erinnere mich an einige Worte. Als ich sah, wie eine Hand den Lautstärkeregler betätigte, fühlte ich das Blut in meinen Adern gerinnen. Fürchteten sie jemanden? Warum sonst stellten sie den Kassettenrecorder so laut? Und diese Lieder, die vom Mond und vom Meer erzählen, enden sie niemals? Ich will diese Lieder nicht hören! Wenn sie nochmals gespielt werden, werde ich den Recorder erbarmungslos zerstören! Ich ertrage sie nicht!

Gestern hatten sie auf eine andere Art an Deck des Schiffes gesungen. Ihre Lippen sprachen vom Schmerz und vom Leid der Menschen. Ich sah die Tränen in ihren Augen. Die Lieder, die sie sangen, erinnerten an die Unterwelt, die Welt des Blutes und der Katzen.

Ich hatte geschwiegen. Das Lied wogte wie eine Geissel in meinem Blut. Mit beissender Kälte hatte er zu mir gesagt: „Zieh deine Klamotten aus, alles, Stück für Stück! Beeil dich!"

Viele Male versuchte ich zu rebellieren. Aber sie schauten mich nur höhnisch an und lachten. Schliesslich gewöhnte ich mich daran, sie durch meinen Gehorsam zu provozieren. Wenn sie sagten, zieh deine Klamotten aus, zog ich sie aus. Wenn sie sagten, leg dich auf den Bauch, tat ich es, als würde ich einer täglichen Pflicht nachgehen.

Wenn sie sagten, setz dich hin wie ein Affe, hockte ich mich hin und schlang die Arme um meine Knie. Die ganze Zeit hatte ich nur einen Gedanken im Kopf: wie eine Wand zu sein, eine schweigende Wand, nur zu sagen, was ich sagen wollte.

„Radschab, dieses Mal wollen wir dich nicht schlagen. Was meinst du dazu?"

„Ich habe mich daran gewöhnt, ich habe nichts zu sagen!"

„Hast du keine Angst?"

„Das wisst ihr doch!"

„Bei Gott, du Hurensohn, dieses Mal werde ich an dir ein Exempel statuieren, dieses Mal wirst du reden!"

Das Mädchen, das ich gestern gesehen habe, sagte, neben mir an der Reling lehnend: „Das Fest war wunderbar, der Gesang, die Musik, finden Sie nicht?"

Das „Fest" begann immer um zwölf Uhr nachts, oder um eins, und dauerte bis fünf oder sechs Uhr. Wann schliefen diese Menschen? Schliefen sie wirklich? Und warum ausgerechnet zu diesen Zeiten? Sie traten mit ihren schweren Füssen gegen die Türen und brüllten in der Dunkelheit herum. Jede Minute Verzögerung, jedes Wort des Protestes, sogar ein Blick, hatte unangenehme Folgen.

„Verbindet ihm die Augen und steckt seinen Kopf in den Sack!"

Der Mensch kann alles ertragen; der Körper kann wilden Schlägen trotzen, selbst wenn er nicht weiss, aus welcher Richtung sie kommen. Viele Male brach ich unter ihren

Schlägen zusammen. Dann blieb ich am Boden liegen, damit sie mich aufheben mussten. Oder ich liess mir Zeit, mich wieder aufzurichten, um sie nervös zu machen. Dann wurden die Schläge fortgesetzt, mit den Händen, den Schuhen, mit dem Stock. Sie schlugen mir ins Gesicht, auf meine Schenkel, sie boxten mich in den Bauch, und wenn sich meine Muskeln in Erwartung des Schlages zusammenzogen, hörte ich ein Sirren in den Ohren und hatte das Gefühl, aus meinen Hoden würde eine Flamme hervorbrechen.

„Willst du nicht gestehen?"

„Was wollt ihr wissen, was soll ich sagen?"

„Sag alles, was du im Kopf hast, du Hurensohn!"

„Eins, zwei, drei, vier ..." Bevor ich bei fünf war, fühlte ich die Erde unter mir weichen, sich drehen.

Zu Beginn hatten sie sich über jedes Wort, das ich gesagt hatte, geärgert. Deshalb hatte ich beschlossen zu schweigen, und ich konnte in ihren Gesichtern die Wirkung meiner Stummheit bemerken, blutig und schrecklich.

„Sag alles, schrei, fluch! Aber wir werden niemals dulden, dass du still bleibst!"

„Die Katzen, Muhammad!" Sie stülpten mir einen grossen Sack über den Kopf. Bevor sie ihn unten zuschnürten, steckten sie zwei Katzen mit hinein. Kann der Mensch zum Feind der Tiere werden? Was wollen die Katzen von mir? Ich lag auf dem Bauch, meine Hände waren auf dem Rücken zusammengebunden. Jedesmal, wenn sie die Katzen schlugen und diese mich bissen, versuchte ich, mich auf die Seite zu drehen. Dann spürte ich einen schweren Fuss auf meiner Schulter, auf meinem Gesicht, und ich fühlte die Krallen in meinen Körper eindringen.

Als sie endlich den Sack öffneten, wollte ich die Katzen sehen, um das Bild meiner neuen Feinde im Gedächtnis zu bewahren. Doch die verschreckten Tiere sprangen rasch davon, als wären sie der Hölle entkommen. Mein Gesicht blutete, selbst aus meinem linken Auge tropfte Blut.

Sie lachten lange, als sie mich so sahen. Nûri krümmte sich vor Vergnügen, und als er sich die Tränen aus den Augen wischte, sagte er zu mir: „Wie findest du dieses Fest? Willst du nicht gestehen?"

Ich war nicht imstande zu antworten. Mein Körper brannte und wurde vor Schmerzen fast auseinandergerissen. Ich weiss nicht, ob ich wirklich mit der Schulter zuckte oder mir das nur einbildete. „Ich habe Tausende von Methoden, dich wie einen Papagei sprechen zu lassen!" sagte er, während er mich zur Tür zog. „Redest du oder willst du sie ausprobieren?"

In diesem Augenblick war ich zu allem bereit. Sollte Nûri machen, was er wollte! Ich würde ihn durch mein Schweigen töten, ich musste ihn auf eine Art bestrafen, die ihn umbringen würde.

Er packte meine Finger und steckte sie in die Türspalte. Dann schloss er langsam die Tür. Als ich schrie, spuckte er mir ins Gesicht und sagte mit Genugtuung: „Hast du gesehen? Das ist nur eine von tausend!"

„Gib dir keine Mühe, Nûri, du wirst kein Wort von mir hören!"

Ich hätte schweigen sollen!

„Bei Gott, du Hurensohn, du ..., ich werde dich im Schlaf reden lassen!“

„Versuch's!“

War dies die härteste Nacht gewesen? Die längste? Nûri probierte alle Methoden aus: Er stellte mich hinter die geöffnete Tür und schlug mit aller Kraft dagegen. Mein Kopf zerbarst, alles schien zerquetscht zu werden. Aber er stellte keine Frage und drückte langsam die Tür zu. Meine Muskeln schienen zu zerreissen, ich war kaum mehr imstande zu atmen. Einige Male keuchte ich vor Schmerzen und wollte noch einmal Luft holen, bevor alles zu Ende war.

„Das ist nur der Anfang, was hältst du davon?“ Er erwartete keine Antwort. Er wollte, dass ich alle Formen der Qual erlebte, bevor er mich ausfragte. „Diese Nacht wird dir wie ein Wunder erscheinen“, fuhr er fort. „Ich will kein Wort von dir hören. Und morgen und übermorgen will ich dich nicht sehen. Ich will nicht, dass du wegen der Schmerzen redest, ich will, dass du redest, wenn es dir gut geht!“

Wenn er in dieser Nacht von mir verlangt hätte, meine Kleider auszuziehen – ich hätte es nicht getan. Ich hatte beschlossen, Nûri die Stirn zu bieten, bis zum Ende, auch wenn ich dafür mit meinem Leben bezahlen müsste.

Doch diesmal befahl er Abed: „Zieh ihm die Klamotten aus und mach das Seil fertig!“

Es war ein verzweifelter Widerstand meinerseits, fast ein Spiel. Nach ein oder zwei Minuten fand ich meine Kleider neben mir aufgehäuft, und hinter mir keuchte Abed, während er das Seil um meine Hände band. Was hat dieses

Schwein noch im Sinn? Die Rolle? Oder zehn seiner Wächter zu rufen und sie tun und machen zu lassen, was sie wollten? Das wäre das Äusserste! Mehr als einmal hatte ich diese Geschichte schon gehört, und mehr als einmal hatte Nûri mir damit gedroht.

In dieser Nacht war ich entschlossen zu sterben. Sollte Nûri tun, was er wollte! Mir war es unerträglich, auch nur einen einzigen Tag weiterzuleben.

Welch teuflischer Geist kann in einem Menschen wohnen? Mit welchen Worten könnte man Nûri beschreiben?

Wie ein Arzt nahm er meine Hoden. Er drückte sie langsam zusammen und zog sie dann gewaltsam nach unten. Ich glaubte, ich würde mein Leben aushauchen, solche Schmerzen konnte man nicht ertragen ... Er liess sie wieder los. Sie schienen so schwer, als gehörten sie nicht zu meinem Körper. Scharf wie ein Bratspiess schob sich der Schmerz in meine Eingeweide. Ich weiss nicht, woher er diese grosse Nadel nahm, es war die grösste Nadel, die ich je in meinem Leben gesehen hatte. Er zündete eine Zigarette an und steckte die Nadel darauf. In diesem Moment wünschte ich mir, er möge sie mir ins Herz stossen! Dann wäre alles vorbei! Aber dieser verrückte, sadistische Teufel wollte mich nicht töten. Wieder packte er meine Hoden und stach die rot-glühende Nadel hinein. Gibt es in diesem Universum wirklich einen Gott, der das alles sieht? Der Mensch selbst ist Gott! Von Schmerzen gepeinigt, spuckte ich ihm ins Gesicht. Ich wollte Widerstand leisten, wollte irgend etwas tun, bevor ich starb. Nûri hatte alles getan, konnte ich ihm nicht ein einziges Mal etwas entgegensetzen?

Meine Wunden jubilierten, als ich den Speichel langsam von seinem Auge auf die Wange neben der Nase fliessen sah. Völlig überrascht, konnte er zuerst nicht reagieren. Dann, als er fühlte, wie der Speichel sich seinem Mund näherte, wischte er ihn mit dem Handrücken ab. Er war wie ausser sich in diesem Augenblick, schlug mir mit seinem Schuh ins Gesicht – noch immer ist die Narbe zu sehen –, boxte mir in den Bauch, schlug mich mit Händen und Füssen, bis er nicht mehr konnte.

Die anderen verfolgten die Szene, ohne ein Wort zu sagen. Als er sich wieder setzte, nickte er auf eine Art mit dem Kopf, dass ich sicher war, nun sei alles zu Ende. Wie wild gewordene Tiere stürzten sich Abed und Chairi auf mich, als hätten sie nur auf dieses Zeichen gewartet.

Ich erinnere mich noch, dass mein Gesicht gegen die Wand stiess und ich in meinem Blut badete. Dann weiss ich nichts mehr, nur noch, dass meine Hände an der Decke festgebunden waren und ich baumelte …

Aischylos, du beinlose, weisse Kuh, weisst du nicht, wie oft der Mensch stirbt und wie oft er geboren wird? Wende dich zu den östlichen Gestaden des Mittelmeers, lass deine Tränen in die finsteren Landstriche eintauchen und schau sie an, die verbliebenen Menschen, die Opfer und die Henker, schau sie dir an!

Sei wachsam, Aischylos, wenn du eines Tages an die östlichen Gestade zurückkehrst. Sie werden für dich einen Keller finden, enger als ein Grab. Dort musst du den Wahnsinn und die Einsamkeit bekämpfen. Dort sind die Kreaturen nicht bei Sinnen. Die Katzen sind verrückt, sie nähern sich dem Menschen nicht, bewegen sich nicht wie die Katzen in anderen Ländern, sie erschrecken vor jedem Schritt, sogar vor einem Stück Brot. Der Ruf nach Freiheit ist bei ihnen lauter als der Ruf nach Fressen. Die Katzen sind total verrückt, und die wahnsinnigen Menschen verfolgen sie, fangen sie ein, stecken sie zusammen mit Menschen in Säcke, schlagen sie und schlagen die Menschen. Dann miauen die Katzen, schreien und zerreissen mit ihren Krallen alles.

Aber nicht nur die Katzen sind verrückt geworden, Aischylos, auch die Hunde und die Vögel.

Und wie elend die Menschen sind! Haben sie keine Geschwister, keine Ehefrauen? Und ihre Kinder! Können diese Hände Kinder tragen wie einen Strauss Blumen und mit ihnen scherzen? Ich glaube nicht, dass eine solche Hand zu irgend etwas anderem fähig ist, als zu schlagen und zu schlagen und zu schlagen.

Die Schwedin, die aus dem Orient drei gelbe Kanarienvögel in einem grossen Käfig mit nach Hause nimmt, lächelte mir gestern zu, als ich verwundert ihre Vögel anstarrte. Sie beobachtete mich von weitem, ohne etwas zu sagen.

Sind dies die gleichen Vögel, die Nûri in seinem Zimmer hängen hatte? Die Farben, die Schnäbel, das Schlagen der Flügel sind sehr ähnlich, vielleicht sind es die Jungen von jenen, ja, so könnte es sein.

Nûri war klein, hatte grosse Augen, seine Unterlippe hing schwer und schlaff herab und seine Ohren nahmen oftmals eine streitsüchtig-rötliche Farbe an. Wenn er sein Jackett auszog und sein Bauch hervortrat, erschien er noch kleiner. Und wenn er die Ärmel seines Hemdes ein Stück hochkrempelte, quoll schwarzes, dichtes Haar hervor. Mit diesen beiden kurzen behaarten Händen streute er Körner in den Vogelkäfig, und mit diesen beiden Händen tauchte er meinen Kopf unter Wasser. Wenn ich das unermesslich schwere Gewicht auf mir fühlte und zu ersticken drohte, zog er mich mit den Kräften eines Stiers an meinen Haaren empor, doch bevor ich zum zweiten Mal Atem holen konnte, spürte ich wieder die Schwere des Wassers, bleiern, erdrückend, wenn er mein Gesicht ein weiteres Mal hineintauchte.

Aischylos, sagst du dieser Schwedin, die jetzt in einem warmen Bett schläft und von ihren Vögeln träumt, dass ich alle Vögel hasse und dass ich sie gestern mit bösartiger Genugtuung angesehen habe? Sagst du es ihr, Aischylos?

Wenn wir den Raum betraten, zwitscherten die Vögel. Sie hüpften von einer Ecke des Käfigs in die andere und schauten uns spöttisch an. Selbst während wir geschlagen wurden, pickten sie die Körner auf und sprangen umher. Einmal lag ich mit zusammengebundenen Händen auf dem Boden und drehte mich um. Ich wurde fast zerrissen vor Schmerz und wollte heulen. Da bemerkte ich, dass sie noch immer herumhüpften. Hüpften sie vor Angst, vor Freude? Sie sprangen herum und zwitscherten. Nûri liebte seine Vögel, er fütterte sie eigenhändig, stand lange vor ihnen und betrachtete ihr gelbes Gefieder, ihre Schnäbel, die in eine weisse Tasse mit Wasser eintauchten. Ein glückliches Lächeln lag auf seinem Gesicht, während er sie beobachtete. „Schreib, du Hurensohn! Ändere deine Schrift, wie du willst, ich weiss, dass ich dich wie eine Ratte vom Boden aufsammeln werde. Du sollst nicht hacken, nimm das Korn, ohne zu hacken, lass ihn fressen, du, geh weg! Bist du fertig? Schreib!"

Alles roch nach Erbrochenem: die Kanarienvögel, der lange Abed, dessen Hand einem grossen, schweren Fisch glich, Hâtim mit dem verschwitzten Gesicht, Nûri mit seinem donnernden Lachen, wenn er spottete, wenn er uns herausforderte. Sogar an meinem Blut hing, bevor es trocknete, der Geruch von Erbrochenem.

Und du, Aischylos, fragst du nicht nochmal diese Schwedin, wozu diese grossen Käfige gut sein sollen? Wenn sie all ihre gelben, eitlen Kanarienvögel und noch zehn weitere in eine Ecke des Käfigs setzen würde – was macht sie dann mit dem grossen leeren Rest des Käfigs?

Als wir in jene Zelle gesperrt wurden, hatte ich das Gefühl, neu geboren zu sein. Seit sieben Monaten hatte ich keinen Menschen ausser diesen Mördern gesehen. Ich war nur im Keller gewesen und hatte gegen den Wahnsinn angekämpft.

Einmal hatte ich eine grosse schwarze Ameise aufgehalten. Ich bot ihr meinen Brotfladen an, stellte den Napf mit Wasser vor sie hin und sagte ihr klar und deutlich: „Ich werde dich jetzt nicht mehr fortlassen. Du wirst drei Tage hierbleiben als mein Gast. Dann werden wir weitersehen."

Als ich sah, dass sie sich von dem Brot entfernte, setzte

ich sie erneut darauf. Doch sie krabbelte wieder herunter und wollte sich davonmachen. Da schrie ich sie an: „Kennst du nicht die Traditionen, Ameise, du Gast Gottes? Die Gastfreundschaft währt drei Tage. Sag zu mir, was du willst! Nenn mich Nûri oder Abed, sag Henker oder Ungläubiger, sag es! Ich höre sowieso nur, was ich hören will."

Doch dann ertrug ich es nicht mehr, sie einzusperren. „Du solltest nicht allein bleiben", riet ich ihr, als sie sich dem Fensterspalt näherte und den Mauervorsprung erklomm. „Wenn du hier bliebest, wäre ich dein Freund. Sei vorsichtig, wenn du dich gen Süden wendest, dort wissen sie nicht, was Freundschaft ist, sie haben keine Freunde. Wenn es dir in meinem Keller unerträglich wird, geh in die andere Richtung, nach Norden, dort findest du Freunde!"

Als die Kleine zu mir trat, fragte sie mich: „Sind Sie seekrank? Wir haben Sie seit heute morgen nicht gesehen!"

Ich schaute in ihr freundliches Gesicht und antwortete: „Mir ist ein wenig übel, aber es ist nicht so schlimm."

„Es scheint, dass Sie es gewohnt sind?"

„Als ich klein war, habe ich viele Stunden mit meinem Onkel beim Fischen auf einem See verbracht."

„Und auf dem Meer? Sind Sie früher noch nie auf einem Dampfer gefahren?"

„Dies ist das erste Mal. Und Sie?"

„Das erste Mal!"

„Ist Ihnen übel?"

„Ich habe die ganze Nacht nicht geschlafen. Ich habe dummerweise kein Medikament genommen. Ich dachte, ich würde es aushalten, aber heute habe ich nichts gegessen und eine Tablette genommen!"

„Und wie fühlen Sie sich jetzt?"

„Besser. Ich werde früh schlafen gehen."

Bei Sonnenuntergang bildete sich ein Tanzkreis. In zwei Stunden werden wir Piräus erreichen. Aischylos, die weisse Kuh, klauen- und beinlos trotzt sie dem Meer, besiegt es und verspätet sich ebensowenig wie Hâtim, wenn er die Tür des Kellers öffnete. Ich hörte seine Schlüssel und wartete. Wenn die Tür endlich aufging, fielen die Strahlen der Lampe über der Tür auf mich, und ich konnte nur Schatten erkennen.

Ein wildes Tanzfest. Das Mädchen mit seinen staunenden Augen. Ich ziehe mich im Schutz der Nacht weit zurück und stehe unter freiem Himmel. Ein feiner, wie aus Seide gesponnener Regen. Das Auge erkennt nur, was im Schein der über das Schiff verteilten Lichter steht. Die Aischylos müht sich, ans Ziel zu gelangen, quält sich durch die noch vor ihr liegende Zeit, zerreisst sich schier, um ein unverständliches Verlangen zu stillen.

Die grossen Käfige ... die Seekrankheit ... früh schlafen gehen ... Was sonst noch?

Wir waren vierzehn Männer, ja, vierzehn! Der Raum konnte uns nur aufrecht stehend aufnehmen. Die Körper drängten sich aneinander, Mundgeruch, Schweiss, lange Haare, Fingernägel, schwarz von geronnenem Blut – so nahe aufeinander erkennt man nichts. Die Gesichtshälfte ist ein massiges Stück Fleisch, nicht klar erkennbar, die Nase ein grosser Klumpen, der sich bläht und zusammenzieht im Versuch, Luft einzusaugen. Die Lippen öffnen sich, lassen trotz der Nähe Zähne erkennen, unten dunkel von Zigarettenqualm, oben von gelblichem Schwarz überzogen. Wir waren vierzehn Männer, und sich in dieser Menschenmasse zu befinden war Anlass zu stummer Freude. Sie alle waren wirkliche Menschen, ihr Atem, ihre wogende Bewegung, ihr feines Lachen. Wir waren echte Menschen, vierzehn!

War die Zeit der Isolationshaft vorbei? Hatte ich wirklich die ganze Zeit durchgehalten? Ich konnte es nicht glauben.

Unter einem Regenschirm, beim Bug der Aischylos, bemerkte ich einen Mann, der ein kleines Radio an sein Ohr hielt. Nachrichten? Warte, warte, du Reisender, das Warten wird lange währen. Du wirst sterben, bevor du die Worte vernimmst, auf die du wartest. Die östlichen Gestade des Mittelmeers gebären nur Ungeheuer und Hunde. Und du wartest auf Pferde und Säbel! Warte, jener Strand spuckt täglich Dutzende junger Hund aus, Hunderte, und selbst wenn ihre Zahl in die Tausende geht, werden sie in den Verliesen heulen oder auf den Misthaufen krepieren, denn sie selbst wollen es so.

Hör die Nachrichten allein, ich will sie nicht hören. Mir genügt, was ich gesehen habe!

Zu den Nachrichten unterbrachen sie die Folter. Sie waren begierig darauf, dem Beginn der Übertragung zu lauschen. Und wenn das Interesse nachliess, drehten sie am Knopf, und die Musik begann von neuem.

Wenn der östliche Teil des Mittelmeeres doch ein Tümpel für Krokodile geblieben wäre, wenn man doch nie die Elektrizität erfunden hätte! Aber dieser Fluch kam über die Menschheit, um sie zu töten.

Amdschad erinnerte sich an jene Nacht noch nach drei Jahren. Niemals wird er sie vergessen. Sie hat sich in seinem Kopf eingeprägt wie eine Zeitangabe in einen alten Baum, in die Wand eines Klosters. Wir hatten ihn nach seinem Geburtsdatum gefragt. Er versuchte, sich daran zu erinnern, sagte, am 12. Mai, verbesserte sich, sagte, am 27. April. Auf die Frage, welches Datum denn nun das richtige sei, antwortete er: „Das einzig richtige Datum ist der 21. November, ja, das ist das Datum!"

Elektrizität – der wahre Tod, das Herz wird in Erschütterung versetzt, dann stirbt es. Sie legen den Strom an die Schultern, in die Nähe des Herzens, über die Nase, zwischen die Pobacken, das Herz erschauert, taumelt, bleibt stehen. Dann stellen sie ihn ab. Hunderte von Malen machen sie es so. Hätten sie genügend Anstand, würden sie den Strom eine Sekunde länger ansetzen, und die Sache wäre erledigt. Aber das tun sie nicht.

Amdschad hatte gesagt: „Das letzte Mal war es am 21. November. Das ist das Datum meiner Neugeburt, alles andere ist blauer Dunst!"

Fernsehen, Ventilatoren, Kühlschränke, gepresste Früchte, was kann die Elektrizität nicht alles leisten? Wem Leben schenken? Gott sei Dank kenne ich die Geheimnisse dieser erstaunlichen Erfindungen nicht. Wüsste ich von den Möglichkeiten der Elektrizität, wäre ich vor Angst gelähmt. Ich habe nur eine einzige Möglichkeit erlebt: das

Zucken, dieses heftige, stechende Gefühl, dass alles zu Ende ist. Wenn ich dann mit Hilfe von Wasser wieder zur Besinnung gekommen bin, zucke ich, doch kaum atme ich tief ein, um festzustellen, ob meine Lungen die Luft noch aufnehmen, fühle ich ein erneutes Beben, ein wahnsinniges Brennen, und werde ohnmächtig. Und nochmals überkommt mich das Zittern wiedererwachenden Lebens, ich atme die Luft ein und verliere erneut die Besinnung.

Die Aischylos tanzt den Tanz geschlachteter Hähne. Die Freude ist eine Höhle im Herzen des Menschen, für immer unausgefüllt. Aber Aischylos, die du die Essensreste ins Meer schleuderst, wie du die Menschen in die Häfen wirfst, kennst du den Hunger nicht?

Die Stunden des Wartens, die dahingehen? Der Mensch muss lernen, immerzu lernen! Er muss den Strom empfangen, wie der Mann die Frau empfängt, er muss still in ihm schmelzen, taumeln, aber sterben darf er nicht.

„Wir wollen, dass du jetzt deinen letzten Willen kundtust", sagte Nûri, als ich gefesselt vor ihm lag. „Wenn du noch einen Wunsch hast oder eine Nachricht ...!"

Ich schaute ihn wortlos an. Meine Schulter war gebrochen, nachdem sich Abed mit seinem ganzen Gewicht darauf gestellt hatte. Mir war alles gleichgültig. Kein Zweifel, dass der Tod die grösste Erlösung wäre, die Ruhe, die ich ersehnte.

Er holte ein bedrucktes Blatt Papier aus seiner Tasche und sagte: „Wenn du's nicht glaubst, schau her!" Er hielt es mir vors Gesicht, und als ich nicht reagierte, richtete er sich wieder auf und erklärte: „Ich werde es dir vorlesen: ‚Nach Beendigung der Untersuchung und aufgrund ausreichender Beweise bezüglich der Inhaftierten – Namen wie folgt – wurde die Vollstreckung der Todesstrafe durch Erschiessen beschlossen.'" Dann las er die Namen vor. Mein Name stand an dritter Stelle.

Alle meine Empfindungen hörten schlagartig auf. Ich konnte mich nicht bewegen, selbst wenn ich es gewollt hätte. Er stiess mich mit dem Fuss, und ich fühlte, wie sich mein Körper willenlos zusammenzog. Dann fragte er erneut: „Irgendwelche Wünsche? Irgendwelche Aufträge? Du weisst, dass man die zum Tode Verurteilten fragt, ob sie noch Wünsche haben. Das weisst du doch, oder?"

Als ich nicht antwortete, spuckte er mir ins Gesicht. Seine ganze Haltung änderte sich plötzlich. „Glaubst du es etwa nicht?" schrie er. „Du wirst es glauben müssen, du Puffsöhnchen, du Hurensohn!"

Dann verbanden sie mir die Augen. Ich weiss nicht, wer mich trug. Ich fühlte nur harte Hände, die mich vom Boden aufhoben. Ich hatte aufgegeben, ich war zu nichts anderem mehr fähig.

Das Auto heulte auf, setzte sich in Bewegung und fuhr lange, bevor es anhielt. Sie nahmen mich wieder auf und luden mich ab. Ich hörte Geräusche von Waffen. Das Klicken der Patronen, die in den Lauf geschoben wurden, hatte ein höhnisches Echo.

Die Männer um mich herum unterhielten sich leise. Ich wollte nichts hören, die Schmerzen brachten mich fast um. Meine verbundenen Augen waren nur noch Klumpen aus unerträglichem Schmerz, ebenso meine Zähne, und meine gebrochene Schulter machte mir das Atmen zu Qual. Sollte es doch geschehen! Der Tod! Werde ich wirklich sterben? Werden sie mich umbringen? Was habe ich getan?

Ich wollte schreien: Macht, was ihr wollt, ihr Mörder! Doch das Klirren der Waffen in ihren Händen zwang mich zu schweigen; die Waffen und der Schmerz.

Aber würde ich denn wortlos krepieren? Ich musste doch irgend etwas tun, bevor ich starb! Als ich den Speichel auf Nûris Gesicht gesehen hatte, war ich fast glücklich gewesen. Ich hatte das Gefühl gehabt, alles mir Mögliche getan zu haben. Und jetzt? Würde ich mich wie ein Hund umbringen lassen, ohne ein einziges Wort herauszubringen? Aber was hätten Worte für einen Nutzen? Wer würde mich überhaupt hören? Und selbst wenn mich die ganze Welt hörte? Hatte Nûri mir nicht vor kurzem das Urteil vorgelesen? Hatte er meinen Namen nicht zweimal wiederholt, um mich zu überzeugen? Ich hätte selbst auf das Papier schauen sollen! Diese Leute lügen, nichts beherrschen sie besser als die Lüge.

Sag ein letztes Wort, Radschab. Du darfst nicht krepieren wie ein Hund, ohne ein Wort des Protestes, ohne einen Schrei! Dein Schrei muss so gewaltig sein, dass es ihnen das Herz zerreisst, sie können nicht mehr tun, als dich umbringen, nein, mehr können sie nicht tun.

Von weitem hörte ich einen Schuss. Dann war es still. Ich lag noch immer mit verbundenen Augen auf dem Boden. Werden sie mich so umbringen? Werden sie mich nicht wenigstens an einen Pfahl binden? Oder an eine Wand stellen? Dies ist nicht ihre Art zu töten. Aber sie haben doch keine spezielle Art. Jede ihrer Methoden führt zum Tod.

Aber was bedeutet es schon, ob ich in dieser Lage sterbe oder angebunden an einen Pfahl?

Abu Chairi, den ich an der Stimme erkannte, gab wohl ein Zeichen, als er rief: „Bringt sie auf den Platz zur Exekution! Los!"

Ein Schuss! Hatte er jemanden getötet? Wessen Leben war nun zu Ende? Blut fliesst, eine grosse Blutlache entsteht, dann ist alles vorbei.

Brachten sie alle hierher, deren Namen Nûri erwähnt hatte? Ich musste mich erinnern – Saki, Hussain und Walîd. Wer noch? Ich hätte aufmerksamer zuhören, hätte mir die Namen merken sollen. Saki mit seinem pockennarbigen Gesicht und seinem dichten Schnurrbart. Haben sie seine Brille zerbrochen? Rückt er sie nun nicht mehr alle Augenblicke zurecht? Walîd kann dies alles nicht ertragen, er hat nur eine Niere. Wir pflegten ihn einen halben Mann zu nennen. Hat er die ganze Zeit durchgehalten? Hat er sie mehr gequält als sie ihn?

Walîd liess niemanden ausreden. „Die Geschichte kenne ich, den Witz kenne ich", unterbrach er immer. „Hört mal zu!" Unerschrocken und hartnäckig redete er immer weiter. Aber hätte er gestanden, hätte man ihn nicht hierher gebracht. Vielleicht hat er sich gesagt: Vor dem Gefängnis habe ich mehr als nötig geredet, jetzt muss ich schweigen! Nein, hätte er geredet, wäre er nicht hier, man hätte ihn nicht zum Tode verurteilt!

Ob Hâdi weiss, dass wir durchgehalten haben? Sicher wird es ihm jemand sagen, er wird es erfahren!

Aischylos, du bist das Schiff der Freiheit, ein Schiff mit hundert Türen, kehr nicht zurück, eile stets nach vorn! Wehe dir, wenn sie dich eines Tages fassen! Wenn sie dich gefangennehmen, werden sie dir etwas antun, wie uns. Wenn du schweigst, wenn du sprichst, wenn du schaust, wenn du nicht schaust – sie haben immer einen Grund gefunden für das, was sie taten. Aber wer fragt sie schon nach einem Grund?

„Warum gaffst du so, du Bastard? Willst du dich etwa wehren? Schlagt ihn, hängt ihn an die Decke! Warum siehst du mich nicht an, wenn ich dich etwas frage? Heuchelst du jetzt Anständigkeit und Scham, du …? Richtet sein Gesicht, bring ihm bei, wie er zu gucken hat!"

„Rede, Hurensohn, und sag uns ja alles!"

„Schweig oder ich werde dir den Kopf zerquetschen und dir das Maul mit Scheisse stopfen! Hast du verstanden?"

Sie waren gross, Riesen, Holzklötze, und wir waren winzig. Wir stöhnten und schwiegen, wollten nur einen Augenblick ein wenig schlafen können. Und wir waren begierig auf ein Wort aus der Welt da draussen.

In den ersten Tagen fragte ich mich Hunderte von Malen: Gibt es die Welt da draussen noch immer? Sitzen in den Cafés noch immer Menschen? Und das Kinoprogramm, gibt es immer noch zwei Vorstellungen am Abend, die erste um sechs und die zweite um neun Uhr? Strassen, Lichter, ein Mann, der an der Bushaltestelle auf eine Frau wartet? In manchen Augenblicken dachte ich, die Welt da draussen würde stillstehen.

Als ich von Mutters Tod erfuhr, wurde ich noch trauriger und glaubte, sterben zu müssen. Ich betrachtete Anîssa. Sie hatte schwarze Ringe unter den Augen. Durch die eisernen Gitterstäbe hindurch, die uns trennten, spürte ich deutlich die Gefahr. Wie ein verwundeter Wolf fragte ich sie: „Wo ist Mutter, Anîssa?“

Sie schwieg und weinte. Ihr Weinen war wie ein plötzlicher Schrei in der Dunkelheit. An diesem Abend heulte ich, schlug meinen Kopf gegen die Wand und glaubte, nicht mehr weiterleben zu können. Aber auch danach zogen die Tage vorüber, und das Leben ging weiter.

Der Mensch ist zäher als eine Katze: Er stirbt und stirbt doch nicht. Sein schwacher Punkt ist sein Körper. Wenn der Körper schwach wird und zusammenbricht, zerfällt auch der Geist, und der Wille gerät ins Wanken. Aber wie kann der Körper zerfallen?

Meine Augen bohrten Löcher in ihre Körper, so dass sie sich vor Hass krümmten. Hunderte von Malen war ich stärker als sie! Sie hatten mir nichts gelassen, sie hatten mir Gürtel, Schuhriemen und Krawatte abgenommen, aus Furcht, ich könnte mich umbringen! So jedenfalls haben es mir die anderen Gefangenen später erzählt.

Nein, nein, diese Freude mache ich euch nicht! Ihr seid es, die töten, die Gefangenen bringen sich nicht um. Schreibt: Selbstmord von Hâdi Abu Lail. Nein, Hâdi stirbt niemals!

Wir waren ganz in der Nähe. Als sie uns am Fenster bemerkten, während sie Hâdi brachten, stürzten sie sich wie hungrige Wölfe auf uns, schlugen uns, brachten uns hinunter in den Keller. Wir waren zu acht, der Keller war klein, sehr klein. Wir konnten weder sitzen noch schlafen, wir wollten Hâdis Stimme hören. In der letzten Nacht vernahmen wir drei Schüsse, und wir baten Chalîl, der sogar Ameisen kriechen hört: „Horch, Chalîl, und sag uns, was du hörst!"

Die Nacht war bedrückend undurchdringlich: Stille, der Widerhall von Schuhen. Nur das war es, was wir hörten. Chalîl aber weinte, er warf sich vor uns hin und weinte. Er brachte kein einziges Wort heraus. In dieser Nacht brachte uns die Trauer fast zum Wahnsinn. Über uns das stille, schwere Licht, das durch die Fensterritzen nahe der Decke kroch. In diesem Augenblick der Ergebenheit und des Bangens sagte Chalîl zu uns: „Sie haben Hâdi umgebracht!"

„Es ist unmöglich, dass sie Hâdi umbringen!"

„Ich sage euch, sie haben ihn getötet!"

„Woher weisst du das?"

„Ich sage doch, sie haben ihn getötet. Sie haben ihn umgebracht!" Und wieder weinte er.

Wir fragten nicht weiter, und er selbst sprach nicht. Erst drei Tage später, als wir in der unerträglichen Kälte in unsere grauen, angespannten Gesichter blickten und widerwillig unser Essen zu uns nahmen, sagte Chalîl: „Ich habe ihr Flüstern gehört, ein ängstliches, schreckhaftes Flüstern. Sie liefen auf Zehenspitzen, und im Laufen riefen sie: ‚Bringt einen grossen Sack! Wir werden ihn in den Sack stecken und ihn mit einem Stein beschwert in den Fluss werfen!'"

„Was noch, Chalîl?"

„‚Holt ihn jetzt, bringt ihn in die Toilette, damit wir den Agha fragen, was wir tun sollen!'“

„Hast du das wirklich gehört, Chalîl?“

„Ich habe Nûri sagen hören: ‚Bringt Wasser und wischt die Blutflecken weg!'“

„Nein, sie haben Hâdi nicht getötet! Das bildest du dir ein!“

„Sie haben ihn umgebracht, sie haben ihn umgebracht, sie haben ihn umgebracht!“ Chalîl weinte wie ein Kind, und auch wir weinten.

Viertes Kapitel

Drei Monate sind inzwischen vergangen, in denen ich zwei Briefe und drei Postkarten erhielt. Die erste Karte schickte Radschab aus Griechenland. Seit langem las ich wieder einmal etwas von ihm. Das letzte waren zwei oder drei Briefe aus dem Gefängnis gewesen. Danach nichts mehr.

Als ich die Postkarte las, musste ich weinen, denn nun war ich sicher, dass Radschab weit fort war. Sehr weit. Die Karte war an Hâmid adressiert, aber an uns alle gerichtet: „Meine Lieben, Athen versinkt in zartem Nebel. Ein leiser Regen gegen Ende der Nacht, und am Morgen Nebel der Reinheit. Alles ist gewaschen, scheint zu lachen. Ich hätte gerne längere Zeit hier verbracht, aber es bleiben nur noch drei Stunden, bis der Dampfer ablegt. Ich habe viele Leute getroffen, die Arabisch sprechen, mit einem angenehmen ägyptischen Akzent. Ich kann nicht behaupten, dass ich Athen gesehen hätte, denn zehn Stunden reichen nicht aus. Herzlichste Grüsse! Ich werde bald wieder schreiben!"

Ich konnte seine Unterschrift nicht erkennen. Sie sass in der Ecke der Karte, so undeutlich, dass mich Zweifel überkamen, ob wirklich Radschab die Karte geschrieben hatte. Frauen denken stets an das Schlimmste. Wenn sie nicht genügend Trauriges bei sich selbst finden, suchen sie es bei anderen.

Die ersten Tage nach seiner Abreise waren schlimm. Hâmid war vorgeladen worden, und man hielt ihn vom Morgen bis Mitternacht fest. Nachdem sie sich lange Zeit nicht um ihn gekümmert hatten, wurden sie – wie er sagte – plötzlich auf ihn aufmerksam und gaben sich völlig überrascht. Dann stellten sie ihm die üblichen Fragen: Wer hat Radschab besucht, wer ihn angerufen? Wohin ist er gegangen, hat er ausserhalb des Hauses übernachtet? Er antwortete ihnen ruhig und wahrheitsgemäss, da sie die Antworten sowieso schon kannten. Nach dem ersten Teil der Befragung sagten sie zu ihm: „Du weisst, dass Radschab die Politik aufgegeben hat und nur noch zu uns Beziehungen unterhält. Trotzdem solltest du dir darüber im klaren sein, dass alles von seinem Verhalten abhängt. Er soll bloss nicht glauben, er sei nun weit weg und damit ausserhalb unserer Reichweite. Nein, da irrt er sich gewaltig! Und du wirst in Zukunft über alles auf dem laufenden sein, du bürgst ja für ihn, nicht wahr?“ Doch damit war die Angelegenheit noch nicht beendet. Um Mitternacht liessen sie ihn heimgehen, befahlen ihm aber, am folgenden Samstag wieder zu erscheinen.

In den ersten Tagen versuchte er, normal zu bleiben, doch ich bemerkte, dass ihn die banalsten Dinge erregten und wütend machten. Ausserdem sprach er nur noch mit trauriger Stimme – aber wir konnten nichts anderes tun als hierzubleiben.

Die Vorladung Hâmids war nicht alles. Laila erkrankte an Masern, und der Arzt irrte sich in der Diagnose: Drei Wochen lang schwebte sie in Lebensgefahr. In der Schule fand man bei Âdil ein kleines Messer und behauptete, er habe damit eines der Kinder bedroht. Die ganze Sache wäre noch weiter gegangen, hätte nicht Hâmid beim Schulinspektor vorgesprochen und versichert, so etwas werde nicht wieder vorkommen. Âdil sollte beim kleinsten Vergehen, dessen er sich schuldig mache, von der Schule verwiesen werden. Wenn Probleme einmal auftauchen, dann gleich in geballter Form! Ich wusste nicht, was tun, denn Lailas Krankheit verlangte meine ganze Aufmerksamkeit.

Als nächstes erhielten wir einen Brief und eine Postkarte von Radschab, beide am gleichen Tag. Die Karte las ich gleich; den Brief aber sollte Hâmid auf dem Tisch liegen lassen, damit ich ihn zu gegebener Zeit lesen könnte. Ich wünschte mir, in eine andere Welt zu gleiten, hatte genug von Krankheit und Traurigkeit und war überzeugt, dass Radschab in seinem Brief etwas geschrieben hatte, das mir helfen würde zu vergessen. Spät in der Nacht – ich wachte noch an Lailas Bett – nahm ich den Brief. Mit zitternden Fingern zog ich ihn aus dem Umschlag, während meine Gedanken dem Zugvogel hinterherflatterten. Innerhalb von zwei Wochen – so schien es mir – hatte ich Radschabs Gesicht vergessen. Viele Male versuchte ich, mir sein Bild ins Gedächtnis zurückzurufen, aber jener verfluchte Augenblick, in dem er seinen Kopf gegen die Wand schlug, hatte derart von mir Besitz ergriffen, dass ich ihn mir nicht mehr anders vorstellen konnte.

Schon bei den ersten Worten begann ich zu weinen. Ich las, dass er den Brief auf dem Dampfer schrieb und ihn im nächsten Hafen abschicken wolle. Er schrieb über die Emigranten und über das Meer, berichtete von dem riesigen Dampfer, auf dem sich eine grosse Anzahl Menschen verschiedener Nationalität zusammenfand, und er erzählte, dass er keine Langeweile verspürt, dass er aber alles um sich herum als fremd empfindet und sich nicht gut an dieses neue Leben anpassen kann. Dann ergänzte er, das Leben auf dem Dampfer sei nur vorübergehend und habe nichts mit dem Leben gemein, das ihn erwarte. Ich weinte, als ich seine Entschuldigungsversuche dafür las, wie er sich in der letzten Zeit benommen hatte. Er erwähnte auch die Pappel und die letzte Nacht, aber nur in wenigen, unklaren Worten. Ich hatte das Gefühl, dass er anderes meinte. Ich weiss nicht warum, aber ich stellte mir vor, dass er ans Gefängnis und an Mutters Tod gedacht hatte. Diese beiden Gedanken hatten sich wie Gespenster in seinem Kopf festgesetzt. Doch er sagte es nicht, er konnte oder wollte es nicht sagen! Weiter schrieb er, dass es ihn sehr verletzt habe, dass Huda ihn verliess, während er im Gefängnis war, und dass er den Frauen nicht mehr vertrauen könne. Wie war das geschehen? Es war geschehen, als wäre es Schicksal und als hätte niemand etwas dagegen tun können.

Huda hatte uns in der ersten Zeit seines Gefängnisaufenthalts häufig besucht. Wir redeten über Radschab, als käme er in einer Stunde zurück, als würde er plötzlich an die Tür klopfen und eintreten. Anfangs erwähnte sie seinen Namen nicht, wenn sie über ihn sprach, und oft wurde sie rot, wenn ich ihr in die Augen sah und sie fragte, ob sie ihn so sehr liebe. Doch dann, in der darauffolgenden Zeit, nachdem uns der so weit entfernte Radschab zum täglichen Brot geworden war, erzählte sie ohne Umschweife von ihm; sie zögerte auch nicht zu erklären, dass seine Augen trotz ihrer Traurigkeit sehr schön seien. So war es zu Beginn gewesen: Briefe, Sorge für seine Kleidung und frohe Erinnerungen.

Später dann schien Huda traurig zu werden. Als ich sie zum ersten Mal nach dem Grund fragte, wollte sie nichts sagen; ebenso beim zweiten Mal. Als ich sie aber drängte, legte sie ihren Kopf an meine Schulter und weinte. Ich spürte, dass es einen neuen Mann in ihrem Leben gab. Sie sagte nichts, aber eine Frau versteht die andere, auch ohne zu fragen. „Huda, hat dich jemand wegen Radschab gekränkt?" Sie schwieg, Tränen in den Augen, bis sie auch mich weinen sah. Ich weiss nicht, warum ich weinte. Ich glaube, der Kummer hatte sich in meinem Herzen angestaut, so dass ich nicht anders konnte. Da gab auch sie ihren Widerstand auf; ein Weinkrampf schüttelte sie. Bis zu diesem Augenblick hätte ich nicht vermutet, dass Huda so viel Schmerz und Trauer in sich barg. Wir weinten gemeinsam, ich weiss nicht, wie lange. Am Ende hörte ich sie mit sich selbst sprechen, dann erzählte sie mir alles.

Diese Tage sind vorbei. Sie scheinen mir so weit entfernt, als wären sie nie gewesen, aber einiges, was sie sagte, zieht wie Alpträume durch meine Erinnerung: „Ich werde mich umbringen, Anîssa, ich ertrage es nicht, dass mich jemand berührt. Wenn sie mich zwingen, jemand anderen als Radschab zu heiraten, wird sich niemals ein Mann an mir erfreuen. Ich werde mich umbringen!"

Ich weiss nicht, welch teuflische Worte mir von der Zunge glitten, als ich sie trösten wollte. Heute weiss ich genau, dass eine Frau eine andere nie nach dem Mann fragen darf, den sie liebt. War es mein Verstand, der mit Huda sprach? Mein Herz? Hatte ich Angst vor ihr und versuchte deshalb, sie von ihm zu vertreiben? Irgend etwas in mir krümmte sich vor Freude und Schmerz. Ich konnte nicht genau ausmachen, was es war, und bis jetzt weiss ich nicht, welche Gefühle sich damals miteinander vermischten und mich jene Worte sagen liessen.

Und Huda? Wartete sie auf ein Wort der Ermutigung von mir? Erwartete sie eine Rechtfertigung, eine Brücke aus Worten, um das andere Ufer zu erreichen? Nachdem ich sie wegen der unbedachten Worte getadelt hatte, sagte ich zu ihr: „Radschab ist so weit fort, dass mein einziger Wunsch ist, ihn eines Tages lebend wiederzusehen." Und dann fuhr ich fort, in der Absicht, ihre Gefühle für Radschab und ihre Opferbereitschaft zu prüfen: „Und wenn du es deiner Familie sagen würdest?" Ich bemerkte Angst und Bestürzung in ihren Augen. Allein die Vorstellung erschreckte sie, einem Vater und vier Brüdern die Stirn zu bieten und ihnen zu erklären, sie liebe einen Gefangenen und wolle ihn heiraten! Mir schien, der Tod wäre ihr lieber gewesen.

Nach diesem Gespräch wurde Huda trübsinnig und gereizt, ihre Besuche wurden kürzer. Gedankenverloren ging sie im Haus umher, als suche sie nach sich selbst. Schliesslich beschloss sie, sich auf eine neue Reise zu begeben. Eines Tages zog sie mich in den Garten und brachte unter Schluchzen hervor: „Ich konnte nichts machen, Anîssa, vergangene Nacht hat mein Vater seinem Vater gesagt, dass er einverstanden ist."

Sie wartete auf eine Antwort von mir, aber ich sagte nichts. Ich schwieg, und in meinem Herzen loderte der Widerhall schmerzlicher Freude. Mit prophetischer Zuversicht dachte ich: Manchmal machen die Frauen grosse Erklärungen, aber es sind nichts als Worte. Ich bin die einzige, die – nach Mutters Tod – auf Radschab wartet, und ich wäre bereit, für ihn zu sterben!

Als ich schwieg und meine Gedanken sich in die Erde gruben, fragte sie traurig: „Was soll ich nur machen?"

„Und deine Brüder, haben sie zugestimmt?"

„Sie waren dabei, aber nur mein Vater zählt, und er war es, der mit ihm gesprochen hat!"

„Aber es sind deine Brüder! Sagen sie nichts? Haben sie keine Meinung?"

Wieder schwieg sie.

Als Hâmid um meine Hand anhielt, war es mein Onkel, der mit ihm sprach. Doch erst nachdem Radschab seine Meinung gesagt hatte, scharf wie ein Rasiermesser.

Mit allerhand Zeichen hatte Mutter Radschab darauf hinweisen wollen, worüber er reden sollte: den Brautpreis, die Bedingungen. Aber er achtete nicht auf sie. Ich sass im Zimmer nebenan und hörte ihn sagen: „Wir haben nur Anîssa und wollen um sie nicht wie um eine Ware feilschen. Hâmid ist ein guter Mann, und er passt zu ihr. Sie soll mit dem, was sie besitzt, zu ihm gehen. Etwas anderes wollen wir nicht."

Der Wunsch, Huda zusammenbrechen zu sehen, lag schwer auf meiner Brust. „Jetzt", sagte ich, „in diesen Zeiten, muss auch eine Frau eine Meinung haben."

„Aber was soll ich denn tun, Anîssa?"

„Liebst du Radschab denn nicht? Hast du ihm nicht versprochen, auf ihn zu warten?"

„Du siehst doch mit eigenen Augen, was passiert ist."

Ich zuckte mit der Schulter und sagte provozierend: „Ich sehe gar nichts!“

Wieder weinten wir gemeinsam. Ich weinte, ohne zu wissen warum. Ich spürte, dass Radschab beleidigt wurde und dass er diese Beleidigung nicht verdiente. Ich hatte Huda herausgefordert, sie verspottet, sie dazu getrieben, die letzten Fäden zu zerreissen, aber mich quälte eine Frage, vor meine Füsse geworfen wie ein Kadaver: Woher nahm ich mir das Recht, sie vor eine so schwere Entscheidung zu stellen? Sollte sie doch heiraten, die Zuneigung zwischen ihr und Radschab könnte bestehen bleiben. Heirat ist etwas anderes als Liebe. Aber ich wollte Huda fertigmachen, damit sie ihre Liebe zu ihm aufgab.

Es vergingen Tage, in denen ich Huda nicht sah. Zufriedenheit und Hass wechselten in mir wie Hitze und Kälte bei Fieber. Huda und Radschab sind zwei Welten, dachte ich manchmal. Wie sie sich zufällig getroffen haben, werden sie sich auch wieder trennen. Sie haben nichts gemeinsam, und keiner von beiden kann dem anderen etwas geben. Er liebt die Welt des Schweigens – um diesen Ausdruck zu gebrauchen –, er liebt es, sich in Bücher zu versenken und Träumereien nachzuhängen. Huda dagegen spricht viel vom Reisen und träumt davon, ein Haus mit einem grossen Garten zu haben und sich nur noch Radschab zu widmen, wie sie selbst zu sagen pflegte.

Diesen Gedanken hing ich häufig nach und kam zum Schluss, dass die Trennung die beste Lösung für beide sei. Doch manchmal wurde es mir schwer ums Herz, wenn ich an Radschab dachte. Während er im Gefängnis war, hatte er seine Mutter verloren. Wenn er entlassen würde, würde er sich an den Platz erinnern, an dem sie immer sass, er würde an die Dinge denken, die sie geliebt hat. Und obwohl ich mir oftmals geschworen hatte, ihn ihren Verlust nicht spüren zu lassen, wusste ich nicht, ob ich dazu imstande wäre. Und nun war auch Huda fortgegangen.

Wenn Huda dabei war, verwandelte sich Radschab in ein grosses Kind: Er lachte lärmend, half mir in der Küche, erschreckte uns, wenn wir in die Dunkelheit hinaustraten. An diesen Abenden, die schon so lange zurückliegen, gab es auch manche Überraschung.

Einmal versteckte er Hudas Schuhe und ging weg. Als die Dunkelheit hereinbrach und Huda Angst bekam, sich zu verspäten, bot ich ihr meine Schuhe an. Doch sie weigerte sich, sie zu nehmen. „Was wird meine Mutter von mir denken!“ sagte sie, nahe daran, vor Angst und Wut loszuheulen. Erst als wir das Suchen schon aufgegeben hatten, schickte Radschab einen kleinen Jungen mit einem Briefchen, in dem stand: „Bereite dich auf deine Zukunft vor! Du wirst noch länger warten müssen. Und wisse, dass die geheimsten Orte die öffentlichen sind. Die Schuhe befinden sich auf dem Baum gegenüber der Tür.“

In Hudas Lachen mischten sich winzige Tränen, als sie die Schuhe herunterholte. Wir wunderten uns, denn wir waren beim Suchen einige Male ganz nahe an diesem Baum vorbeigegangen. Huda bat mich, mit ihr nach Hause zu gehen, um ihrer Mutter zu bestätigen, dass sie bei uns gewesen war.

Dann ist Huda fortgegangen, und inzwischen hat sie zwei Kinder und eine neue Welt. Für Radschab hat sie aufgehört zu existieren, ist für immer gestorben, und die Träume, die er Tag für Tag, Augenblick für Augenblick für sie gesponnen hatte, sind mit einem Schlag zerplatzt.

Ich weiss nicht, ob Huda mich verspotten wollte, als sie mich zu ihrem Hochzeitsfest einlud. Nach mehr als zwei Monaten kam sie wieder vorbei, bemüht, auf ihr Gesicht einen Schatten der Trauer zu zeichnen. Doch dieser Schatten verschwand schon während der ersten Minuten. Sie erzählte, was sie gekauft hatte, erzählte von dem Leben, das sie erwartete, und sie versäumte es auch nicht, ihren Verlobten zu erwähnen: „Er ist gross, hat grosse Augen, und obwohl er noch jung ist, sind seine Schläfen vornehm grau." Als sie dies sagte, lachte sie vergnügt.

Hatte sie Radschab schon vergessen? Ich konnte es kaum glauben. Es war doch nicht möglich, dass sie ein Leben mit jahrelangen Mühen, Ängsten und Träumen gegen ein imaginäres Glück eintauschte.

Huda bemerkte meine Niedergeschlagenheit, während sie erzählte. Sie versuchte, sich zusammenzunehmen, sei es aus Achtung gegenüber der Erinnerung an Radschab, sei es aus Mitleid über seine Hilflosigkeit, die ihm nichts anderes erlaubte, als an die Decke seines schwarzen Gefängnisses zu starren.

Ich klopfte auf den kleinen Tisch und verletzte sie mit jedem Wort, das ich sagte: „Glückwunsch zu deinem lang ersehnten Bräutigam, Huda! Aber erlaube mir einige Worte dazu. Mir scheint, dass du vergessen hast, dass ich einen Bruder habe, der im Gefängnis sitzt, einen Bruder namens Radschab, und solange er sich vor Schmerz und Qualen windet, werde ich mir nicht erlauben, auf seinem geschundenen Körper zu tanzen!" Dann schwieg ich befriedigt und genoss das süsse Gefühl der Rache. Erst als ich Hass auf ihrem Gesicht sah, fügte ich ruhig hinzu: „Ich werde nicht zu deiner Hochzeit kommen, meine Liebe!"

Auch danach trafen wir uns noch, und diese Zusammenkünfte waren anfangs sehr schmerzhaft und bitter, zumindest meinerseits. Aber im Lauf der Zeit verändern sich Menschen und Dinge. Auch Huda veränderte sich. Und ich bekämpfte die Erinnerung an sie, verdrängte sie mit harten Worten und war noch entschlossener als zuvor, Radschab – wenn er aus dem Gefängnis kommen und Huda nicht vorfinden würde – die Kälte nicht spüren zu lassen.

Jetzt schreibt er Dinge, die ich ihm ersparen wollte. Nach seiner Entlassung aus dem Gefängnis wollte er über sie sprechen, doch ich hatte Angst und verdrängte die Erinnerung an Huda noch mehr als zuvor. Ich sah die stumme Trauer auf seinem Gesicht, wenn ich von längst Vergangenem sprach. Aber jetzt, auf eine Entfernung von Tausenden von Meilen, hatte er den Mut zu sagen, was er nicht aussprechen konnte, während er mich ansah. Die Huda von heute kennt er nicht; er kennt eine andere dieses Namens: Sie war schön, hatte grüne Augen, ein wunderbares Lächeln – und liebte ihn. An diese erinnert er sich, doch sie ist seit Jahren tot, und er will es nicht wahrhaben.

Manchmal packt mich die Angst, ich fühle die Erde unter meinen Füssen beben. Ein solcher Zustand kann die Welt verändern, nichts bleibt, wie es ist. Würde Huda seinen Brief lesen, würde sie erbleichen, von Reue zerfressen würde sie tun, was eine liebende Frau tut. Vielleicht würde sie mir erklären, dass sie bereit ist, ihren Mann und ihre beiden Kinder zu verlassen, um diesem Verlorenen zu folgen.

Und ich kenne Radschab besser als Huda. Wie leichtsinnig er auch ist, wie sorglos er auch handelt, ist er doch sanft wie ein Kind und überhaupt nicht nachtragend.

Nein, ich werde die Dinge nicht diese Wendung nehmen lassen. Beide sollen bleiben, wo sie sind. Die Zeit allein lässt Sehnsucht und Liebeskummer verschwinden und an deren Stelle einen harten Stein entstehen. Ich werde ihm niemals über sie schreiben. Ich werde ihn in eine andere Welt versetzen, in die Welt der Liebe zu Kindern und zur Natur, die Welt meiner und Hâmids Sehnsucht nach ihm. Ich werde ihn an die Freunde und die Gedanken erinnern, die ihn beschäftigten, bevor er ins Gefängnis ging. Über Huda aber werde ich niemals sprechen!

Einen ganzen Monat schrieb Radschab kein einziges Wort. Meine Sorge verwandelte sich in eine fixe Idee, die mich ständig bedrängte. Ich glaube, ich übertrug meine Unruhe auf alle. Die Kinder schauten mich traurig fragend an, und Hâmid verlegte sich vom Fragen aufs Bitten. Trotzdem wusste ich nicht, wie ich mich verhalten sollte. Ein einziger Gedanke beherrschte mich: Radschab zu sehen, seine Stimme zu hören.

Eines Nachts sah ich im Traum meine Mutter wie eine Schwachsinnige lachen und lachen; sie machte Radschab, der vor ihr stand, ein Zeichen zu kommen. Da weckte ich Hâmid, wischte meine Tränen fort, die mich beinahe erstickten, und beschwor ihn: „Wir müssen etwas tun!

Radschab braucht uns, wir können ihn dort nicht allein sterben lassen!"

Er drehte sich auf die andere Seite, um weiterzuschlafen und sagte: „Schlaf jetzt!" Als ich aber weiter drängte, stützte er sich mit dem Ellbogen aufs Kopfkissen und fragte gequält: „Was können wir denn machen?"

„Tu irgendwas, Radschab stirbt!" sagte ich schluchzend.

„Warum diese schwarzen Gedanken? Weil er nicht geschrieben hat?"

„Nein, weil er stirbt! Ich bin überzeugt, dass er in solchen Schwierigkeiten ist, dass davor die Zeit im Gefängnis wie nichts erscheint."

Er richtete sich auf, strich mir mit der Hand über den Kopf, zog sanft an meinen Haaren und sagte: „Genug, Anîssa, morgen wird ein Brief von ihm kommen, und du wirst beruhigt sein."

„Aber er hat seit einem Monat nicht geschrieben!"

„Vielleicht hat ihn etwas daran gehindert."

„Was kann ihn daran hindern zu schreiben?"

„Ich weiss es nicht, aber wir müssen abwarten, dann werden wir sehen."

„Hâmid", bat ich verzweifelt, „könntest du nicht im Aussenministerium anrufen und von ihnen zu erfahren verlangen, was mit ihm los ist?"

„Schlaf jetzt! Morgen werden wir weitersehen!"

Tag und Nacht grübelte ich, gab mir dabei aber alle erdenkliche Mühe, natürlich und gefasst zu wirken. Ich verbarg meine Gefühle, tadelte mich gleichzeitig für die Augenblicke der Schwäche, die mich in Tränen ausbrechen liessen. Schliesslich ertrug ich es nicht länger. Eines Morgens erklärte ich Hâmid, während ich mich zum Ausgehen fertig machte: „Ich werde selbst ins Aussenministerium gehen und dort fragen."

Gereizt von meinem Benehmen und meiner Hartnäkkigkeit, antwortete er: „Wir werden noch einige Tage warten, wenn dann kein Brief von ihm kommt, gehe ich selbst."

Nach drei Tagen kam sein Brief.

Man glaubt nicht, dass Worte, blosse Worte, den Menschen derart verändern können. Hâmid hatte seine Arbeit mitten am Tag verlassen und mir den Brief gebracht. Kaum sah ich ihn von der Tür aus damit winken, spürte ich eine freudige Erwartung, es war fast wie ein Rausch. Ich wollte nur sicher sein, dass er noch lebte, weiter nichts. Ich war bereit zu erfahren, dass er krank, unglücklich, deprimiert ist – dass er lebte, war die Hauptsache. Alles im Leben lässt sich beheben, nur für den Tod gibt es keine Medizin. Und wenn ein Brief von ihm kam, hiess das, er lebte noch.

Hâmids Freude über den Brief überstieg die meinige. Er verfolgte meine zitternden Hände und meine Augen, die sich mit Tränen füllten. Er schwieg, um die Wirkung der Worte zu beobachten. Mehr als einmal schaute ich zu ihm auf, um sein kleines barmherziges Lächeln zu erwidern. Dann zog er mir den Brief weg, noch bevor ich fertiggelesen hatte. „Sie haben mir ausrichten lassen, dass ich morgen bei ihnen vorsprechen soll", teilte er mir mit. „Ich weiss nicht, was sie wollen und was ich machen soll."

Ich versuchte weiterzulesen, aber ich war nicht mehr

imstande, den Sinn der Worte zu verstehen oder ihre Süsse zu geniessen. Ich sah ihn verzweifelt an und sagte: „Sie lassen einem auch keine Minute Freude."

Da erwiderte er auf eine Weise, die ich an ihm nicht gewöhnt war: „Wir fragen nicht mehr nach Freude, alles, was wir wollen, ist, dass sie uns in Frieden lassen!"

„Was glaubst du, was sie jetzt wieder vorhaben?"

„Im besten Fall Drohungen und Beleidigungen, Gutes kann man von ihnen nicht erwarten."

„Und was wirst du machen?"

„Ich gehe hin, und wir werden sehen." Er liess sich auf den Sessel fallen, als hätte er seinen Körper nicht mehr unter Kontrolle. Er war müde, wie betäubt.

„Es gibt keinen Grund zur Schwarzseherei, bevor wir nicht wissen, was sie wollen", versuchte ich ihn zu ermutigen.

„Glaubst du, das sind Freunde, die sich nach meiner Gesundheit und meinem Befinden erkundigen wollen?"

Ich schwieg. Mir fiel kein einziges Wort ein, das ihm hätte helfen können. Ich dachte an die Tage, die vergangenen und die jetzigen, an den gefangenen Radschab, an den verreisten Radschab, an den Brief und an die Zukunft; Bilder strömten durch meinen Kopf, tanzenden Gespenstern gleich. Wie zu sich selbst, als sei es unwichtig, ob ich ihn hörte oder nicht, murmelte Hâmid: „Kann man in diesem verfluchten Land eigentlich nie in Ruhe leben? Niemand entrinnt ihnen, weder derjenige, der politisch arbeitet, noch der, der es nicht tut; weder derjenige, der dieses System liebt, noch der, der es nicht liebt. Das ist doch ein verrücktes Land, das vernichtet werden muss!"

Wir schwiegen beide. Er faltete den Brief zusammen, legte ihn auf den kleinen Tisch und zeigte lächelnd auf den Zensurstempel. Ich schaute hin, ohne etwas zu sagen. Sie lesen die Briefe nicht einfach, sie zeigen es auch noch, sie erklären laut und deutlich: „Wir haben es gelesen, wir lesen alles!" Das Leben ist so nackt geworden, dass man begonnen hat, sich vor sich selbst zu fürchten; man glaubt sie immer anwesend, wenn man schläft, träumt, wenn man auf der Strasse geht, ja sogar wenn man stirbt.

Ich erinnere mich noch, wie wütend Hâmid an jenem Abend war, zwei Tage nach Mutters Tod. Ein Mann, den er vorher noch nie gesehen hatte, war auf ihn zugekommen. Zuerst glaubte Hâmid, er wolle ihm wegen Mutters Tod sein Beileid ausdrücken, doch dann fragte der Mann: „Wer war das, der in der Ecke gesessen hat? Und der, der am Fenster sass?" Zunächst antwortete Hâmid, doch als der Mann ihm immer weitere Fragen stellte, begann Hâmid vor Wut zu zittern. Die Angelegenheit wäre eskaliert, hätten nicht die anwesenden Männer den Geheimdienstler weggezogen und ihm gesagt, dass es sich nicht zieme, ausgerechnet Hâmid zu befragen, dass er sich besser bei jemand anderem erkundigen solle. Man riet ihm voller Bitterkeit und Spott, sich an den Laternenpfahl an der Strassenecke zu lehnen und von jedem Neuankömmling den Ausweis zu verlangen. Dieses Bild ging mir durch den Kopf, und ich fragte Hâmid: „Was können wir tun?"

„Ich weiss es nicht, ich bin vollkommen ratlos."

„Das Leben hier ist unerträglich geworden, aber wohin könnten wir schon gehen?"

Zornig, als wollte er die Schwäche, die er in sich aufsteigen spürte, bekämpfen, antwortete er: „Sollen sie mit uns machen, was sie können! Wir werden hier bleiben! Wir sind nicht anders als die anderen, was ihnen geschieht, geschieht auch uns. Das ist alles."

Als er hinausging, erschienen mir seine Schritte herausfordernd fest, doch gleichzeitig auch schwer. Sorgen, düstere Gedanken, Warten, das alles bedrückt die Menschen mehr als das eigentliche Leiden. Diese Teufel wollen die Menschen umbringen, noch bevor sie sie verhaften. „Kommen Sie in zehn Tagen wieder!" – „Kommen Sie Anfang des Monats!" – „Kommen Sie her, ohne es jemandem zu sagen, andernfalls werden Sie schon sehen!"

Radschab hat das Leben im Gefängnis gut überstanden, zumindest schien es mir so. Ich hatte keine Anzeichen von Sorge oder Unsicherheit bei ihm bemerkt. Ich hatte ihn nicht so bedrückt gesehen wie Hâmid jetzt. Radschab war mit einem Schlag mit dieser Realität konfrontiert worden, man hatte ihn ins Gefängnis gepflanzt, und noch Schlimmeres musste er nicht mehr erwarten. Hâmid aber weiss nicht, was ihn jetzt erwartet. Nur Fragen? Gefängnis? Wird er bis zum nächsten Morgen bleiben, bis neun Uhr? Er muss damit rechnen, dass man ihm Fragen stellt. Er wird sie beantworten, aber er weiss nicht, was sonst noch passiert, bis er mit eigenen Ohren die verfluchten Worte hört, die ihre schlaffen Münder teilnahmslos aussprechen.

Zwar machte ich mir Sorgen um Hâmid, gleichzeitig wartete ich aber ungeduldig darauf, dass er wegginge, damit ich Radschabs Brief noch einmal lesen könnte. Ich war besorgt und glücklich zugleich, wie ein Kind, das fürchtet, sein Lieblingsspielzeug zu verlieren. Jetzt kann ich jedes Wort lesen, ich werde es einmal lesen, zweimal, bis es sich in meinem Gedächtnis eingeprägt hat, als sei es seit Ewigkeiten dort festgeschrieben.

Nochmals las ich das Wort „Zensur“ auf dem Briefumschlag: Es erschien mir barbarisch. Wer hat diesen Leuten erlaubt, die liebsten und heiligsten Worte zu lesen? Was geht es sie an, wenn ein Mann zu seiner Frau sagt: Ich liebe dich? Was geht es sie an, wenn jemand sagt: Ich liebe, ich hasse!? Haben sie den früheren Brief von Radschab auch gelesen? Kennen sie Huda? Was, wenn sie Huda zu sich bestellen, wenn sie sie ausfragen würden? Er hätte nicht von ihr schreiben, sie nicht erwähnen dürfen. Werden sie Hâmid morgen nach ihr fragen? Was wird er sagen?

Ich muss einen Weg finden, Hâmid aus der Klemme zu helfen für den Fall, dass sie ihn nach ihr fragen. Ich werde sagen, dass die Huda, die Radschab erwähnte, die Tochter meiner Tante ist und auf dem Lande wohnt. Aber diese Teufel wissen alles, ihre Archive enthalten die Namen unserer Verwandten, die ihrer Kinder und aller Angeheirateten – und vielleicht auch die Namen der Hunde und anderer Tiere, sofern diese Namen tragen.

Und Radschab, war er sich dessen nicht bewusst? Sie haben seinen Namen in allen Zeitungen veröffentlicht, und denjenigen, die keine Zeitung lesen, wurde die Nachricht von ihren Handlangern überbracht. Sie zerrten an seinem Namen, bis sie ihn zerfleischt hatten. Es gab nicht eine Frau im Viertel, die sich nicht nach ihm erkundigt hätte. Alle wussten schon alles, und trotzdem genoss es eine jede von ihnen, mich auszuquetschen, um es mit eigenen

Ohren nochmals zu hören. Sie lassen Radschab nicht in Frieden, sie verfolgen ihn auch jetzt, lesen seine Briefe. Und wenn er morgen zurückkehrt, werden sie ihn verhören: Wer ist Huda? Ist das nicht ein Deckname, ein Code?

Wäre doch Radschabs Brief nicht gekommen! Nach dem schmerzlichen Warten vermehren seine Worte nur meine Qualen.

In seinem Brief spricht er über das rauhe Klima, in dem er nun lebt, über die Kälte, die Unzufriedenheit, die heftigen Regenfälle, den Schnee; auch über die verschlossenen Menschen und ihre Hektik. Nach einem langen Bericht über das trübe, quälende Wetter schreibt er, es sei ihm bis jetzt noch nicht möglich gewesen, ins Krankenhaus zu gehen, er müsse noch drei weitere Wochen warten. Möglicherweise würde man erst dann entscheiden, ob sein Aufenthalt dort überhaupt nötig sei oder ob er ambulant behandelt würde. Sie hätten ihm die Laborwerte gezeigt und ihm prophylaktisch ein Medikament verschrieben, aber sie hätten auch gemeint, dass er in den kommenden drei Wochen noch eine Reihe von Untersuchungen über sich ergehen lassen müsse. Weiter schreibt er: „Ich hätte vor meiner Reise bei der Krankenhausleitung anrufen und ihnen die Befunde schicken sollen, dann hätten sie entscheiden können, ob und wann ich reisen solle. Es war ein Fehler, das nicht zu tun. Ich hatte mir vorgestellt, dass hier alles ähnlich ist wie bei uns, aber hier hat alles seine Ordnung, und Termine werden eingehalten. Es scheint, dass sie sich nicht mit den ersten Untersuchungen begnügen, sie sagten, ich benötige dreizehn. Ich weiss nicht, welche Mengen von Blut es braucht, um ihre Röhrchen zu füllen, und was mir noch alles bevorsteht." Die Krankheit frisst an ihm, schwärt in seinem Blut. Er ist jetzt allein, die Menschen wenden sich von ihm ab und sehen ihn nicht an. Wie isst er? Wie verbringt er seine Zeit? Spricht er mit jemandem? Wäre ich doch bei ihm! Jemand hätte mit ihm fahren sollen. Wie konnten wir ihn nur allein reisen lassen? Wäre er gesund und stark, würde ich mir keine Gedanken machen. Im Gefängnis war er mit Menschen zusammen, die er kannte, er erzählte, lachte, schlief ohne Angst. Aber dort ist er furchtbar allein. Hätte er nicht schreckliche Schmerzen, würde er nicht darüber schreiben. Ich weiss, wieviel er schweigend ertragen kann. Schon als kleiner Junge nahm er sich zusammen und zeigte seinen Schmerz nicht. Eines Morgens war Mutter aufgestanden und hatte ihn wortlos leiden sehen. Einmal sah ich ihn schweissgebadet, ich schrie so laut, dass die Nachbarn aufwachten, er aber behauptete hartnäckig, es seien nur leichte, vorübergehende Bauchschmerzen.

Wenn ich doch bei dir sein könnte, Radschab!

Lange hielt ich inne und stellte mir vor, wie er in einem düsteren Hotel drei Wochen lang Tag und Nacht an die Decke starrt, bis sie ihn im Krankenhaus aufnehmen. Aber was wird, wenn sein Zustand es nicht mehr erlaubt? Wird er sterben, bevor die drei Wochen vorbei sind? Ich will es nicht glauben! Wäre der Brief an dieser Stelle zu Ende gewesen, hätte ich aufgehört zu weinen. Doch der letzte Abschnitt klang so zutiefst verzweifelt, dass ich überzeugt war, Radschab gegenüber viele Fehler gemacht zu haben.

Ich hätte Radschab an zwei „Fronten" entgegenwirken

sollen: an der von Huda und an der von Mutter. Ich hatte gedacht, Radschab hätte eine realistischere Auffassung vom Tod, er würde verstehen, dass es für Mutters Krankheit keine Heilung gab und dass ihr Tod absehbar war. Schliesslich war sie schon recht alt und ausserdem herzkrank. Bei aller Trauer und allem Schmerz hätte jeder Mensch nach dem ersten Schock die Situation verstandesmässig erfasst. Davon war ich ausgegangen, als ich Radschab zum Friedhof begleitet hatte. Ich sagte mir, dass er ihr Grab besuchen müsse, um sich zu bestätigen, dass jeder Mensch, so alt er auch werden möge, eines Tages aufhört zu sein. Deshalb kämpfte ich nur an Hudas „Front". Er sollte Mutter schnell vergessen, sollte niemals mehr an sie denken. Aber Radschab überraschte mich, verblüffte mich, und ich kann diese traurigen Worte kaum glauben, die weit weg von hier geschrieben wurden!

In der Nacht vor seiner Abreise hatte ich geglaubt, das Weinen sei eine letzte Reinigung seiner Seele, denn ein Mensch, der stirbt, hört in den Augen seiner Lieben erst dann auf zu sein, wenn sie ihn mit ihren Tränen gewaschen haben; die Tränen sind die letzte Handvoll Erde zu Ehren des Toten; sie zeigen, dass alles zu Ende ist. In dieser Nacht hatte ich ihn weinen lassen, damit er die Last, die er jahrelang getragen hatte, von seinen Schultern werfen könnte, ich hatte geglaubt, sein Weinen sei die Handvoll Erde, die er auf Mutters Grab streute. Jetzt aber überraschte er mich: „Das Grab von Mutter, Anîssa, warum habt ihr es so elend vernachlässigt?" schrieb er. „Hat sie dir nichts bedeutet? Du musst wissen, dass sie mir viel bedeutet, sehr viel und immer mehr. Jeden Tag sehe ich sie stolzer und älter. Ich übertreibe nicht, wenn ich dir sage, dass ich sie jetzt sogar lebendiger vor mir sehe als je zuvor. Du weisst nicht, dass ich täglich ihr Grab besucht habe. Ich habe es niemandem erzählt, und selbst jetzt zögere ich, es dir zu schreiben, und werde vielleicht deshalb diesen Brief noch zerreissen. Alles, was ich von dir will, Anîssa, ist, dass du für Mutter eine ordentliche Grabstätte baust. Es wird nicht viel kosten, aber wenn du es nicht bald tust, wird die Trauer mich umbringen. Als ich an ihrem Grab weinte, wollte ich Abbitte tun, ich bedeckte mein Gesicht mit Erde und schrie, in der Hoffnung, sie würde mich hören und mir verzeihen! Und nun, in der Ferne, schlafe ich nicht ein, bevor ich nicht ein Gebet an sie gerichtet habe; Gebete mit der kurzen, einfachen Bitte um Vergebung. Könnte ich doch jetzt dort sein und ihr Grab besuchen! Tu etwas, um meinetwillen, Anîssa. Lass aber niemals den Verstand in dieser Angelegenheit richten, es ist eine Sache des Herzens, die nicht mit der Sprache des Verstandes erklärt werden kann. Eine Anmerkung noch: Wenn der Grabbau einmal beendet ist, lasst bitte den Grabstein leer, ohne Worte. Ich möchte einige Zeilen dichten und denke dabei schon an etwas Bestimmtes!"

Radschab wird sich umbringen. Als er abreiste, nahm er Mutters Grab mit sich. Warum habe ich nicht mehr auf ihn geachtet? Er ging also jeden Tag hinaus, um ihr Grab zu besuchen. Zehn Mal hat er es besucht, ohne dass ich es wusste. Wie dumm ich war, blind und dumm, sonst hätte ich gemerkt, was mit ihm los war! Ich kann es nicht glauben, ich kann mir nicht vorstellen, dass er das getan hat. Vielleicht sind diese traurigen Gedanken Folge der

Fremde und der Einsamkeit. Doch seine Worte lassen keinen Zweifel zu, sie sind einfach und aufrichtig, als fürchtete er nicht, dass sie jemand anderer als ich lesen könnte, ja, als wünschte er sogar, dass andere sie lesen. Er möchte nackt erscheinen, es kümmert ihn nicht mehr, was geredet wird.

Was für eine Zeit voller Schrecken und Leid haben wir miteinander erlebt! Wir waren noch klein, als Vater starb, nein, nur Radschab war klein. Assaad war schon erwachsen. Nach Vaters Tod blieb er noch ein Jahr bei uns, dann ging er fort, wohnte aber in der gleichen Stadt. Eines Tages hatte er zu Mutter gesagt: „Solange ich in diesem Haus wohne, kann ich nicht heiraten und einen Hausstand gründen. Alles, was ich verdiene, esst ihr auf oder stehlt es, nichts bleibt übrig!" Mit diesen Worten nahm er seine Sachen und ging. Als Mutter das erzählte, fügte sie hinzu: „Wenn er nur das gesagt hätte, hätte ich es geschluckt und wäre nicht so traurig. Er aber hat noch einen schlimmen Satz hinzugefügt, den ich gut behalten habe und bis zu meinem Tod nicht vergessen werde. Dieses Schwein sagte: ‚Wenn ich mein Geld in einen Ausguss schütten würde, würde er sich wenigstens irgendwann füllen.'"

Mutter nähte Kleider, während wir schliefen. Wenn sie die mühsame Hausarbeit beendet hatte, verrichtete sie Arbeiten, zu denen nicht mal Männer fähig sind: Sie reparierte die Mauern des Hauses, wenn sie kaputt waren, sie hackte Holz und schleppte es herein, sie pflanzte Gemüse und versorgte die Hühner. Und wenn sie damit fertig war, kamen unsere Kleider dran. Sie wendete die abgetragenen Sachen, erneuerte sie, flickte mit Hingabe jedes Loch, stopfte, und wenn sie sicher sein konnte, dass für unsere Kleidung, Sauberkeit und unser Essen gesorgt war und wir keine Wünsche mehr hatten, nahm sie die Kleidung der Nachbarn in Angriff. Sie arbeitete die Nächte hindurch, um schnell fertig zu werden und neue Aufträge zu bekommen. Sie klagte nicht, und sie schalt niemanden. Doch eines Tages sagte sie mir in einem Ton, der mich sehr rührte: „Du warst jetzt lange genug in der Schule, Anîssa. Was hältst du davon, wenn du mir beim Nähen hilfst, bis ein anständiger Mann kommt, der um deine Hand anhält?"

Ich schwieg, denn ich wusste nicht, was ich antworten sollte. Sie hätte es allein entscheiden können, ohne mich zu fragen. Um mir über mein Zögern hinwegzuhelfen, fuhr sie traurig fort: „Wir müssen arbeiten, du und ich, damit dein Bruder auf die Schule kann. Wenn du mir nicht hilfst, sind wir alle verloren."

Ich war einverstanden und willens, doch mein verwirrtes Schweigen liess sie noch einige Worte hinzufügen: „Ich würde es nicht von dir verlangen, wenn meine Augen mich nicht im Stich liessen." Dann weinte sie und sprach mit zitternder Stimme weiter: „Ich kann kaum mehr sehen, Anîssa, ich bin fast blind. Ich weiss nicht, wie ich den Faden in die Nadel einfädeln soll. Wenn ich allein weiterarbeite, werden wir alle verhungern."

Fünfzehn Jahre verbrachten wir nebeneinander; immer half sie mir und nahm mir ab, was sie konnte. Und obwohl wir uns in diesen fünfzehn Jahren oft stritten, währten diese Streitereien doch nie länger als ein paar Stunden. Ich erinnere mich nicht, auch nur eine Nacht eingeschlafen zu sein, ohne zu spüren, dass ihre Zufriedenheit das Haus füllte. Während dieser Zeit war Radschab unsere einzige Hoffnung. Wir opferten uns auf und konnten es kaum erwarten, dass er erwachsen und der Mann im Hause würde. Doch auch, als er noch klein war, schärfte mir Mutter täglich ein, dass wir einen Mann zuhause hätten, der grösser sei als alle anderen Männer. Amüsiert schauten wir ihm zu, wie er Papierflugzeuge baute, und wir gehorchten, wenn er Mutter drängte, ihm einen Ball aus Lumpen zu machen. Er wollte ihn ganz gross und fest und rund. Mit viel Mühe straffte Mutter den Ball, während ich versuchte, ihn zusammenzunähen. Aber als er fertig war, warf Radschab ihn zornig hoch: „Schaut, er ist nicht ganz rund, er ist ja oval und ausserdem viel zu weich!" Und so nähten wir, bis er zufrieden war.

Wir beobachteten ihn täglich, doch niemals sah ich ihn älter werden. Ich ärgerte mich oft über sein Verhalten, Mutter aber redete über ihn häufig wie über einen mir unbekannten Menschen: „Ach, wenn du dich an ihn als Kind erinnern würdest. Er war nicht grösser als so" – sie zeigte es mit ihrer Hand – „und obwohl er noch so klein war, füllte er das Haus mit Geschrei und Lärm. Er weinte wenig, aber wenn er weinte, glaubte man nicht, dass dieses Geheul von dem jämmerlichen, kleinen Wesen stammte. Ja, von klein auf war er starrköpfig!" Sie ruhte in der Wärme der Erinnerung, dann befeuchtete sie sich die Lippen und fuhr in anderem Tonfall fort: „Jetzt stört er doch niemanden, oder kaum, nicht zu vergleichen mit früher. Wir müssen ihn ertragen, er hat so ein weiches

Herz, Anîssa. Hast du nicht gesehen, wie er uns zwei Stück Stoff von dem Geld gekauft hat, das er Groschen für Groschen gespart hat?"

Die Zeit verging, und unsere Beziehung, die erst dunkel und schwierig gewesen war, trat in helles, heiteres Licht. Wir wurden mehr als Geschwister, mehr als Freunde; er weihte mich in alles ein, selbst in seine kleinen Streitereien, die nie länger als einen Tag dauerten. Und als er zu lesen begann, schien er den Kopf zu verlieren.

Er hatte allein, ohne fremde Hilfe, lesen gelernt, und von da an las er unaufhörlich. Mutters Ermahnungen, zum Essen aufzustehen oder mit dem Lesen aufzuhören, nachdem der Hahn gekräht habe und niemand mehr wach sei, verhallten ungehört. Er folgte ihr nur, wenn er nicht mehr gegen die Müdigkeit ankam oder wenn das Buch zu Ende war. Wenn er eine der Geschichten ausgelesen hatte, die Mutter „Geschichten von Dieben und Strassenräubern" nannte, warf er sie weit von sich, als wollte er sich von einem schändlichen Makel befreien, und sagte träumerisch zu mir: „Diese Geschichte ist wunderbar, du musst sie lesen!"

„Und warum hast du sie dann fortgeworfen?"

„Weil sie so gut ist und ich es nicht ertrage, sie in meinen Händen zu halten."

„Warum?"

„Weil ich sie dann ein zweites Mal lese."

„Aber du hast sie doch jetzt gerade erst zu Ende gelesen."

„Ich kann sie nochmal lesen, wetten?"

„Ich wette nicht, aber es ist töricht, wenn man eine Geschichte zweimal liest."

„Wenn du nicht willst, dass ich sie nochmal lese, dann lies du sie!“

„Sicher werde ich sie lesen.“

Am ersten Tag las ich nur eine oder zwei Seiten, doch als er mich danach fragte, antwortete ich: „Ich bin fast fertig.“

Dann wollte er mit mir über das Gelesene diskutieren. Ich schämte mich, denn ich verstand nicht, wovon er sprach. Als er meine Lüge bemerkte, sagte er mit einer Stimme, die mir wie die eines alten Mannes, wie die eines Vaters vorkam: „Möchtest du, dass wir sie gemeinsam lesen?“

„Lass sie mir noch. Morgen, wenn du in der Schule bist, werde ich sie lesen.“

„Und wenn ich komme, und du bist nicht fertig?“

„Dann mach, was du willst!“

„Nein, ich möchte sie tauschen.“

Eine Geschichte ging, und eine neue kam. Ich konnte nur wenig lesen, und wenn er meinen Mangel an Eifer bemerkte, schlug er mir vor, einige Kapitel abwechselnd laut zu lesen. Doch alle seine Versuche nützten nichts.

Ich beobachtete seinen Leseeifer, ohne mich daran zu beteiligen, bis er eines Tages die Bücher vor mir zu verbergen suchte. Ich bemerkte es nur zufällig: Während er las, schlug er die Bücher ein, so dass ich die Titel nicht sehen konnte. Da begann das Verlangen, seine neue Welt zu entdecken, an meinem Herzen zu nagen.

Es war der Beginn der gefahrvollen Reise.

Lange Zeit hielt ich die Angelegenheit vor Mutter geheim und vermied jedes Gespräch über Radschab, da mich dies auf die eine oder andere Weise zu einem gefährlichen Punkt gebracht hätte. Diesen fürchtete ich, und ebensowenig wollte ich, dass Mutter sich ihm näherte. Es dauerte jedoch nicht lange, da stiess sie auf die Papiere, die er unter das Bett oder unter den Teppich gesteckt hatte, und brachte sie mir erstaunt: „Anîssa, ich habe das hier unter dem Bett gefunden! Was sind das für Papiere?"

„Radschabs Papiere, Mutter!"

„Und was steht drin?"

„Es sind seine Notizen und Gedichte, Mutter."

„Und dieses Bild? Und das, was ist das?"

„Gedichte, Mutter."

Verwundert sah sie mich an, und ich wich ihren Blicken aus. Bald darauf hielt sie Radschab ein Blatt hin, von dem ich behauptet hatte, dass ein Gedicht darauf stehe. Wütend zog er es ihr aus der Hand und versteckte es eilig, und als sie darauf bestand zu erfahren, was es sei, antwortete er: „Das sind Mathematikübungen!"

„Aber Anîssa sagt, dass es Gedichte sind."

„Hat Anîssa sie gesehen?"

„Ich habe ihr davon erzählt. Ich habe sie gefragt."

„Und wer hat sie sonst noch gesehen?"

„Niemand!"

Von da an wusste Mutter Bescheid.

Unsere Tage waren voller Gefahren und belastet durch das Warten auf Radschab. Er blieb lange weg von zu Hause, manchmal wussten wir nicht, wo er die Nacht verbrachte. Mutter aber konnte nicht einschlafen, bevor er zurückgekehrt war. Radschab versuchte deshalb, sie soweit zu bringen, ihn nicht mit Fragen zu bedrängen, sondern „den Weg nach Golgatha zu gehen", wie er lachend zu sagen pflegte. Ohne viele Worte gab er ihr Papiere, und mit seinen Augen oder durch die Art, wie er ihre Hand drückte, forderte er sie auf, sie an einem sicheren Ort zu verwahren. Und nachdem sie sich daran gewöhnt hatte, die Papiere widerspruchslos zu verstecken, brachte er sie auch noch dazu, das Kreuz zu tragen. Er bat sie, einige Papiere zu seinen Freunden zu bringen oder einen uns völlig unbekannten Mann zum Haus eines Freundes zu führen.

Ich heiratete, zog um in ein neues Haus, und Mutter blieb in unserem alten zurück. Aber da Radschab immer wieder sehr lange fortblieb und verreiste, sahen wir keine andere Möglichkeit, als Mutter zu uns zu nehmen, bis dieses sorgenvolle und unruhige Leben ein Ende hätte. Wir hatten Angst um ihn, wir bemühten uns, nicht über die Zukunft zu sprechen und nicht an die Berichte über die Gefangenen und Ermordeten zu denken. Hâmid schwieg, mischte sich nicht ein und stellte keine Fragen.

So begann es und so endete es.

Radschab ist jetzt weit fort. Die Eintönigkeit und das Warten zerfressen und quälen ihn. Ich weiss nicht, wie lange er fortbleiben wird. Und wenn er zurückkehrt, wie soll er von vorn anfangen? Könnten wir doch aus diesem Land fliehen! Aber wohin? Nehmen denn andere Länder Flüchtlinge auf, die Freiheit und ihr täglich Brot suchen? Und die Freiheit, das Brot, gibt es das in anderen Ländern, wird es den Fremden gewährt?

Und Mutters Grab? Wir sind wirklich in einer elenden Zeit geboren. Bis heute erinnere ich mich an Mutters

Worte: „Wie sich die Welt verändert hat!" sagte sie immer. „In unseren Tagen liebten sich die Menschen und suchten nicht das Unglück. Heutzutage kennt der Bruder seinen Bruder nicht, jeder ist für sich allein. Und das ist noch nicht alles: Mord, Gefängnisse! Sie holen die Männer, und niemand weiss, wohin oder für wie lange. Die Welt ist am Ende, so kann es nicht weitergehen!"

Mutter ist von uns gegangen und hat eine Welt zurückgelassen, die noch schneller als früher zerfällt und sich in ein Narrenhaus verwandelt. Man weiss nicht, wie lange das noch so geht und wohin es führt. Nein, ich werde Hâmid kein Wort sagen, ich möchte mich nicht einmischen, ihn zu nichts drängen. Er soll machen, was er will. Und Radschab, habe ich ihm geholfen? Habe ich ihn getötet? Ich weiss es nicht.

Nach wenigen Tagen wurde alles klarer. Seit seiner Rückkehr schimpfte und fluchte Hâmid. „Du wanderst für ihn ins Gefängnis, wenn er nicht innerhalb von einem Monat zurückgekehrt ist", hatten sie ihm gedroht, „und bis er kommt, hast du dreimal täglich im Polizeikommissariat zu erscheinen und zu unterschreiben, dass du da warst." Er wollte nach dem Grund fragen, wollte Einspruch erheben, doch sie sagten nur: „Es gibt nicht viel darüber zu reden. Radschab, für den du dich verbürgt hast, hat uns seit seiner Abreise kein einziges Mal geschrieben. Ausserdem hat er sich mit Studenten in Verbindung gesetzt und sie aufgehetzt gegen die Regierung. Das wird ihn teuer zu stehen kommen!"

Doch das war noch lange nicht alles. In der alles beherrschenden Totenstille fielen Schüsse, die Amdschad und drei andere töteten. Man behauptete, sie hätten zu fliehen versucht, und man schrieb: „Die Wächter versuchten, die fliehenden Straftäter einzufangen. Diese aber griffen zu zahlreichen gefährlichen Gerätschaften, mit denen sie die Wächter attackierten. Drei von ihnen wurden schwer verletzt. In dem folgenden Schusswechsel wurden vier der Gefangenen getötet und sieben Polizisten verwundet. Eine Untersuchung des Vorfalls wurde eingeleitet, die Details werden später bekanntgegeben!"

Danach hörte man nichts mehr. Es gab nichts mehr dazu zu sagen, denn alles geriet plötzlich in Aufruhr. Am Montag begannen Demonstrationen, deren Ende nicht abzusehen war.

Soll ich Radschab schreiben? Und wenn ich es täte, würden sie einen Brief mit gefährlichen Nachrichten überhaupt durchgehen lassen? Was würden sie mir und Hâmid sagen? Worüber könnte ich denn schreiben? Über Amdschad? Über die Demonstrationen? Über Hâmid, der schon eine Stunde vor Verlassen des Hauses in Richtung Polizeikommissariat zu schimpfen begann? Hâmid macht schwere Zeiten durch. Wäre Radschab hier gewesen, hätte ich mit ihm darüber gesprochen und ihm erzählt, wie Hâmid nachts die Regierung und das System beschimpfte und wie er die Faust ballte und drohte.

Ich fürchtete mich oft in diesen Tagen. Ich spürte, wie die Welt kochte und nahe daran war, in Flammen aufzugehen, und ich dankte Gott, dass Radschab weit fort war. Wäre er hier gewesen, hätte ich ihn verloren, sie hätten ihn mitgenommen und dieses Mal vielleicht umgebracht. Ich kenne Radschab, er kann nicht zu Hause bleiben, er kann nicht schweigen. Und sie? Sie brauchen keine Beweise, davon haben sie genug! Sie verfolgen ihn sogar in der Fremde, obwohl er krank ist. Sie behaupten, er beschimpfe die Regierung und hetze die Studenten auf. Sie lügen, sie wollen Hâmid als Pfand, bis Radschab mit ihnen zusammenarbeitet oder zurückkehrt.

Ich werde Hâmid machen lassen, was er für richtig hält. Ich fühle mich krank, meine Gedanken und mein Verhalten sind unangebracht, und oft bereue ich hinterher, was ich gesagt habe.

„Willst du Radschab nicht ein Telegramm schicken und ihn bitten zurückzukommen?" fragte ich Hâmid, während mir die Tränen aus den Augen liefen.

„Warum?"

„Damit diese Qualen, denen sie dich täglich aussetzen, endlich ein Ende haben!"

„Glaubst du etwa, dass sie mich dann in Ruhe lassen? Als ich vorgestern abend im Polizeikommissariat war, habe ich mit einem von ihnen gesprochen. Während er das Heft zum Unterschreiben hervorzog, sagte er: ‚Hör zu, Hâmid, die Informationen, die wir über dich bekommen, machen deine Lage nur schwerer. Wir haben zum Beispiel gehört, dass du deine Zunge nicht hütest und alles Mögliche erzählst. Wir wollen das jetzt nicht näher untersuchen, aber sieh dich vor!' Das war vorgestern, und es scheint, dass sie mich nicht mehr in Ruhe lassen, egal, ob Radschab zurückkommt oder nicht!"

Langsam wurde mir klar, dass alles, was sie wegen Radschab unternahmen, nur ihrer Rechtfertigung galt.

Ich schrieb einen kurzen verklausulierten Brief an Radschab. Aber als ich ihn fertig geschrieben hatte, zerriss ich den Brief wie auch einen zweiten. Es scheint, dass er keinen Brief von mir lesen wird, und selbst wenn er es könnte, würde er ihn nicht verstehen. Ich schrieb, dass er gleich zurückkehren solle, wenn die Behandlung beendet sei, und begründete dies mit meiner und der Kinder Sehnsucht nach ihm. Hâmids Namen erwähnte ich nicht. Und ich schrieb, dass die Pflege im Krankenhaus – so gut sie auch sein möge – niemals an meine heranreichen könnte.

Hätte Radschab verstanden, was ich ihm sagen wollte? Warum habe ich Hâmid nichts von diesem Brief erzählt? Und sie? Hätten sie es normal gefunden, dass eine Frau ihrem kranken Bruder über ihre Sehnsucht und die Sehnsucht ihrer Kinder nach ihm, über ihre Sorgen, über das Essen schreibt?

Ich spüre eine Veränderung in meinem Wesen, wie ich sie noch nie empfunden habe, nicht einmal während meiner Schwangerschaften. Vier Kinder habe ich geboren, und jedesmal veränderte der Embryo in meinem Bauch meine Gefühle. Wenn er sich bewegte, wurde ich unruhig und fürchtete mich. Aber ich hatte nie das Gefühl, dass etwas in mir starb. Jetzt aber fühle ich etwas in mir sterben. Als Schwangere übergab ich mich und litt unter Rückenschmerzen. Aber ich schenkte doch einem neuen Geschöpf das Leben und stiess es mit Gewalt ans Licht, als ein Wesen mit Augen und einem Lächeln. Jetzt leide ich unter Erbrechen und Schmerzen. Ich verliere einen Teil meiner selbst, einen Teil ohne Augen und ohne Lächeln. Zuweilen bemächtigen sich meiner Angst und Schrecken, ich habe den Eindruck, dass die Welt erbebt und aufhört zu sein.

Ist Radschab gestorben? Leidet er unter neuen Schwierigkeiten? Und Hâmid, wie lange noch erträgt er die Folgen der Aktivitäten eines anderen? Die letzten fünf Jahre haben ihn schwer mitgenommen, aber er hat es schweigend ertragen. Ich hatte immer geglaubt, nach Radschabs Entlassung würde endlich das Leben beginnen, wie wir es uns immer gewünscht hatten. Doch jetzt scheint mir, dass wir noch nicht einmal das Recht haben zu hoffen, zu warten. Am Ende werden wir alles verloren haben: die Freiheit, die Zukunft und die Hoffnung.

Wenn ein neuer Brief von Radschab eintrifft, werde ich Hâmid drängen, ihm zu schreiben, er solle heimkommen, insbesondere wenn seine Gesundheit es zulässt.

Die Tage vergingen, eine Kette düsterer Tage, die sich aneinanderfügten und von denen niemand wusste, wie und wann sie enden würden. Radschab schickte eine Karte aus Marseille, vieldeutig, wie eine Warnung. Seine Gesundheit erwähnte er nicht, nur dass er für eine Woche verreisen und dann schreiben werde. Wohin fährst du, Radschab? Was hast du noch zu tun? Kannst du dich nicht unser erbarmen? Denkst du nicht darüber nach, wie wir diese schweren Tage verbringen? Du musst es wissen, ich werde nicht schreiben, dir kein Wort sagen, du musst es von alleine wissen, wie Mutter es wusste.

Mutter begann oft ganz plötzlich zu schluchzen und laut zu klagen, als ob Radschab gestorben wäre. Und wenn sie dann ausgeweint hatte, betete sie. „Oh mein Gott, ich habe nur diesen Jungen", hörte ich sie flehen. „Der Satan hat mir zugeflüstert, sie hätten ihn umgebracht. Du bist Herr über alles, sei gütig und erbarme dich seiner, er ist dir anvertraut." Die Gedanken in Mutters Kopf wucherten wie Farnkraut, unaufhörlich, und ohne dass sie mit jemandem gesprochen hatte. Und in der Wirrnis ihrer Trauer hatte sie die verschiedensten Erscheinungen: „Ich hatte einen Traum, Anîssa, ich habe Radschab als Bräutigam gesehen." – „Mein linkes Ohr hat geklungen, Anîssa, Radschab hat ganz bestimmt Schwierigkeiten, glaubst du nicht auch?" – „Das Herz einer Mutter irrt nicht, mein Herz sagt mir, dass Radschab krank ist."

Und du, Radschab, hast du keinen Traum gehabt? Und dein linkes Ohr, summt es noch immer, um ein Unglück anzukündigen?

Sie haben Hâmid festgenommen, vier Tage haben sie ihn behalten und dann höhnisch gesagt: „Das ist nur das Vorspiel, denk nach und komm in einer Woche wieder."

Was kann Hâmid bloss tun? Sie liessen Radschab gehen, sie willigten in seine Reise ein. Hâmid hat nicht mehr getan, als ein Papier zu unterschreiben. Sie sagten, es habe nichts zu bedeuten, sei lediglich eine Formalität. Jetzt haben sie es ihm gezeigt und gesagt: „Diese Unterschrift, ist das nicht deine?" Warum sollte er leugnen, es war doch seine Unterschrift. Lächelnd hatte er damals unterschrieben, ohne etwas zu befürchten. Und jetzt verlangen sie: „Schreib Radschab, er soll zurückkommen! Aber das ist noch nicht alles: Wenn du ihm Geld schickst, wirst du genau so viele Tage im Gefängnis verbringen, wie er von diesem Geld leben kann. Wir wollen, dass er zurückkommt! Wenn du ihm kein Geld schickst, muss er kommen." Was hätte ich gegen Hâmids Sturheit und seine energische Weigerung machen können?

„Sie waren es doch, die ihm die Reise gestattet haben, sie sind der Staat", hatte er mir erregt gesagt. „Sollen sie ihn herbringen, wenn sie dazu imstande sind. Ich hatte von Anfang an nichts damit zu tun. Und was das Geld angeht, so habe ich ihm nicht meins geschickt, sondern ich habe ihm einen Teil von dem Haus, das sein Vater ihm hinterlassen hat, ausbezahlt!"

„Wie lange soll das noch so gehen, Hâmid? Jeden Tag ins Polizeikommissariat, jeden Tag Verhaftung und Gefängnis!"

„Hör zu, Anîssa, das geht jetzt auch mich an, es ist für mich eine Frage der Ehre. Ich habe mir nicht vorstellen können, dass sie so niederträchtig sind. Sie haben gegrinst, als ich das Papier unterschrieben habe, sie waren heiter und haben ganz normal über Radschab gesprochen. Jetzt wollen sie, dass ich in die Falle gehe. An Stelle von Radschab nehmen sie Hâmid. Und selbst ohne Radschab wären sie in der Lage, tausend Dinge zu erfinden!"

Hâmid schreibt, was er will: „Wegen des Geldes musst du dir keine Sorgen machen, ich werde dir beschaffen, was du brauchst. Kümmere dich um deine Gesundheit und komm erst zurück, wenn du es vom gesundheitlichen Standpunkt aus für richtig hältst!" Als er mir diesen Satz vorlas, hielt er inne und zwinkerte lachend mit dem Auge. Er wollte, dass Radschab gleich verstand, was er damit meinte.

Während er einige Geldscheine hervorzog und einem Freund mitgab, der sie vom Ausland aus überweisen sollte, sagte ich zu ihm: „Eines Tages wird nichts mehr da sein, Hâmid. Wie können wir ihm sein Auskommen danach garantieren?"

„Das Geld wird nicht so bald ausgegeben sein. Und selbst wenn, ich kann ihm welches besorgen!"

„Woher? Wie?"

„Ich habe einen Teil eures Erbes in der Apotheke eines Freundes angelegt. Der Gewinn daraus und ein wenig geliehenes Geld genügen."

„Und wenn sie dich ins Gefängnis stecken?"

„Ich habe meinem Freund die Adresse gegeben und ihn gebeten, Radschab jeden Monat einen Betrag zu überweisen, ob ich da bin oder nicht."

„Aber er muss zurückkommen!"

So vergingen die Tage. Radschab schrieb nur kurze, unpersönliche Briefe und sagte nichts über seine Rückkehr. Er schrieb, seine Gesundheit habe sich gebessert, er benötige aber weitere Behandlung, was ihn zwinge, noch eine Weile zu bleiben. Hâmid verstand seine Worte und erhob keinen Einspruch.

So eng und klein die Welt auch wird, gibt es doch immer einen Spalt, der Licht und Luft hindurchlässt. Nach den Demonstrationen, die zwei Monate zuvor ausgebrochen waren und Dutzende von Toten und Verwundeten gefordert hatten, schien sich nun – Hâmids Pessimismus und Schimpfereien zum Trotz – seit zehn Tagen eine Entspannung der Lage abzuzeichnen. Sie sagten zu ihm: „Wir werden dich zu gegebener Zeit herbestellen. Von heute an musst du nicht mehr zum Polizeikommissariat kommen."

Doch als ich ihn drängte, an Radschab zu schreiben und ihn zur Rückkehr zu bewegen, schüttelte er ablehnend den Kopf, und mit jenem listig allwissenden Blick sagte er: „Diese Phase wird nicht lange andauern. Alle, die ich kenne, sagen, dass es nicht lange so bleibt, trotz der Erklärungen und der grossen Worte, und trotz der neuen Regierung. Alles wird wieder so werden, wie es war. Vielleicht sogar noch schlimmer, und zwar schon bald!"

Ich weiss nicht, wie Hâmid denkt und warum er die Dinge so hoffnungslos sieht. Mir scheint, dass Männer ruhige und glückliche Tage nicht ertragen. Ständig sind sie auf der Suche nach Unannehmlichkeiten und Unglück. Hâmid, der fünf Jahre geschwiegen hatte, hatte sich in einen Mann verwandelt, den ich kaum mehr wiedererkannte. Er begann, abstossende und beleidigende Ausdrücke zu benutzen und mit allen Leuten nur noch über Politik zu reden. Doch damit nicht genug. Es war, als hätte Radschab bei seiner Abreise seine Seele, die er während der Gefängniszeit verschlossen hatte, bei Hâmid in Verwahrung gegeben. Ich glaube nicht, dass sie miteinander gesprochen oder etwas vereinbart haben. Diese Männer verstehen sich auf geheimnisvolle und undurchsichtige Art und Weise, oder wie sollte ich Hâmid sonst begreifen?

Trotz der Sorge, die mich – wie zuvor Mutter – ständig an Radschab denken liess, widmete ich jetzt einen grossen Teil meiner Zeit den Kindern und beobachtete Hâmid und sein neues Leben. Ausserdem besuchte ich gewissenhaft jede Woche Mutters Grab, in Erwartung der Verse, die

Radschab auf den Grabstein schreiben lassen wollte. Doch er hatte das Thema nicht mehr erwähnt seit jenem Brief, der mich tagelang nicht schlafen liess und aufgrund dessen ich Hâmid so lange drängte, bis er die Grabstätte innerhalb von drei Tagen ausbaute.

Eines Abends – der Regen fiel und wühlte in den Tiefen des Herzens begrabene Erinnerungen auf – klopfte es eine Stunde nach Sonnenuntergang an der Gartentür. Es war ein zaghaftes, schüchternes Klopfen, und ich dachte – ich weiss nicht, warum – sofort an Radschab. Wir schauten uns fragend an, jedoch ohne die Spur dieser Angst, die uns gewöhnlich überkam, wenn wir nach Sonnenuntergang ein Klopfen an der Tür vernahmen. Hâmid stand auf, um zu öffnen, und die Kleinen liefen wie die Katzen hinter ihm her. Mein Herz schlug schneller, je mehr sich die Schritte der Haustür näherten. Ein fremdes Gesicht erschien im Licht. Ich fuhr vor Schreck zusammen und dachte: Da sind sie wieder!

Hâmid forderte den Mann auf einzutreten. Er war gross, und der lange Mantel machte ihn noch hagerer. Ich war ungeduldig, alles über den Mann zu erfahren, zumal Hâmids spärliche Worte weder Wärme noch Interesse ausdrückten, sondern eher kühl wirkten. Kurz darauf kam Hâmid, ein kleines Lächeln auf dem Gesicht, und brachte mir einen Brief: „Ein Brief, weisst du, von wem?“ Ohne zu antworten riss ich ihn an mich, nein, eigentlich riss ich ihn nicht an mich, sondern Hâmid kam mir entgegen, damit ich ihn schnell an mich nehmen konnte. Mit zitternder Hand versuchte ich, den Umschlag zu öffnen, und er zerriss. Die Ungeduld, etwas zu erfahren, zehrte wie Feuer an mir. Während Hâmid sich wieder jenem Mann zuwandte, sagte er: „Ich möchte ihn auch noch lesen, mach ihn vorsichtig auf!“

Ein Brief von Radschab! Aber warum schickt er ihn diesmal nicht mit der Post? Gibt es schlechte Nachrichten? Ist dieser Bote gekommen, um sie zu überbringen? Wenn er nun krank ist und uns schreibt, wir sollten kommen und ihn holen, bevor er stirbt. Unmöglich, dass Radschab freiwillig zu solchen Mitteln greift. Aber warum quäle ich mich mit Fragen und Gedanken? Ich muss den Brief lesen!

Laila sprang um mich herum und fragte mich neugierig nach dem Brief. Die Stimmen und das Lachen der anderen Kinder vernahm ich nahe der Tür des Zimmers, in dem Hâmid mit seinem Gast sass. Als ich meine Augen hastig über die Worte gleiten liess, nahm ich keine Notiz mehr davon.

„Liebste, teure Anîssa, zum ersten Mal seit Jahren versuche ich, in Freiheit zu schreiben, natürlich nicht vollkommen frei, das ist unmöglich, aber in grösserer Freiheit als zuvor. Ich weiss nicht, wie ich die mir gewährte Freiheit am besten nutzen soll. Ich möchte etwas und fürchte mich gleichzeitig davor. Ich habe keine fest umrissenen Ideen im Kopf, die ich formulieren könnte, und die Gedanken zu äussern, die mich bewegen, fürchte ich mich.

Zuerst einmal, mein Gesundheitszustand ist nicht schlecht, viel besser als früher. Aber die mir auferlegte harte Disziplin lässt mich spüren, wie morbid mein Körper ist, ein Provisorium. Wenn die Behandlung nur einen einzigen Tag durcheinandergerät, riskiere ich einen langwierigen Rückfall. Deshalb befolge ich sie jetzt strikt, obwohl ich fühle, dass ich sie nicht durchstehen werde. Ich will es trotzdem versuchen. So weit, so gut.

Was mir jedoch wirklich wichtig ist und meine Gedanken sehr in Anspruch nimmt, ist etwas anderes, etwas, das euch vielleicht überraschen wird. Zwei Dinge sind es, die mich derzeit beschäftigen, Anîssa: Das erste ist, dass ich schreiben möchte, und das zweite, dass ich nach Genf fahren will. Wundere dich nicht und sag nicht wieder dasselbe wie früher. Ich will mich auch nicht mehr rechtfertigen müssen. Schreiben, für wen und wann? Auf diese Frage weiss ich keine Antwort. Ich würde gerne Gedichte und Romane schreiben, und ich habe viele Ideen. Aber was ich mir davon erhoffe, ist etwas vollkommen Neues. Es scheint mir, dass ein Gedicht nur von einem Menschen allein geschrieben werden kann, denn es ist ein Strom innerer Empfindungen über flüchtige Augenblicke. Wenn man diese Augenblicke nicht fassen kann, entschwinden und vergehen sie. So weit bin ich bisher gelangt. Was ich noch nicht weiss, ist, wie der Roman – wenn ich mich dazu entschliessen sollte – aussehen wird. Ich möchte, dass er neu ist, in allem: dass er von mehr als einer Person geschrieben wird, dass es darin mehrere Ebenen gibt und dass er bedeutende Dinge behandelt, oder besser: unbequeme, und zu guter Letzt, dass er zeitlos ist.

Es ist schwer, meine Gedanken zu Papier zu bringen. Wenn wir jetzt miteinander sprechen könnten, würdest du eher verstehen, was ich sagen will. Hör zu: Ich möchte, dass wir gemeinsam einen Roman schreiben. Wir? Ja, nicht nur du und ich; ich möchte, dass auch die Kinder daran mitschreiben. Wenn Âdil einiges schreiben würde und wir es in seiner Einfachheit und Aufrichtigkeit beliessen, wenn Hâmid schreiben würde und auch du, und wenn dann ich schreiben würde, und dies alles innerhalb eines bestimmten Rahmens, dann würde aus unserem gemeinsam Geschriebenen etwas Neues und Schönes entstehen! Was hältst du davon? Damit wir nicht in einen Strudel geraten, aus dem wir nicht wieder herausfinden, wäre es nötig, unser Thema abzugrenzen. Zum Beispiel könnten wir über die Folter schreiben. Was du dir darunter vorstellst. Was sich ein Aussenstehender darunter vorstellt. Nicht irgendeiner, sondern ein Mensch, der in gewisser Weise und auf einer bestimmten Ebene etwas damit zu tun hat.

Selbstverständlich muss das Thema viele unterschiedliche Bereiche ansprechen: die Erinnerung, die Gefühle, die Beziehungen und Ähnliches. Natürlich betrachten wir es von unterschiedlichen Standpunkten aus. Und wenn ich das Thema auch noch auf mehrere Zeiten beziehe, ergibt sich etwas Neues. Zum Beispiel: Wie denkt Âdil? Wie reagiert er? Was ergibt sich daraus? Und wie ist es bei Hâmid und bei dir und bei mir? Wenn wir es schaffen, ein bestimmtes Thema von diesen verschiedenen Gesichtspunkten aus einzukreisen, kann es gelingen. Das ist es, was ich mir vorstelle, oder besser: was ich erhoffe. Um Einwänden zu begegnen, müssen wir uns für die Einfachheit und die Wahrheit entscheiden. Die Wahrheit in alltäglichen, simplen Worten. Jeder muss alles sagen, ohne auf Stilregeln zu achten, die auf Begabungen oder Erfahrungen Rückschlüsse zulassen. Auf diese Weise werden wir eine neue Form schaffen.

Dies ist die erste Idee, und ich bitte dich, ihr ohne

Zögern zuzustimmen. Gleichzeitig schicke ich einen Brief an Âdil, denn er ist jetzt in einem Alter, in dem er selbst etwas zu sagen hat. Lass ihn möglichst selbst entscheiden! Ein anderer Brief geht an Hâmid. Wenn Mutter noch da wäre, könnte sie sicher auch etwas dazu beitragen, und das Resultat wäre am Ende ganz verrückt und wunderbar.

Das zweite, was mich zur Zeit beschäftigt, neben dem Roman oder der neuen Methode des Schreibens, ist die Idee, nach Genf zu reisen, um dort ein Memorandum oder einen Bericht vorzulegen über die unmenschlichen Qualen, deren Opfer die politischen Gefangenen in unserer Heimat sind. Ich weiss, dass die Idee gefährlich und ihr Ausgang unsicher ist. Aber es muss etwas getan werden für die Menschen, die leiden und sterben. Wundere dich nicht, wenn ich dir sage, dass der eigentliche und wichtigste Grund für meinen Zusammenbruch, für mein Ende, wie es allen Leuten – und ganz besonders mir selbst – scheint, meine Reise ins Ausland war, insbesondere nach Genf. Ich möchte den Menschen etwas mitteilen, nicht um Emotionen zu wecken, sondern um zu einer noch nicht näher bestimmten Aktion aufzurufen. Das Wort selbst ist keine Waffe. Das Gewissen der Menschen, ihr Verstand, ihr Pflichtbewusstsein, das sind die eigentlichen Waffen.

Ich bin nicht sicher, ob ich es tun soll. Ich werde die Angelegenheit genau prüfen, bevor ich irgend etwas unternehme. Aber ich glaube, dass das Schweigen jetzt ein grosses Verbrechen wäre, ein Verbrechen, dessen Preis die an die östlichen Gestade des Mittelmeers verbannten Menschen bezahlen, meiner Einschätzung nach alle Menschen, aber am meisten die politischen Gefangenen.

Was noch, Anîssa?

Die Gedanken sind kaum mehr zählbar, die Gefühle in meinem Herzen gebären Qual und Pein. Jedes weitere Abwarten und Schweigen bedeutet Kollaboration mit den Henkern und heisst weitere Quälereien für alle Menschen, besonders für die Gefangenen.

Ein letztes Wort: Ich wollte auf Mutters Grab einige Worte schreiben lassen. Ich habe lange darüber nachgedacht, doch da ich bisher nicht imstande war, etwas zusammenzustellen, schreibt doch wenigstens ein oder zwei Worte, die ihr Leben präzise charakterisieren. Hieltest du es für möglich, das Wort ‚Treue' auf ihr Grab zu schreiben, ohne dass es Schwierigkeiten gibt? Ich glaube schon. Wenn es in unserem Lande auch nur das geringste Mass an Freiheit gäbe, würde ich andere Worte auf das Grab schreiben: ‚Eine Frau, die der Tyrannei Widerstand bot', oder ‚Widerstand einer alten Frau gegen die Henker', oder ‚Hier ruht die Frau, die den Henkern die Stirn bot; ihre einzige Waffe war die Wut.'

Dies wollte ich dir jetzt mitteilen. Der Überbringer des Briefes wird in zwei Wochen hierher zurückkehren. Ich bitte dich, ihm meine Papiere mitzugeben, ebenso das, was ihr alle, Âdil und Hâmid und du selbst, geschrieben habt. Wenn ich es gelesen habe, werde ich versuchen, auch etwas zu schreiben, hoffentlich etwas Nützliches.

Meine herzlichsten Grüsse an alle."

Ich hätte auch gern die beiden anderen Briefe gelesen, aber die Worte, die Radschab an Âdil geschrieben hatte, liessen mich beschämt die Lektüre unterbrechen: „Ich möchte", hiess es darin, „dass du diesen Brief allein liest, weit weg von den Augen anderer, und ganz besonders denen deiner Mutter."

Wessen Worte sind es, die ich gelesen habe? Radschabs? Und welcher Radschab ist das?

Noch vor zehn Jahren pflegte er sich stundenlang in sein Zimmer einzuschliessen, um zu schreiben. Was er schrieb? Und wem? Nur das Feuer wusste es. Lange Zeit versank er in einer Welt aus Zigarettenqualm und Papier, und am Ende sagte er laut zu Mutter und mir: „Ich werde jetzt ein Fest feiern, wie die Zoroastrier es tun. Ich habe in diese Papiere das Teuerste gelegt, was ich habe, und das werde ich jetzt den Flammen opfern!"

Ich wünschte mir immer, etwas von dem Geschriebenen lesen zu dürfen. Ich versuchte es, aber es gelang mir nicht. Er war darauf bedacht, die Papiere selbst dem Feuer zu übergeben, und er genoss es, sie brennen zu sehen. Ich sagte oft zu ihm: „Du musst verrückt sein, Radschab. Warum sperrst du dich tagelang ein und verbrennst dann alles, was du verfasst hast?" Er schaute mich mit ausdruckslosen Augen an. Er schien an das zu denken, was er geschrieben hatte oder noch schreiben würde, und die brennenden Papiere schienen ihn nicht zu quälen. Einmal wurde meine Mutter wütend und rief: „Warum verbrennst du die Papiere nicht, bevor du sie bekritzelst? Verbrenn sie doch ohne nächtliche Sitzungen und ohne deine gereizten Antworten, wenn ich dich bitte, zum Essen zu kommen oder schlafen zu gehen." Er antwortete nichts. Er lächelte und fütterte das Feuer.

So ging es jahrelang. Jede Woche ein Fest. Und Mutter

schaute traurig auf die Asche und klagte: „Er verbrennt nicht nur sein Geld, er verbrennt auch seine und unsere Nerven! Kannst du nicht mit ihm sprechen, Anîssa, vielleicht hört er dann auf damit!“

Jetzt möchte er, dass wir schreiben. Aber wer sind wir schon. Was können wir sagen? Ich habe immer lange gezögert, meine Briefe abzuschicken. Und jetzt fordert er mich auf, einen Roman mit ihm zu schreiben! Worüber? Über dieses Wort, bei dem ich schon in Ohnmacht falle, wenn es nur zweimal vor mir ausgesprochen wird! Und ich soll nicht allein schreiben, er bittet auch Âdil darum. Ich möchte wirklich nichts Schlimmes annehmen, aber ich habe das Gefühl, dass er leidet, dass er nach etwas Verlorenem sucht, und vielleicht weiss er selbst nicht, wonach. Dies ist das Schlimmste und Leidvollste, was einem passieren kann. Was wird Hâmid sagen? Und Âdil? Wäre Mutter doch am Leben, sie würde ihn anschreien oder ihm in ihrer strengen, aber liebenswerten Art zureden, nicht mehr an solch elende Dinge zu denken!

Und die Reise nach Genf! Radschab handelt ohne Verstand in diesen Tagen, und es ist zu befürchten, dass niemand da ist, der ihn hindert oder zumindest warnt. Wir wollen, dass er zurückkehrt, dass er schnell zurückkehrt und sein Leben von neuem beginnt. Wenn er nach Genf ginge oder in irgendwelche andere fremde Städte, würde er sich und uns neue Schwierigkeiten machen. Und was würde er dort schon vorfinden? Wer würde ihm zuhören?

Mutters Grab ist an seinem Platz. Ich werde das Wort, das er vorgeschlagen hat, daraufschreiben lassen. Niemand kann Einspruch dagegen erheben, niemand wird dieses Wort beachten, das keinerlei Beziehung zur Politik hat. Es wird verstanden werden als ein Wort von Kindern, die ihre Mutter ehren wollen: Treue!

Morgen werde ich ihm schreiben, dass wir ihn brauchen, dass er zurückkommen soll. Und ich werde ihm in aller Deutlichkeit sagen, dass er die Idee, irgendwohin zu reisen, aufgeben soll.

Nachdem ich Radschabs Brief mehrmals gelesen hatte, schrieb ich viele Seiten, ohne zu wissen, ob er sie lesen würde oder nicht, und auch ohne zu wissen, ob ich sie ihm schicken würde oder nicht. Auf einem anderen Blatt schrieb ich ihm einen Brief:

„Abdalghafûr kam in der ersten Woche nach seiner Ankunft bei uns vorbei. Er gab uns die Briefe, und wir sprachen über dich. Nach einigen Tagen kam er wieder und sagte während des Kaffeetrinkens: ‚Radschab hat mich angewiesen, nicht ohne einen Packen Papiere, einen grossen Packen, zurückzukommen. Ich weiss, was er damit meint, und er bat mich, euch alle drei Tage daran zu erinnern, solange noch Zeit ist!'

Ich habe mich lange Zeit eingeschlossen, Radschab, und geschrieben. Ich habe mich nicht getraut, auch nur ein einziges Wort darüber mit Hâmid zu sprechen. Ich sah ihn auch schreiben, aber er verbarg die Papiere, wenn ich auftauchte. Er lächelte dann bittend, um mir zu verstehen zu geben, ich sollte ihn in Ruhe lassen. Âdil hat viele Blätter vollgeschrieben, sie dann aber verbrannt, genau wie du es immer getan hast! Er versuchte, mir etwas zu sagen, aber plötzlich hatte ich das Gefühl, dass die Scham ihn daran hinderte.

Radschab, wenn du jetzt hier wärst, würdest du nicht einen Augenblick mehr an deine Pläne denken. Ich möchte dich daran erinnern, dass jedes Wort, jede deiner Handlungen direkte Konsequenzen für uns hat. Deshalb erwarte ich von dir, dass du dein altes Ritual noch einmal durchführst und die Papiere verbrennst, als letztes zoroastrisches Opfer, deine Koffer packst und abreist, nicht nach Genf, sondern noch einmal in die Heimat. Was deinen Zusammenbruch angeht und deine Überlegungen darüber und über eine mögliche Wiedergutmachung, so wäre da wohl deine Rückkehr das Beste. Dieses Mal werde ich mich aber nicht einmischen. Ich werde kein Wort sagen, und ich bedaure wirklich, dass ich mich früher gegen dich gewandt und dir das Leben im Gefängnis erschwert habe. Ich will nicht pessimistisch sein, ich sehe das Leben nicht wie Hâmid. Es hat sich gegenüber früher verändert. Sicher, die Veränderungen sind immer noch begrenzt, und vielleicht bemerkt man sie nur schwer. Aber hier zu leben ist möglich, nein, nicht nur möglich, sondern sogar notwendig. Wie ich dir in allen meinen Briefen geschrieben habe, haben wir eine schreckliche Sehnsucht danach, dich unter uns zu sehen. Schieb es nicht mehr hinaus! Komm, komm schnell!“

Fünftes Kapitel

Die Tage auf der Aischylos sind lange vorüber, und mit ihnen haben sich die Erinnerungen an die Mitreisenden verflüchtigt. Die kindliche Frau traf zwei junge Leute, die auch nach England reisten, und verbrachte die meiste Zeit mit ihnen. Die Alte, die in einem Hafen mit einem Matrosen gestritten und ihn mit der Handtasche geschlagen hatte, wurde seitdem bei jedem Schritt von Blicken verfolgt. Sie hatte ein mürrisches, zorniges Gesicht und schimpfte unablässig. Sie bestand darauf, am Anfang der Schlange zu stehen, um als erste französischen Boden zu betreten. Der Mexikaner hatte sich die Gitarre um den Hals gehängt, trug in jeder Hand einen Koffer und ging singend den Laufsteg hinab. Dutzende von Gesichtern sind verloschen, ihre Gesichtszüge mit den zahllosen neuen Gesichtern verschmolzen, die seitdem unaufhörlich auftauchen und wieder verschwinden.

Der harte Winter zehrt den Menschen innerlich aus, verwandelt ihn in eine Röhre, in die er unaufhörlich Trauer, Erinnerungen und das Gefühl der Bedeutungslosigkeit stopft. Ich wundere mich darüber, wie die Menschen lachen, wie sie auf Zehenspitzen herumhüpfen, als wären sie fröhliche Vögel. Und die Alten – sterben sie hier nicht? Jeder von ihnen trägt Hunderte von Jahren auf dem Buckel, trägt sie furchtlos mit stolzer Kraft durch Schnee und Menschenmassen.

Und du, Land am Ostrand des Mittelmeeres, von den

Küsten des Meeres bis in die Tiefen der Wüste, warum erlaubst du deinen Menschen nicht, das Greisenalter zu erreichen? Die Nacken der Männer und Frauen krümmen sich langsam, dann brechen sie. Die Schlammgruben nehmen täglich Dutzende von Leichen auf, die nie die Möglichkeit hatten zu träumen, die ihre Trauer mit sich genommen haben und von uns gegangen sind. Und du, Mutter, warum bist du gegangen, bevor ich dich gesehen habe? Habe ich dich getötet? Glaub mir, ich habe niemanden getötet, Mutter. Sie haben sie umgebracht, sie haben auch dich umgebracht. Sie töten ohne Erbarmen. Aber warum tun sie das, warum, warum?

Ich muss etwas tun. Zwischen Italien und Marseille hatte ich zur Aischylos gesagt: „Du taubes Schiff, mit gestutzten Ohren, ich glaube nicht, dass du zu dem fähig bist, wozu die Menschen fähig sind. Du gewährst Wärme und ein Bett, du gewährst Essen und erwartest keine Gegenleistung. Die Menschen dort rauben einem alles: die Tränen, die Wünsche und sogar die Erinnerungen. Aber sie wollen, dass sich die Gedanken, die einem nachts durch den Kopf gehen, in Worte verwandeln, in Namen, und dafür fügen sie den Menschen Schläge und Leid zu und eine verzweifelte Sehnsucht nach dem Ende und dem Tod!"

„Wer hat dich gelehrt, so zu reden? Sag es uns, sprich!"

Wir hören ein Klagen, ein langanhaltendes Klagen, unterbrochen nur vom Seufzen des mit Salz vermischten Wassers, das auf die Wunden gegossen wird – wie ein Messer bohrt es sich ins Herz. Wir hören ein anhaltendes, endloses Stöhnen. Amîn, der Zeitungsverkäufer mit dem heiteren Gesicht und der lauten Stimme, Amîn, der mehr als die anderen Händler verkaufte, er bot mit der kalten, stummen Zeitung Worte an, Worte, hoffnungsvolle Nachrichten. Dann brachten sie auch Amîn. Wir hörten sein Weinen, sein Stöhnen. Drei Tage verbrachte er in einer Zelle, die nicht mehr als fünf Meter von uns entfernt war. Dann starb er. Amîn kannte nur die Waffe des Wortes, dessen Wirkung er in den Gesichtern der Männer las, in der Ungeduld ihrer Hände, die sich nach seinen Zeitungen ausstreckten. Um der Worte willen haben sie ihn umgebracht. Die Zelle, die sie öffneten, um seinen Leichnam herauszuholen, stank nach Erbrochenem, Blut und Exkrementen. Durch die Gitterstäbe hindurch sahen wir, wie sie ihn forttrugen: blau, bedeckt mit getrocknetem Blut. Die Worte waren für immer verstummt.

Können Worte etwas ausrichten? Machen sie ihnen Angst?

„Ich bitte um die Erlaubnis, entsprechend den Anweisungen des Arztes zur medizinischen Behandlung ins Ausland reisen zu dürfen. Sollte ich im Gefängnis sterben, würde die Verantwortung dafür auf Ihnen lasten. Ich verpflichte mich, jegliche politischen Aktivitäten zu unterlassen."

Ich fühlte den Tod in meinen Körper einströmen, und in meinem Kopf tobte diese verrückte Idee, die Idee, mich nicht wortlos aus diesem Leben zu verabschieden. Im Gefängnis hätte man mich nie das sagen lassen, was ich sagen will. Und auch wenn ich in der Heimat geblieben wäre, hätte ich keine Möglichkeit gehabt zu sprechen. Es blieb mir nichts anderes übrig, als die Verpflichtung zu unterschreiben und wegzufahren. Ich hatte die Krankheit vor mir – dann den Tod. Werde ich sterben, bevor ich etwas sagen kann? Und die Verpflichtung? Nein, ich werde mich nicht politisch betätigen, ich habe etwas anderes zu tun. Meine letzte Waffe ist das Wort, vielleicht ist es der Gnadenschuss für mich und für sie, dann werden wir gemeinsam sterben.

Der Tod streckt seine Zunge nach meinem Blut aus, lässt es faulen, durchzieht alle meine Poren, bis in meinem Kopf alle meine Gedanken faulig und eitrig sind.

Jetzt erwarte ich den 22. Dezember, den Termin meiner Einweisung ins Krankenhaus. Ich schreie aus den Tiefen meiner Seele, verfluchte Schreie, beladen mit der Pest: Was hat mich diese niederträchtigen Worte schreiben lassen? Was liess mich wie ein schuldiges Kind vor ihnen stehen, was ihnen sagen, ich hätte nichts damit zu tun gehabt? Ich fürchtete mich mehr vor mir selbst als vor meinen Freunden. Jetzt erscheint mir alles, was geschehen ist, wie ein gnadenloser Alptraum.

Wann bin ich zusammengebrochen? Warum bemächtigte sich meiner dieser Augenblick der Schwäche, der mir alles einerlei erscheinen liess? War es wegen Amîn, dem Zeitungsverkäufer? War es, als Hâdi getötet wurde, den wir, vor trockenem Brot und einem Stück Käse sitzend, beweinten? War es, als meine Mutter zu einer Reise ohne Rückkehr aufbrach? Oder war es das verschmutzte Blut, das mich täglich Dutzende von Malen in einer barbarischen Wanderung durchzieht und meine Zellen und meinen

Willen zerstört? Der Gedanke zu schreiben lässt mich nicht mehr los. Ich muss den Menschen mitteilen, was in den Kellern geschieht, in der Dunkelheit, hinter den Mauern dieses gelben Gebäudes, das sich wie ein Monster in den Herzen der Menschen festgesetzt hat. Das Wort ist meine letzte Waffe. Es ist nicht die stärkste, aber es ist die Waffe derjenigen, deren Blut verschmutzt ist, deren Mütter gestorben sind, die Waffe der Söhne, die noch nicht aufgeben wollen.

Radschab Ismaîl ist zusammengebrochen. Das sind die einzigen Worte, die mein eigentliches Ende beschreiben. Es ist jetzt sinnlos zu erwähnen, dass Radschab fünf Jahre, Tag und Nacht, hinter den Mauern verbracht hat, dass er durch sieben Gefängnisse gegangen ist, ohne schwach zu werden und ohne zu gestehen. Der Mensch ist am Ende verdammt. Der Widerstand, der Wille, alle Worte blühenden, strahlenden Ruhmes werden in dem elenden Augenblick der Schwäche zunichte. Was nützt es mir, dass ich mit teuflischer Dreistigkeit und frechem Trotz in ihre Gesichter geblickt habe? Ich bin zusammengebrochen!

Wenn ich die fünf Jahre an mir vorbeiziehen lasse, die Tage und die Nächte, schmelzen sie in dem welken Wort, das ich mit eigener Hand geschrieben habe. Verzweifelt hatte ich ihnen ins Gesicht geschrien: „Ihr wisst besser als ich, dass mein Körper verfällt, dass jeder weitere Moment, den ich im Gefängnis verbringe, mein Ende beschleunigt!“

Sie wussten es. Warum hätten sie mich sonst die letzten drei Jahre völlig in Ruhe gelassen? Ich war und blieb für sie ein Aufrührer und wurde von einem Gefängnis ins andere verlegt. Sie wollten mich nicht mehr sehen, nachdem sie die Hoffnung aufgegeben hatten, mir ein Wort zu entlokken. Mein Schweigen war meine einzige Waffe, es zerriss ihnen die Gedärme. Wie einen Ball warfen sie mich von einem Gefängnis ins andere, von einem Raum in den anderen und schlugen sich an mir müde. Und ich träumte in entlegenen Gefängnissen, träumte in den grossen Städten und träumte auf den Wüstenstrassen, in ein Auto gepfercht wie in eine Sardinenbüchse. Ich hörte nie auf zu träumen. Ich sagte mir: Ich werde sie blossstellen, ich werde den Leuten, allen Leuten sagen, dass der Mensch für diese Monster überhaupt nichts zählt.

Um dieser Worte willen bin ich weggefahren. An einem traurigen Wintertag habe ich das tosende Meer bestiegen, um vielleicht von fern das zu sagen, wovon ich fünf Jahre geträumt hatte. Und nun, nachdem ich es an Bord der raffinierten Aischylos versucht und nachdem ich mich Tag und Nacht in diesem düsteren Zimmer im Hotel Elsass eingeschlossen habe, verwandeln sich die Worte, die einst wie vergiftete Lanzenspitzen in meinem Kopf rumorten, in leere, bedeutungslose Muscheln. Hundertmal habe ich mir vorgenommen, einen Roman über Hâdi zu schreiben. Die Menschen müssen Hâdi kennenlernen: ein fast kindliches Gesicht, zwei schlaue Äuglein und ein nie ersterbendes Lächeln auf den Lippen. Hâdis Lächeln war wie ein kleines Licht, das sich für Momente dem Blick entzog, das aber nie erlosch.

Wenn doch jemand über Hâdi schriebe! Aber es darf nicht Radschab sein, der schreibt. Wer über Hâdi schreibt, wird den Menschen sagen, dass er ein Geflecht aus Widerstand war, geknüpft in schweren unglücklichen Tagen, eine Flamme, die nicht erlischt und nicht stillsteht, mitten unter die Menschen geworfen. Ich habe über ihn zu schreiben begonnen, aber meine Angst, die zum Grauen wurde, liess mich alles verbrennen. Als ich die toten Worte las, sagte ich mir, das sei nicht der Hâdi, wie er wirklich war. Der, über den ich spreche, ist ein gequältes Etwas, ein Körper, der sich krümmt, aber dem Menschen mit dem kleinen Lächeln und dem eisernen Willen werde ich nicht gerecht. Als ich verbrannte, was ich geschrieben hatte, schrie ich: Du hast Angst, dich blosszustellen, Radschab, Angst, wie eine Fliege mit beschnittenen Flügeln zu wirken, wenn du über Hâdi schreibst, als wärst du einer seiner Gefährten.

Wie elend doch der Mensch ist, wenn er in der Machtlosigkeit versinkt, wenn er unfähig wird, jene Dinge zu sagen, die ihn, ob er schlief oder wachte, jahrelang begleiteten, die glühenden Worte, die die Menschen im Gefängnis aussprachen, ohne einen einzigen Moment daran zu denken, sie aufzuschreiben. Ich nährte mein Gedächtnis mit diesen Worten, die vielleicht eines Tages auf das Papier gleiten und der Menschheit mitteilen würden, was Hâdi für ein Mann war. Jetzt fühle ich mich völlig leer. Die Worte sind fortgezogen, haben sich von mir entfernt, sie sind, einst leuchtende Flaggen in meinem Gedächtnis, zu nassen Fetzen geworden.

Das Papier, das ich unterzeichnet habe, ist mein Totenschein, die Bestätigung des Todes von Radschab Ismaîl, jenem Menschen, der davon träumt zu schreiben.

Nicht nur über Hâdi zu schreiben bin ich unfähig.

Könnte ich über meine Mutter schreiben? Und wo sind Amdschad und Ridwân und Saîd? Wo die Dutzende blutbesudelter Gesichter, die ich mich gierig zu betrachten zwang, um meinen Schmerz zu erhöhen? Diese Gesichter schauen mich jetzt spöttisch an, aus ihren fernen Verliesen, aus ihren Gräbern heraus. Sie sagen, schreien: Schreib kein einziges Wort über uns. Eine besudelte Hand und ein beflecktes Herz können kein Zeugnis ablegen!

In der letzten Nacht hatte ich Anîssa gebeten, mir von Mutter zu erzählen. Ich wollte über sie schreiben. Als sie zu Ende erzählt hatte, musste ich weinen. Aber jetzt fühle ich mich, trotz meines unglücklichen Gemurmels und der langsamen Schritte auf dem hölzernen Fussboden, trotz des Zigarettenqualms und der Blicke auf die Strasse so allein, als hätte ich nie eine Mutter gehabt. Anîssa könnte etwas über sie schreiben, sogar unsere Nachbarin Umm Dschadd al-Maula könnte sie mit ihren Worten ins Leben zurückrufen.

Nachdem meine Tante gegangen war, hatte Mutter zu mir gesagt, und ihre Worte waren scharf wie ein Seidenfaden: „Sei vorsichtig, Radschab, das Gefängnis geht vorbei, aber die Schmach bleibt. Verrat deine Freunde nicht, sieh dich vor, hörst du?" Ich habe nichts gesagt, Mutter, deine Worte waren eine Brücke, deine harten Blicke eine Hilfe, fünf Jahre mannhaft zu bleiben. Aber die Krankheit, Mutter, nein, nicht die Krankheit, diese unverständliche Dummheit, die in mein Blut drang und mir einflüsterte, ich könnte etwas Besseres tun als sterben. Und plötzlich verwandelte sich das Gefängnis in ein Grab. Ich bäumte mich auf, um nicht in diesem Grab zu enden, und ich habe dafür bezahlt herauszukommen. Ich bin nicht würdig, Mutter, etwas über dich zu sagen.

Trübe Gedanken fallen über mich her, wie Heuschrekken über die grünen Felder. Ich beabsichtige jetzt, die anderen dazu zu bringen, mit mir zusammen zu schreiben. Ich werde Anîssa im nächsten Brief bitten, etwas über jene Zeit zu berichten, als ich im Gefängnis war. Was Mutter gesagt hat. Wie sie sich verhalten hat. Ich werde ihre Worte nicht antasten, ich werde sie auf dem weissen Blatt treiben lassen, vielleicht wird es ein stummes Klagelied auf jene alte Frau sein.

Ich fühle mich unfähig, unfähig und am Ende! Warum hast du diesen Kadaver acht Tage lang mit dir herumgetragen, Aischylos? Hat dich der Gestank nicht umgebracht? Der Gestank des toten Mannes? Ich habe niemanden ausser mir an Deck des Dampfers gesehen, dem ein solcher Todesgeruch anhaftete. Ich habe heimlich in die Gesichter geschaut, beim Singen im Speisesaal, und das in der Hoffnung, einen Menschen zu finden, der Radschab Ismaîl ähnelt. Die Gesichter der Menschen waren voller Erinnerungen und Probleme, aber es waren die Gesichter wirklicher Menschen, die sich mühten, lebendig zu bleiben. Sie nahmen die Mühsal der Reise auf sich und setzten sich in den schattigen Speisesaal und unter die Balustrade, um zu singen. Ich konnte an ihrer Reise und an ihrer Mühsal nicht teilhaben, mich zerriss der Wunsch, mit ihnen zu singen, aber ich konnte es nicht.

Ich habe mir gelobt zu schreiben, und nun bin ich im Hotel Elsass, gehe im Zimmer Nummer 37 auf und ab, schaue aus dem Fenster, neige leicht den Kopf, lausche auf Schritte im Flur und finde nichts, was ich sagen könnte.

Und wenn ich mich aufhängen würde? An der Decke, neben dem Draht mit der Birne, ist ein Haken. Ich könnte meine Kleider zerreissen und einen Strick daraus drehen, dann mich auf einen Stuhl stellen, um den Strick durch den Haken zu ziehen. Wenn ich ihn festgebunden hätte, würde ich eine Schlinge machen und sie mir um den Hals legen. Ganz plötzlich würde ich den Stuhl umstossen und baumeln. Im Versuch, Luft zu schnappen und den Strick zu lösen, würde ich mich bewegen, doch wäre mein Rückgrat schon gebrochen und alles vorbei.

Sie werden einen oder zwei Tage warten. Wenn sie dann die Zimmertür öffnen, werden sie den Strick und den Leichnam vorfinden, der längst zu stinken begonnen hat. Sie werden alles an seinem Platz belassen, ängstlich die Tür schliessen und die Polizei benachrichtigen. Am nächsten Tag wird die Lokalpresse vermerken: „Etwa dreissigjähriger Ausländer tötete sich unter mysteriösen Umständen." Man wird mich auf einem entlegenen, winterlichen Friedhof begraben, und niemand wird mir das letzte Geleit geben, denn niemand kennt mich. Den Koffer aber werden sie genau untersuchen. Wenn sie eine Adresse finden, werden sie dort hinschreiben, andernfalls wird die Polizei ihn drei Monate in Verwahrung nehmen. Danach wird er einer Wohltätigkeitsorganisation übergeben. Vielleicht wird ein Gefangener meine Kleider bekommen.

Was geschieht mit Anîssa, wenn ich sterbe? Wer wird es ihr sagen, wie wird sie reagieren?

Ich habe weder die Kraft, meinen Kopf zu heben noch ins Bett zu gehen und zu schlafen. Meine Wille ist gebrochen, mir bleiben nur noch wenige Monate.

Kann der Wille eines Menschen, den nichts mehr mit dem Leben verbindet, wiederhergestellt werden? Ich bin dieser Mensch, nein, ich bin kein Mensch mehr.

Im Gefängnis versuchte man in den ersten Tagen, meinen Körper zu zerstören. Ich hätte nie gedacht, dass ich all das aushalten würde, was man mit mir gemacht hat, aber ich habe es ausgehalten. Mein Wille allein war es, der die Schläge empfing und sie lautlos mit hasserfüllten Blicken quittierte. Ich hielt stand, ich fürchtete mich nicht, gab nicht nach. Das kalte Wasser – na und? Sieben Tage lang aufgehängt sein – na und? Die Morddrohungen und die Geschosse, die mich umschwirrten – na und? Es war mein Wille, der Widerstand leistete. Was bleibt mir jetzt noch?

Manchmal, wenn Wut und Trotz sich meiner bemächtigen, schreie ich: Ich muss etwas tun. Doch da ich alle meine Waffen verloren habe, den zornigen Blick, den Trotz und das Schweigen, versuche ich es doch mit dem Wort als Waffe, sage ich ein letztes Wort, bevor ich sterbe, aber die verdammten Worte entschwinden mir.

Nachts unternehme ich mit geöffneten oder geschlossenen Augen eine letzte Anstrengung, sie einzukreisen, aber wenn ich vor dem Tisch an der Wand sitze, spüre ich, dass ich keine Worte mehr habe.

In Marseille habe ich drei oder vier Cafés besucht. Am frühen Morgen ging ich los, und nachdem ich in aller Ruhe meinen Kaffee getrunken hatte, versuchte ich, die Worte zurückzuholen. Die ersten Worte waren „das Auge eines

Diebes". Die zweiten „ein spöttisches Lächeln". Die nächsten waren „die Folterschreie", „im Gefängnis", „in den Tagen des Winters". Dann hielt ich inne. Was für ein Sklave du geworden bist, Radschab! Über wen willst du denn schreiben? Welche Worte könnten jene retten, denen alles verboten ist, sogar das Zerschneiden der Zigarettenschachteln in kleine, rechteckige Plättchen zur Verwendung als Spielfiguren. Alles ist ihnen verboten. Man konfisziert sogar die Brotstücke, die in ihren geduldigen Händen zu Schachfiguren werden.

„Ihr Hurensöhne, wisst ihr nicht, dass Spielen verboten ist? Ihr wollt uns überlisten? Macht aus dem Brot Spielzeug!" Dann schlagen sie zu, schlagen mit Schuhen und Stöcken, bespucken sie, beschlagnahmen alles. Was könnte ich schon schreiben, um sie zu retten?

Das Café, die Alten, die Verliebten, die Matrosen, all das kann mir nicht einen Augenblick lang die Ruhe geben, die ich zum Schreiben bräuchte.

Ich ziehe in ein anderes Café. Unterwegs denke ich darüber nach, was ich niederschreiben soll, was Amdschad und Ibrahîm retten könnte? Grosse Worte dringen wie Hufnägel in mein Gehirn. Ich betrete das Café, und bei einem Glas Wein breite ich wie ein Bettler meine Papiere vor mir aus. Ich schaue durch die Scheibe, sehe in die Gesichter und schreibe das erste Wort nieder, schreibe das zweite. Eine alte Frau starrt mich an. Sie ist befremdet, mich von rechts nach links schreiben zu sehen, und bewegt ihre Lippen. Ich möchte ihr sagen, dass bei uns allein das Schreiben, gnädige Frau, als Wert noch existiert. Alles andere ist wertlos, insbesondere der Mensch. Der Mensch in unserem Land ist völlig wertlos, selbst Zigarettenstummel sind wertvoller. Ja, wenn Sie nur einen einzigen Augenblick in eines der unzähligen Verliese schauen würden, die sich von den östlichen Gestaden des Mittelmeers bis weit in die Wüste erstrecken, was würden Sie sehen? Menschliche Überreste, keuchend und ohne Hoffnung wartend. Was noch? Die Gesichter der Henker, strotzend vor Wohlbefinden und Selbstvertrauen, und das Lachen. Aber wundern Sie sich nicht, gnädige Frau, denn das, was hier Ihre Verwunderung erregt, ruft dort keinerlei Erstaunen hervor.

Unfähig, etwas anderes zu schreiben, entwerfe ich einen Brief an Anîssa, falte die Papiere zusammen und betrachte die Alte, den Kellner, schaue durch die Scheibe. Gesichter gehen vorüber, lachende Gesichter voller Freude, harte Gesichter voller quälender Gedanken. Ich sehe die Zeitungen auf den Tischen, die Leute nehmen sie ruhig in die Hand, lesen sie und legen sie zurück. Ich sehe einen jungen bärtigen Mann, der ein Buch liest.

Ich erinnere mich an Hadsch Rasmi Abu Dschaafar. Ihm banden sie die Hände auf dem Rücken zusammen, stellten ihn, vor Dutzenden von Gefangenen, auf den Gefängnishof und verspotteten ihn: „Hält sich für Abu Huraira, der die Armen zur Revolte aufrief. Nimm das, du Zuhälter, du Hadsch eines Hundes, du Scheisshadsch!“Dann schlugen sie ihm ins Gesicht, auf den Kopf, auf die Brust. Sie verspotteten ihn und prügelten auf ihn ein. Dann zogen sie ihn auch am Bart, als wäre es der Schwanz eines Hundes. Der Hadsch neigte seinen Kopf, um den Schmerz zu verringern. Als sie es leid waren, zündete einer von ihnen ein Streichholz an und führte es an den weissen Bart, der sich entzündete und zu einem Feuerball wurde. Dann nahm ein anderer einen Eimer Sand und leerte ihn dem Hadsch ins Gesicht. Als Hadsch Rasmi einige Tage später in der Sonne sass, war sein Gesicht abscheu- und mitleiderregend: rote Flecken, aus denen eine klebrige Flüssigkeit sickerte, wimpernlose Augen und eine blutige Unterlippe.

Er hatte die Armen an die Worte des Abu Dharr al-Ghifâri erinnert: „Ich wundere mich über denjenigen, der hungrig ist, aber sein Schwert nicht zieht."

Ich muss mit meinen Schreibversuchen aufhören. Nach dem Krankenhausaufenthalt werde ich endlos Zeit zum Schreiben haben. Jetzt liegt ganz Marseille vor mir. Ich muss es kennenlernen, seine Läden, seine Theater und Plätze anschauen, herausfinden, was für Menschen hier leben.

Wie komme ich nur auf all diese absurden Ideen, während ich über die Folter schreiben will? Jetzt scheint es ganz einfach. Es muss ja kein Roman sein. Nein, die Ereignisse, die ich gesehen habe, wie auch immer festgehalten, genügen, diese Mörder zu überführen und zum Tode zu verurteilen. Ich muss abgedroschene Worte und persönliche Anschuldigungen heraushalten. Ich werde mich damit begnügen zu sagen, was ich mit eigenen Augen gesehen habe. Dann werde ich schon einen Teil meiner Pflicht erfüllt haben. Daher überlege ich, nach Genf zu fahren, um dem Roten Kreuz einen Bericht vorzulegen, den Verantwortlichen die Dinge so darzustellen, wie ich sie selbst gesehen habe. Dann werde ich von ihnen verlangen, eine Untersuchungskommission an Ort und Stelle zu entsenden. Ich werde ihnen alles erzählen, was ich erlitten habe, und alles, was mir meine Kameraden und Leidensgenossen erzählt haben. Auch werde ich ihnen die Namen der Henker und Untersuchungsrichter nennen. Dann können sie hingehen und sich selbst ein Bild machen.

Es interessiert mich nicht, was ich vor einigen Tagen von den Studenten gehört habe. Sie schauten mich argwöhnisch an und liessen mich dann stehen. Zuerst war ich überrascht, doch rasch wurde mir die Sache klar. Schlechte Nachrichten verbreiten sich schnell, schneller als man sich vorstellen kann! Als ich ihnen meinen Namen nannte, zuckten sie zusammen und schauten sich fragend an. Dann erkundigte sich einer von ihnen direkt: „Warst du nicht im Knast, und man hat dich freigelassen, nachdem du in den Zeitungen erklärt hast, dass ...?“ Er brachte es nicht über die Lippen, aber ich verstand sofort, was er meinte. Ich fühlte, wie klein die Welt ist, kleiner noch als jener Raum, in dem wir zu vierzehnt eingelocht waren. Ich senkte den Kopf, meine Gedanken galoppierten davon wie durchgegangene Pferde. Sollte ich ihnen von meiner Krankheit erzählen? Von meinem Zusammenbruch? Sollte ich ihnen sagen, dass ich über die Folter schreiben und die Henker blossstellen werde?

Ich musste etwas sagen. „Sie haben mich rausgelassen, weil ich krank bin“, brachte ich stotternd hervor. „Sie haben das Geständnis durch Gewalt erzwungen!“

Ich log. Die Lüge war die letzte Brücke für eine klägliche Rettung. Gegen Ende hatten sie bei mir keine Gewalt angewendet. Sie hatten nur noch hämisch gegrinst, während sie mir beim Unterschreiben zusahen.

Die Studenten schwiegen, kommentarlos. Ich wünschte, einer von ihnen würde mich etwas fragen. Wenn nur einer eine Frage gestellt hätte, hätte ich Vertrauen fassen und ihnen alles sagen können, was mir durch den Kopf ging. Aber durch ihr verfluchtes Schweigen fühlte ich mich erniedrigt. Und sie begnügten sich nicht einmal damit, nichts zu sagen, sie zogen sich einer nach dem anderen zurück. Nur zwei von ihnen blieben. Sie setzten sich weit von mir entfernt hin, und ich sah sie auf eine Art mit den Augen zwinkern, die mich die Erniedrigung noch stärker spüren liess.

Ich war erfüllt von dem Wunsch, mit einem Menschen zu sprechen, mit irgendeinem Menschen. Wenn ich damals hätte sprechen können, hätte ich alles gesagt. Aber niemand stellte mir eine Frage, und von den beiden Männern schienen mich Kontinente von Eis zu trennen. Wenn ich geredet hätte, hätten sie mir überhaupt zugehört? Hätten sie verstanden, warum ich rausgekommen war? Die schlimmen Nachrichten hatten mich überholt. Sie waren auf einem Dampfer gereist, der schneller fuhr als die Aischylos, und erwarteten mich in den Augen und im Schweigen der Studenten.

Als ich den Club verliess, würdigten sie mich keines Wortes, nicht einmal eines Blickes. Ich spürte, dass die Qual der fünf Jahre, die Folter, die Isolationshaft und die Tausende von Beleidigungen einen kleinen Blick nicht aufwogen, der, kurz in die Luft geschleudert, sogleich wieder vergeht. Der Zusammenbruch eines Menschen gleicht dem Einsturz von Gebäuden: Sie beben in der Dunkelheit, erzittern, dann stürzen sie und fallen in sich zusammen mit faszinierendem Getöse, dem nur noch Staub, Tod und Verwünschung folgen.

In der Dunkelheit des Gefängnisses brach ich nach und nach zusammen. Irgendwann einmal dachte ich daran zu schreiben, mich behandeln zu lassen. Ich verbannte die Idee einmal, tausendmal – aber Anîssas Blicke, ihre Worte, die traurigen Gedanken, die mir durch den Kopf gingen, während ich alles um mich herum einstürzen sah. Nichts war mehr heilig in meinen Augen, ich zitterte, als ich nachgab, zuerst nur vor mir selbst, dann auch vor ihnen. Als ich dann auf jenem gelblichen Papier unterschrieb, fühlte ich alles in mir zusammenbrechen. Dann brach ich selbst zusammen. Und das Getöse dieses Einsturzes wurde von Staubwolken begleitet, die ihre Münder an jeden Ort hinaustrugen, um der Menschheit das Ende vom elenden Radschab Ismaîl zu verkünden.

Ob ich mich mit einem der Studenten treffen kann? Sie um Hilfe bitten für die Besuche im Krankenhaus und die Behandlung? Nein, nein, ich will nicht, denn ein Wort genügte, mich zu töten. Übermorgen werde ich allein hingehen, ich werde es allein durchstehen. Die Idee zu schreiben, so wie ich es mir vorgestellt hatte, habe ich zurückgestellt, die Reise nach Genf scheint mir jetzt wichtiger, und wenn die Behandlung zu Ende ist und ich von der Reise zurückgekehrt bin, werde ich entscheiden, was ich zu tun habe.

Zwei Wochen Konsultationen und Untersuchungen in der ungünstigsten Zeit. Kaum hatte ich damit begonnen, fingen die Feiertage und Festivitäten an. Der Spott türmt sich auf und umzüngelt mich von allen Seiten. Ich fühle mich völlig ausgestossen, bestraft für einen Fehltritt, der mich nie mehr loslässt. Was ich jetzt durchmache, habe ich verdient, vollkommen verdient.

„Sie sind in einer ungünstigen Zeit gekommen", sagte der Krankenpfleger, der mir die Blutprobe abnahm. „Wissen Sie nicht, dass heute Samstag ist und dass Sie bis Dienstag morgen auf das Ergebnis warten müssen?" Ich nickte, doch innerlich schimpfte ich.

Wie die ganze Welt bereitete sich auch Marseille auf die Neujahrsfeiern vor. Die Leute haben es eilig, die Geschäfte sind voller Menschen und Lichter, der Schnee fällt und begräbt alles unter sich: die Vergangenheit, die Trauer und die hoffnungslosen Gedanken. Ich fühle mich völlig fremd in der grossen Stadt, die mich umgibt. Mit grossen Schritten fliehen die Menschen jene Pest, die ich mit meinen kleinen, langsamen Schritten verkörpere. Helles Licht legt sich auf mein Gesicht und offenbart meine Schwäche und meinen Verrat. Und das Lächeln der Verliebten, die sich unter Laternenpfählen umarmen, zerreisst mit beissendem Hohn die letzten hoffungsvollen Gedanken in meinem Kopf.

Die Tage vergingen langsam und bedrückend. Sie kamen mir wie die längsten Tage meines Lebens vor. Am siebten Januar endlich empfingen mich drei Ärzte, eine Frau und zwei Männer. Sie forderten mich auf, meine Kleider abzulegen. Während ich mich auszog, dachte ich an Nûri. Das warme Zimmer war in einem ruhigen Blau gehalten, das auf dem Untersuchungstisch ausgebreitete Laken war makellos. Ich hatte das Gefühl, dass ich das nicht verdient hatte. Dass ich mich eigentlich auf einem Müllhaufen ausziehen müsste! Als ich mein Hemd ablegte, sah ich zu der Ärztin hinüber. Ihre Augen waren neutral, anders als die Augen derer, die nur darauf warteten anzufangen. Man fragte mich nach meiner Vergangenheit, fast mit den gleichen Worten wie damals.

Was sollte ich ihnen erzählen?

„Erzählen Sie uns von früher!" Wie höhnisch Worte sein können! Als sie meine Befangenheit spürten, halfen sie mir weiter: „Waren Sie als Kind einmal krank? Welche Krankheiten hatten Sie? Sind Sie verheiratet?"

Sie fragten mich nach meiner Mutter und nach meinem Vater. Ich berichtete ihnen stockend, dass meine Mutter an einer Herzkrankheit und mein Vater an Knochentuberkulose gestorben ist. Die Überraschung hielt ich bis zum letzten Augenblick zurück.

Schweigen legte sich auf das warme blaue Zimmer. Die Schläge eines kleinen Hammers trafen mein Knie. Ich zuckte etwas zu heftig zusammen. Dann gab ich mir einen Ruck und sagte: „Das Wichtigste, das ich bis jetzt noch nicht gesagt habe und das meine Krankheit erklärt, ist, dass ich im Gefängnis war, fünf Jahre lang. Aber das ist noch nicht alles. In der ersten Zeit wurde ich auf verschiedene Weise gefoltert."

Die Worte klangen unbeteiligt, zumindest erschien es mir so, als ich in ihre Gesichter blickte. Doch sie schauten sich völlig überrascht an.

„Das hätten Sie uns gleich sagen sollen!" Als die Ärztin lachte, entdeckte ich einen traurigen Blick in ihren Augen. Der ältere Arzt hiess mich aufstehen und mich anziehen.

Sie flüsterten miteinander, während ich mich in der Ecke ankleidete. Was vermuteten sie? Was sagten sie? Zum ersten Mal seit Jahren war ich stolz. Das Gefängnis schien mir eine Ehre zu sein, etwas Grossartiges, und die Blicke und das Flüstern der Ärzte waren dafür eine Anerkennung.

Ich setzte mich dem älteren Arzt gegenüber an den Tisch und fragte, ob ich rauchen dürfe. Er nickte freundlich lächelnd – vielleicht taten dies auch die anderen – und sagte: „Bitte sehr!"

Ich kam also aus dem Gefängnis. Das allein erklärte meine Krankheit. Sie waren sprachlos, doch es dauerte nicht lange, bis diese Sprachlosigkeit von ihnen abfiel und sich mit dem aufsteigenden Qualm meiner Zigarette verflüchtigte. Sie sahen mich an wie ein Wesen aus längst vergangenen Zeiten. Ob diese Menschen wissen, was es heisst, im Gefängnis gewesen zu sein? Nicht als normaler Gefangener, sondern als einer, der eingesperrt ist in diesen dunklen, kalten, von Insekten wimmelnden Verliesen, der geprügelt und gepeitscht wird wie ein störrischer Ochse. Ich hätte gern meine besondere Würde und Ehre gespürt, aber als ich mir die Worte vergegenwärtigte, die ich gern gesagt hätte, spürte ich nichts als Schmerz. Ich dachte an das gelbliche, viereckige Papier, das den Schweiss meiner zitternden Hand aufsog, während sie die letzten Buchstaben schrieb.

„Würden Sie uns die Umstände Ihrer Gefangenschaft schildern", bat mich der ältere Arzt. „Ich meine, wie sah es mit der Ernährung aus, wie waren die hygienischen Verhältnisse?"

Hygienische Verhältnisse, Ernährung? War das Spott oder eine echte Frage?

Zum Schluss sagten sie: „Ihr Gesundheitszustand gibt zu Besorgnis Anlass. Wenn Sie sich an unsere strengen Vorschriften halten, können Sie ohne Probleme leben. Andernfalls ..." Sie sprachen nicht weiter.

Einige Augenblicke später durchbrach die Stimme des jüngeren Arztes die saubere Stille, die auf Wänden, Laken und Fensterscheiben lag. „Darf ich wissen", fragte er, „warum Sie im Gefängnis waren?"

Dabei lief sein Gesicht tiefrot an, wie bei einem kleinen Mädchen. Ich schüttelte verwirrt den Kopf. Warum sollte ich es ihm sagen? Wenn ich sagte, ich sei ein politischer Gefangener gewesen, würde er das verstehen? Wenn ich sagte, ich sei zu elf Jahren verurteilt gewesen, von denen ich fünf absass, und zwar aus keinem anderen Grund als dem, dass ich, durch Ideen und Worte, das Leben der Menschen glücklicher machen wollte – wenn ich ihm das sagte, würde er es glauben?

Ich hätte ihm sagen sollen: Glaub mir, du Mensch, der du am anderen Rand des Mittelmeeres lebst, dass ich kein Gewehr getragen und niemanden getötet habe. Trotzdem schlug mein Kopf Hunderte von Malen gegen die Wand, wie Nägel in Eichenholz. Aber dies war nur der Anfang einer Foltersymphonie: Sie peitschten mich aus, ich war nackt. Wenn sie sich müde geschlagen hatten, wechselten sie sich ab, sie waren stark. Nach den Schlägen begann das Feuer in meinem Körper zu brennen. Sie drückten die Zigaretten in meinem Gesicht aus, auf meiner Brust und an anderen Stellen. Doch das war noch nicht alles, sie packten meine Hoden und zogen daran; in diesen Momenten glaubte ich zu sterben. Danach hing ich sieben Tage an der Decke. Meine Hände waren mit einem Seil zusammengebunden, das Seil zog mich nach oben und erlaubte mir nur, auf den Zehenspitzen zu stehen. Nach den sieben Tagen waren meine Beine dick wie Elefantenbeine, geschwollen, blau, schwer.

Nein. Nein, ich erzähle Ihnen nicht mehr als das. Die blosse Erinnerung an jene Tage entstellt den Menschen so sehr, dass keine noch so geniale Medizin mehr etwas ausrichten kann. Was ich Ihnen erzählt habe, ist nur das erste Kapitel. Entschuldigen Sie, wenn ich über die anderen Kapitel kein Wort sagen kann. Ich habe die ganze Folter ertragen, und was glauben Sie – habe ich geschrien? Habe ich gestanden? Nein, ich habe standgehalten, ich war geduldiger und zäher als ein Kamel, aber in einem stummen Moment bin ich gefallen. Der Mensch, den Sie jetzt vor sich sehen, ist nicht so stark, wie die Worte es vermuten lassen, die ihm durch den Kopf gehen. Eine Zeitlang war er stark, dann brach er plötzlich zusammen. Ich lächelte matt, als ich meine Todesurkunde unterschrieb.

Ich wandte meinen Blick von dem jüngeren Arzt zu dem älteren. „Ich war politischer Gefangener“, antwortete ich und liess es dabei bewenden.

Betrübt sah der ältere Arzt die anderen an. Schmerzliche Erinnerungen schienen ihm durch den Kopf zu gehen, und wie zu sich selbst sagte er: „Er gehört zu einem eingekerkerten Volk.“ Dann wandte er sich zu mir und fügte hinzu: „Warum lesen die Henker und Herrscher nicht die Geschichte? Wenn sie nämlich nur einen Teil dessen lesen würden, was sie wissen sollten, könnten sie sich selbst und anderen viel ersparen. Aber es scheint, dass jedes Volk den Preis für seine Freiheit selbst bezahlen muss; und die Freiheit hat meistens einen sehr hohen Preis.“

Ein unbarmherziges Schweigen herrschte, bis die Frau, unvermittelt wie eine bunte Sternschnuppe, vorschlug: „Vielleicht sollten Sie ihm von der Zeit der Résistance erzählen, Doktor Fallet?“

„Das ist nicht nötig. Wahrscheinlich kennt er das alles besser als ich. Ausserdem sind Résistance und Besatzung für uns nur noch Erinnerung und Geschichte, für diese Menschen aber sind sie bis heute Realität.“

Doktor Fallet schlug mit dem Hammer auf den Tisch und stand auf. Er wanderte nervös im Zimmer umher, doch sein Ton blieb ruhig, als er mir sagte: „Ihr Zustand ist beunruhigend, darüber müssen Sie sich im klaren sein. Ich möchte Sie nicht ängstigen, aber Optimismus führt zu Nachlässigkeit. Sie dürfen aber nicht nachlässig sein.“ Nach einer kleinen Pause fuhr er leise fort: „Wenn Sie sich genau an meine Vorschriften halten, können Sie problemlos leben. Wenn Sie sich aber nicht daran halten, kann jeder Rückfall sehr gefährlich werden. Die Vorschriften, die ich Ihnen auferlege, sind nicht schwer einzuhalten: Vermeiden Sie Unregelmässigkeiten bei Ihren Ess- und Schlafgewohnheiten sowie bei Ihren sexuellen Beziehungen." Dann fügte er lächelnd hinzu: „Sie dürfen sich nicht aufregen, nicht wütend und nicht traurig werden. Selbst übermässige Freude könnte Ihren Zustand beeinträchtigen!"

Sein Ton veränderte sich, als er fortfuhr: „Dies ist sicher alles sehr schwer für Sie, aber Sie müssen es versuchen." Er setzte sich wieder hinter seinen Schreibtisch, schaute mich lange an und sagte: „Ich werde Ihnen jetzt einige Medikamente verschreiben, und ich bitte Sie, darauf zu achten, sie genau zu den richtigen Zeiten einzunehmen. Bei der nächsten Konsultation in einer Woche werden wir dann weitersehen."

Wenn sie gewusst hätten, dass ich zusammengebrochen bin, hätten sie mich nicht so warmherzig verabschiedet. Sie blieben alle drei an der Tür stehen, nachdem sie mir freundlich lächelnd die Hand gegeben hatten. Besonders Doktor Fallet war sehr zuvorkommend, und als ich mich am Ende des langen Flures umdrehte, hob er, der darauf gewartet hatte, seine Hand und winkte. Er hat bis zum Ende durchgehalten, sein hartes Gesicht und seine ruhigen Augen sagen mir das. Er und andere haben durchgehalten – und gesiegt. Wenn er gewusst hätte, dass ich dieses verfluchte Papier unterschrieben habe, hätte er sich geweigert, mich zu empfangen oder mir auch nur die Hand zu geben. Wahrscheinlich hätte er gesagt: Wie kannst du jemandem die Hand schütteln, der dein Blut besudelt hat? Wie kannst du in ein Gesicht lächeln, das sich darüber amüsiert, dass man an deinen Hoden zieht?

Ich werde Anîssa nicht schreiben, dass mein Zustand besorgniserregend ist, damit sie sich nicht beunruhigt. Ich werde darauf achten, Doktor Fallets Vorschriften genau zu befolgen. Aber selbst wenn ich hier dazu in der Lage sein sollte, wie wird es sein, wenn ich zurückkehre? „Sie dürfen sich nicht aufregen, nicht wütend und nicht traurig werden.“ Sogar übermässige Freude hat mir Doktor Fallet verboten. Er meinte es wohl ironisch! Glaubt er etwa, dass an den östlichen Gestaden des Mittelmeers auch nur ein einziger Mensch vor Freude stirbt? Die Freude ist für ein eingekerkertes Volk wie ein Zugvogel, selbst die Henker, glaube ich, sind nicht zur Freude fähig. Sie schlafen unter Baldachinen aus Peitschen, unter den Phantomen der Schreie. Die Furcht zehrt an ihnen, dass in später Nacht an die Türen ihrer Häuser geklopft wird, sie aus ihren Betten gerissen werden, damit sie die Schuld begleichen, die sie auf sich geladen haben.

Sie können sicher sein, dass ich keine übermässige Freude verspüren werde, Doktor Fallet. Das wird niemals meinen Tod verursachen. Die anderen Möglichkeiten, die Sie erwähnten, werde ich eine nach der anderen prüfen, vielleicht finde ich eine andere Lösung dafür.

Zum Schreiben, muss man sich dazu aufregen, wütend werden? Ich brauche Doktor Fallet gar nicht erst zu fragen. Meine bisherigen Versuche haben alle zu einem einzigen Ergebnis geführt: einem Strom hasserfüllter wütender Aufregung, aber zu keiner einzigen der ersehnten beschriebenen Seiten.

Und die Reise nach Genf, wird sie mir Anstrengungen verursachen, Aufregung? Und wenn ich mich zur Reise entschliesse, wann soll ich fahren? Ich hätte Doktor Fallet fragen, diese Idee mit ihm besprechen sollen. Vielleicht könnte er mir mehr ein Ratgeber sein als ein Arzt. Diese älteren Menschen, die Lebenserfahrung besitzen und die Probleme kennen, können durchaus wertvoll sein.

Ich werde nochmals durch Marseille spazieren, es in alle vier Himmelsrichtungen durchmessen. Ich werde kein Café, keinen Platz auslassen, werde dort sitzen und die Gesichtszüge der Menschen studieren, ihre Bewegungen, ihr Lachen. Auch ihre Sorgen möchte ich erfahren; vielleicht kann ich ja etwas daraus lernen. Und Paris! Muss ich nicht Paris sehen, bevor ich in die Heimat zurückkehre?

„Küstenstädte sind Städte der Freiheit und der Gewalt." Ich weiss nicht, wer diese Worte gesagt hat, aber sie sind seit langem in mein Gedächtnis eingeprägt. Ich hatte gedacht, dass nur Marseille dieses Fluidum hat, aber in Paris sah ich noch erstaunlichere Dinge. Es gibt da Parteizentralen, auf denen gut sichtbar die Namen geschrieben stehen, und die Menschen gehen ohne Angst hinein, ohne sich umzuschauen, und sie unterhalten sich laut auf der Strasse. Die Zeitungen berichten über alles, über Ideen, Mordfälle und über neue Wege in den sexuellen Beziehungen. Und die Menschen lesen es. Und die Bücher, die erscheinen, kann man gar nicht alle kennen. So viele sind es!

An den Ufern der Seine liegen Tausende von Büchern, Millionen. Meine Augen gleiten über die Titel, und kaum bleiben sie an einem haften, fange ich an zu zittern und drehe mich um aus Angst, jemand könnte mich sehen.

„Bei der Durchsuchung der Wohnung des Inhaftierten fand man die folgenden verbrecherischen Instrumente ...";

dann zählen sie Buchtitel auf. Ach, ihr Menschen in Paris, wenn ihr mit euren Büchern an die östlichen Gestade des Mittelmeers kämt, würdet ihr euer restliches Leben in Gefängnissen verbringen. Die Reue würde euch zerfressen, ihr würdet euch über alles Gedanken machen. Seid vorsichtig, wenn ihr euch über Parteien Gedanken macht, denn jedes Wort wird aufgegriffen und als Verschwörung oder Sabotage verstanden. Ihr würdet für diese Worte euer Leben lang in den Gefängnissen der Wüste bezahlen, an Tuberkulose und Typhus erkranken und schliesslich sterben!

Doch das Paris von heute, war es schon immer so? Das Paris der Galgen, der Guillotinen, der Pranger, das Paris der Résistance, das Paris der Märtyrer, dieses Paris hat die Freiheit geschaffen. Aber ich darf nicht darüber sprechen. Mir ist, nachdem ich dieses unheilvolle Papier unterschrieben habe, nicht mehr erlaubt, über die Freiheit zu reden, über Paris oder über irgend etwas anderes. Wäre ich ein Mann, wäre ich dort geblieben und hätte bis zum Ende durchgehalten. Die schalen Worte, an denen ich jetzt kaue, haben ihre Würde und ihre Frische verloren. Sie haben sich in ein Keuchen verwandelt, ähnlich dem Keuchen jenes Mädchens der Nacht, das mich auf der Strasse aufgelesen hat. Ich hatte Angst, als ich neben ihr herging, und ich hatte Angst, als ich sie auf dem Bett liegen sah.

„Siehst du nicht, dass ich nackt bin? Worauf wartest du?“ fragte sie.

Ich zündete eine zweite Zigarette an. Ich wollte etwas tun, aber das Gefühl der Unfähigkeit blockierte jedes

Denken in meinem Inneren wie eine Feuerwand. Ich fürchtete das Versagen, den Spott, ich wollte ihr sagen, dass ich krank bin oder müde, aber das einzige, was ich hervorbrachte, war: „Ich bin kein Mann!"

Dann schwieg ich. In diesem Augenblick hätte ich sie gern mit den Zähnen gepackt, sie getreten, geküsst. Nervös drückte ich meine Zigarette aus und stand auf, um zu gehen. Da sagte sie in einem Ton, der mich fast umbrachte: „Komm mal her, bevor du gehst! Lass es mich mit eigenen Augen sehen und befühlen, ich glaube es nicht."

Hätte ich jetzt eine Freundin, würden wir wie Wölfe durch Paris ziehen und alle, die uns sähen, durch unsere Kraft und unser enges Verhältnis das Fürchten lehren.

Paris ist nicht für mich geschaffen, auf nichts in Paris habe ich ein Anrecht, selbst das Wasser, das ich trinke, erscheint mir unverdient. Übermorgen werde ich nach Marseille zurückkehren, um Doktor Fallet zu sehen. Ich muss mich ausführlich mit ihm darüber unterhalten, was ich in Frankreich für all die Menschen tun kann, die jetzt in Gefängnissen schlafen. Ich mag Fallet sehr und habe Vertrauen zu ihm.

Und Genf? Wird man mich empfangen, mir zuhören? Und wenn sie mir zuhören, was können sie schon tun? Nein, ich darf nicht pessimistisch sein, hier ist eine Welt, die versteht, reagiert, vielleicht bin ich sogar erfolgreicher als erwartet.

Die ganze Welt wird aufschreien, wenn sie den Berichten über die Folter lauscht, die Tag und Nacht an den östlichen Gestaden des Mittelmeers praktiziert wird. Wie kann man schlafen, während die Opfer unablässig klagen und stöhnen? Das ist unmöglich. Niemand hier kann schlafen, essen, lachen, während die Menschen dort leise weinen und sterben. Es werden sich Millionen von Stimmen erheben, in einer einzigen furchterregenden Hymne, die das Ende der ununterbrochenen „Feste" fordert. Nûri kennt für die Folter einzig dieses Wort. Während er die Vögel fütterte, ihnen zuschaute und mit mir sprach, sagte er immer: „Gesteh, sag ich, gib's zu, du Hurensohn! Das gestrige Fest hat mich völlig fertiggemacht. Wenn du nicht redest, werde ich Abed rufen, und das Fest beginnt von neuem, was meinst du dazu?"

In Genf werde ich ihnen erzählen, dass der Spott der Henker so weit geht, dass sie die Folter „Feste" nennen! Und unter solchen Umständen müssen das Rote Kreuz und die Menschenrechtsorganisationen etwas tun, damit die Verachtung, die Repression und der Tod ein Ende haben.

Diesmal war Doktor Fallet allein. Als ich eintrat, schloss er die Tür und sagte lächelnd: „Gott sei Dank sind Sie pünktlich gekommen; so können wir reden. Ich möchte alles über die Gefangenschaft und die Folter hören, und ich hoffe, dass meine Fragen Sie nicht kränken oder verletzen."

Ich erinnere mich, dass ich zu erzählen begann. Während ich ihm eine Zigarette anbot, die er, obwohl Nichtraucher, annahm, sagte ich: „Ich weiss nicht, Herr Doktor, worüber ich reden soll, wie ich anfangen und wie ich aufhören soll. Die vergangenen fünf Jahre waren jeden Tag, jede Stunde, jede Minute, ja, sogar jede Sekunde eine unerträgliche Qual."

So begann ich zu erzählen, und plötzlich sammelten sich

in meinem Kopf Tausende von Bildern und explodierten: „Herr Doktor, in der Nacht schrien sie: ‚Bringt ihn um! Dieser Hund soll uns nicht mehr auf die Nerven gehen. Bringt ihn um! Halt seine Hand fest, Abed, bieg sie nach hinten, und du, Hâtim, steck ihm den Stock in den … Nein, nur keine Angst, rein damit! Gesteh, du Hurensohn, ich werde dich umbringen! Für wen hältst du dich eigentlich, dass du nicht antwortest. Ich werde dich in die … deiner Mutter zurückstecken. Gesteh! Bring die Katzen, bring den schwarzen Hund, zieh deine Klamotten aus. Wirst du gestehen? Sag, wo ist Hâdi, wo ist Nadschm? Willst du nicht reden, du Hundesohn?'"

Die Bilder häuften sich in meinem Kopf, und plötzlich begann ich zu weinen. Noch nie in meinem Leben hatte ich so geweint wie dieses eine Mal. Mein Schluchzen brach wie ein lange unterdrücktes Tosen hervor.

Warum habe ich so geweint? Wer war Doktor Fallet für mich? Konnte er mir helfen? Mich von der Qual befreien, die wild in meinem Inneren brannte? Ich hätte etwas tun müssen. Das Glas zertrümmern, meinen Kopf zertrümmern, mich auf die Erde werfen. Aber das Weinen war der einzige Ausweg, den ich sah.

Doktor Fallet liess mich lange weinen. Er nahm keinen Anstoss daran und versuchte auch nicht, mich zu trösten. Als ich mich beruhigt hatte, stand ich, den Blick zu Boden gerichtet, auf, zog ein Taschentuch heraus und wischte mir in einer Ecke des Zimmers Augen und Gesicht. Dann nahm ich eine Zigarette, zündete sie an und drehte mich zu Doktor Fallet um.

Er versuchte, meinem Blick auszuweichen. Hatte auch

er in jenem Augenblick geweint? Fürchtete er, schwach zu werden und zusammenzubrechen? Ich bemerkte etwas in seinen Augen, aber als ich dann seine Worte hörte, schien es mir, dass der Mann vor mir keinerlei Ähnlichkeit mit mir hatte. „Ich habe Angst um Sie, Monsieur Radschab", sagte er, während er aus dem Fenster schaute, damit sich unsere Blicke nicht begegneten.

Dann schwieg er, als wollte er nicht fortfahren. Eine Atmosphäre der Angst legte sich über uns. Wir vernahmen geheimnisvolle Schritte auf dem Flur, und Doktor Fallet sagte in einem vollkommen anderen Ton: „Ich weiss, was Sie durchgemacht haben, aber ich betrachte Sie als Mann, und Männer brechen nicht zusammen. Wissen Sie, ich bin der einzige Überlebende aus meiner Familie. Sie haben zwei meiner Brüder ermordet, sie haben meine Mutter umgebracht, dann meine Frau. Ich war Kriegsgefangener und konnte fliehen. Und von dem Moment an, in dem ich das Gewehr zur Hand nahm, habe ich es nicht mehr beiseite gelegt – bis zum Ende des Krieges. Ich will, dass Sie hassen und dass Sie kämpfen. Hass ist der beste Lehrer. Sie müssen Ihre Trauer in Hass umwandeln, nur auf diese Weise können Sie siegen. Wenn Sie sich der Trauer hingeben, stellen Sie sich auf die Verliererseite und sind als Mensch am Ende. Damit wäre auch Ihr Anliegen am Ende. Und soviel ich weiss, braucht Sie Ihr Land. Sie stehen erst am Anfang des Weges. Alles, was ich jetzt von Ihnen erwarte, ist, dass Sie auf Ihre Gesundheit achten, damit Sie den Kampf fortsetzen können. Ich weiss nicht, wen Sie bekämpfen und warum. Aber es scheint mir, dass Sie noch viel vor sich haben!"

Während Doktor Fallet sprach, veränderte sich seine Stimme, hob und senkte sich, als litte er an Müdigkeit oder an einer Krankheit. Er holte ein Fläschchen aus seiner Schreibtischschublade, entnahm ihm zwei Pillen, gab mir eine und nahm selbst die andere. Während er mir ein Glas Wasser reichte, sagte er: „Das ist gegen Depressionen. Ich gebe Ihnen aber nicht mehr als diese eine, damit Sie sich nicht darauf zu verlassen beginnen. Sie müssen sich auf Ihren Willen verlassen, wie wir damals im Krieg."

Nachdem ich die Tablette eingenommen hatte, nahm er das Glas und trank. Dann fragte er mich, während seine Augen mich von oben fixierten: „Nun, was meinen Sie?"

Als ich zustimmend nickte, klopfte er mir freundschaftlich auf die Schulter und sagte: „Jetzt kann ich Sie untersuchen, um zu sehen, wie die Behandlung anschlägt."

Gehorsam begab ich mich zum Untersuchungstisch. Seine kalte Hand berührte meine Brust, meinen Rücken. Ich spürte seinen kräftigen Atem. Während er an meinen Haaren zog, fragte er: „Werden Sie lange hierbleiben?"

„Vielleicht, ich weiss nicht genau, möglicherweise ein oder zwei Monate."

„In der letzten Woche muss ich Sie noch einmal sehen. Wir werden weitere Untersuchungen durchführen, um zu sehen, welche Fortschritte Sie gemacht haben."

Bei der Eisrevue, die ganz Marseille ungeduldig erwartet hatte, sah ich Abdalghafûr zum ersten Mal. Ich weiss nicht, was mich an diesem Abend ins Moulin-Rouge führte. Plötzlich befand ich mich inmitten einer riesigen Menschenmenge, die darauf wartete, dass es sechs Uhr würde.

Aus Neugier war ich stehengeblieben, ohne an das Eislaufensemble zu denken. Ich hatte nicht erwartet, dass ich wenige Minuten später neben einem blonden Mädchen sitzen würde. Alles geschah zufällig. Er sah mich, und mit einem Pariser Tonfall fragte er mich, ob ich eine Karte bräuchte. Dabei lachte er, weil er sofort wusste, dass wir beide von den östlichen Gestaden des Mittelmeers stammten. Entschuldigend erklärte er: „Ich habe auf einen Freund aus Paris gewartet, aber er ist nicht gekommen. Jetzt habe ich eine Karte übrig. Kannst du sie brauchen?"

Ohne nachzudenken, steckte ich meine Hand in die Tasche und holte das Geld für die Karte heraus. Alles geschah ganz plötzlich, und kaum war ich eingetreten, sah ich ihn wieder. Er sass an meiner rechten Seite, und ein grosses, blondes junges Mädchen zu meiner linken. Und während der verbleibenden Minuten bis zum Beginn der Vorstellung erkundigte er sich, ob ich Ausländer sei, und meinte, als ich zustimmend nickte: „Lass mich raten, woher du kommst!

Ich spürte, dass er das Eis zwischen uns rasch brechen wollte. Ich erschrak und bereute, mitgegangen zu sein. Sicher war er beauftragt, mich zu beobachten! Warum sonst hätte er mich auf der Strasse ansprechen und mich auffordern sollen, das Ticket zu kaufen? Und wieso versuchte er jetzt auf diese scherzhafte Art, mich kennenzulernen?

„Ich komme von dort", antwortete ich argwöhnisch. „Du brauchst nicht zu raten. Mir scheint, dass wir uns von früher kennen? Wo sind wir uns begegnet?"

Er drehte sich ganz zu mir herum, schaute mir ins

Gesicht und verzog ungläubig seinen Mund. „Gleich als ich dich gesehen habe, dachte ich mir, dass du von dort kommst. Aber wir sind uns noch nie begegnet."

„Bist du sicher?"

„Vollkommen." Er schwieg, dann fügte er hinzu: „Glaubst du, dass wir uns schon begegnet sind?"

„Es kommt mir so vor."

„Wo?"

„Vielleicht auf dem Schiff...", und fast hätte ich gesagt: im Gefängnis. Dies war der Anfang, und ich weiss nicht, warum wir Freunde wurden.

Abdalghafûr studierte seit drei Jahren Kunst in Marseille. Während dieser Zeit war er nie verreist, wie er mir sagte, ausser einmal nach Paris. Er erklärte, er hasse die Politik und wolle nicht darüber sprechen. Er habe keinen Kontakt mit den Studenten und verbringe die meiste Zeit im Institut und in Museen, den Rest mit Frauen.

Wir wurden Freunde auf eine Weise, die mir noch immer rätselhaft ist – als hätten wir uns schon seit Jahren gekannt. Wir sprachen über Marseille und über Frankreich, wir sprachen über Kunst, und schliesslich war ich überzeugt, dass er unmöglich zu denen Verbindung haben könne, die mir vor der Reise gesagt hatten: „Geh, wohin du willst, wir haben alle möglichen Mittel, um zu erfahren, was du tust. Pass auf, glaub ja nicht, dass wir weit von dir entfernt sind."

Wäre Abdalghafûr ein anderer Mensch gewesen, hätte er mich sicher gerettet. Aber er verschloss seine Ohren vollkommen, und einmal, während wir Picassos Guernica betrachteten, sagte er zu mir: „Weisst du, dass man bei uns einen Maler, der ein solches Bild gemalt hätte, steinigen würde? Und weisst du auch warum?"

„Nein."

„Weil die Zivilisation eine Leiter ohne Ende ist, und alle Völker müssen an ihrem Anfang beginnen. Unser Volk hat die Leiter noch gar nicht entdeckt und noch nichts von Zivilisation gehört. Deshalb ist jeder Versuch, es von etwas anderem zu überzeugen, falsch."

„Meinst du, dass diese Art zu malen, uns fremd ist, oder eher das Thema?"

„Beides: die Art und das Thema."

„Die Art vielleicht, aber das Thema? Aufgabe des Künstlers ist es doch, die Anliegen seines Volkes wahrzunehmen, die Tragödien, die Trauer, die Wünsche. Dieses Bild stellt eine schreckliche Tragödie dar, und Picasso konnte mit diesem Bild sogar eine Revolution auslösen."

„Picasso hat sich an ein Volk gewandt, das die Bedeutung von Kultur begriffen hatte, aber dort begreifen sie nichts."

„Dann ist es deine Aufgabe, dabei mitzuwirken!"

„Meine Aufgabe ist es, das Schicksal zu verfluchen, das mich an jener Küste geboren werden liess."

„Warum?"

„Weil wir nach hinten kriechen: Wir lehnen die Zivilisation ab und bekämpfen sie. Wir werden noch lange brauchen, bis wir diese Tatsache begreifen."

„Du irrst dich!"

„Lieber irre ich mich, als teuer dafür zu bezahlen!"

„Du meinst, dass du dich vor dem Gefängnis fürchtest? Vor der Verantwortung?"

„Genau das meine ich!“

Seit diesem Tag sprach ich nicht mehr über Politik mit ihm. Niemals deutete ich auch nur an, dass ich im Gefängnis gewesen war und dass das Gefängnis mich zerrissen und mehr tot als lebendig nach Marseille gebracht hatte, in Erwartung der letzten Stunde. Ich hatte das Gefühl, dass ich als Lügner erscheinen würde, wenn ich ihm auch nur ein Wort davon erzählte; deshalb schwieg ich.

Nach einiger Zeit reiste Abdalghafûr ab und nahm einen Brief an Hâmid mit, in den ich einen Brief an Anîssa und einen an Âdil steckte. Ich legte ihm ans Herz, alle drei Tage bei ihnen vorbeizugehen und sie an die Papiere zu erinnern. Er stellte keine Fragen darüber, und ich sagte ihm nichts. Er versicherte mir aber, dass er sie mitbringen werde, und dass er wisse, wie er sie verstecken müsse.

Während seiner Abwesenheit möchte ich den Bericht vorbereiten, den ich dem Roten Kreuz in Genf vorzulegen beabsichtige.

Ich habe einen Brief von Anîssa erhalten, der mir gar nicht gefällt. Zweimal habe ich ihn gelesen. Sie hat nichts Besorgniserregendes geschrieben, aber ich habe das Gefühl, dass die Gefahr zwischen den Zeilen steht.

Warum möchte sie, dass ich rasch zurückkehre? Ist es die Sehnsucht? Ihre Sehnsucht und die der Kinder? Aber wenn es das wäre, hätte sie es gesagt, mit anderen Worten. Mir scheint, dass sie den Brief mehrmals geschrieben hat. Manche Zeilen sind umgestellt, das Datum ist geändert. Vielleicht haben sie Schwierigkeiten wegen mir.

Ich werde in den nächsten Tagen schreiben, und wenn Abdalghafûr zurückkehrt, wird er mir alles erklären.

Bevor dieser Brief kam, dachte ich, dass ich nach Abdalghafûrs Rückkehr ein neues Leben beginnen könnte. Ich hatte ihm schon davon erzählt, und er hatte lachend geantwortet: „Wenn du das willst, das ist einfach. Wenn meine Freundin Evelyne aus Paris zurückkommt, werde ich sie bitten, mit ihrem Vater zu sprechen. Ich glaube, er kann dich in seiner Seifenfabrik einstellen!"

Dieser Brief ist das erste Warnsignal, das in meinem neuen Leben aufblitzt. Ich will mich nicht selbst zur Eile antreiben, aber mir scheint, dass ich die Pläne überdenken sollte, die ich im Kopf habe.

Hâmids Brief dagegen klingt zuversichtlich und hell. „Kümmere dich um deine Gesundheit", schreibt er. „Was deine Rückkehr betrifft, so entscheide, wie es dir richtig scheint."

Warum schreibt Hâmid so zuversichtlich? Sein Ton hat etwas Provozierendes an sich. Zum ersten Mal drückt er sich kurz und prägnant aus. Früher hat er anders geschrieben.

Und warum hat er das Geld auf diese Weise geschickt? Haben sie ihn daran gehindert, es wie früher zu überweisen? Ist dies der einfachste und kürzeste Weg?

Sie haben sicher Schwierigkeiten; wenn alles in Ordnung wäre, würde Hâmid nicht neue Wege beschreiten, weder für den Brief noch für die Überweisung.

Wo bleibst du nur, Abdalghafûr? Du musst schnell zurückkommen, um mir alles zu erzählen!

Ich muss rasch den Bericht abschliessen, und wenn ich fertig bin, werde ich am Samstagabend fahren und am Montagmorgen vor der Tür des Roten Kreuzes stehen. Ich muss den Generalsekretär treffen und ihm alles erklären. Wir werden ausführlich miteinander sprechen, dann werde ich ihm den Bericht überreichen.

Ich werde einige Tage in Genf bleiben, bis sie alles durchgesehen haben, damit wir gemeinsam die nötigen Massnahmen durchsprechen können. Abdalghafûr wird bald zurück sein. Er wird am Mittwoch, allerspätestens aber am Freitag ankommen. Dann werde ich noch in Genf sein, aber ich muss bald zurückfahren, um mich einzurichten und mein Leben neu zu ordnen. Alles hängt von den weiteren Informationen ab. Ich will mich mit keinem Studenten mehr treffen und auch keine Zeitungen aus der Heimat lesen, die mir doch nur Bitterkeit und Wut verursachen.

Der Arzt hat mir geraten, mich vor jeglicher Aufregung zu hüten. Ich habe seine Ratschläge bisher befolgt, und ich werde versuchen, dies auch weiterhin zu tun.

Der Gnadenschuss. Er trug den Namen eines Unbekannten, von dem ich noch nie etwas gehört hatte. Ein kurzer, ernster Brief, sehr klar:

„Sehr geehrter Herr Radschab Ismaîl,

entschuldigen Sie, dass ich Ihnen schreibe, ohne dass wir uns kennen. Die Umstände zwingen mich dazu. Damit Sie nicht glauben, ich hätte etwas Schlechtes oder eine Verschwörung im Sinn, möchte ich Sie wissen lassen, dass ich ein Freund von Hâmid bin und dass ich es bin, der Ihnen in letzter Zeit das Geld überwiesen hat. Ich habe es Ihnen aus dem Ausland schicken lassen, nachdem die direkte Überweisung für Hâmid unmöglich geworden war.

Herr Radschab, es geht, und ich möchte es ohne Umschweife sagen, darum, dass Hâmid zur Geisel gemacht wurde. Vor einiger Zeit hat man ihn festgenommen und dann aufgefordert, sich dreimal täglich im Polizeikommissariat zu melden. Sie haben ihm einen Monat Zeit gegeben, um Sie zur Rückkehr zu veranlassen. Er beschloss aber, Ihnen unter keinen Umständen etwas davon zu schreiben, und offenbar hat er es auch Ihrer Schwester verboten. Sie ist vor einigen Tagen bei mir vorbeigekommen, ganz durcheinander; sie wusste nicht mehr aus noch ein. Ich informiere Sie nur darüber und überlasse es Ihnen, Konsequenzen zu ziehen.

Seien Sie versichert, dass niemand etwas von mir verlangt hat und ich niemanden gefragt habe, was ich schreiben soll. Aber nach meiner persönlichen Einschätzung ist Hâmids Lage sehr bedenklich, insbesondere da die Kinder – wie Sie wissen – ohne ihren Vater in wirkliche Schwierigkeiten geraten werden.

Ich fürchte, dass Hâmid, wenn er von diesem Brief erführe, zürnen würde. Aber ich nehme an, dass sich Ihr Zustand gebessert hat, und es gibt hier für Sie kein wirkliches Risiko, falls Sie zurückkommen. Ich bitte Sie, eine positive Entscheidung zu treffen, insbesondere, da die Frist, die Hâmid gesetzt wurde, Ende dieses Monats abläuft. Ich bitte nochmals um Entschuldigung. Es grüsst Sie ein Freund, den Sie noch nie gesehen haben.

Husni Abdaldschalîl."

Sie haben Hâmid festgenommen! Hâmid ist eine Geisel und wird es bleiben, bis ich zurückkehre. Sie hatten zu mir gesagt: „Wir geben dir zwei Monate, dann musst du zurückkommen. Wir werden keine ärztlichen Atteste akzeptieren oder irgendwelche anderen Entschuldigungen. Wir wissen, wie man im Ausland ärztliche Atteste ausstellt."

Und das gerade jetzt, da ich über Aufenthalt und Arbeit nachdenke! Da ich von Genf geträumt habe, von dieser Hymne, die die ganze Welt aus einer Kehle singen sollte, um die Tyrannen und Henker das Fürchten zu lehren und ihnen Einhalt zu gebieten! Und der Roman, welchen Roman könnte ich noch schreiben?

Ich habe einmal einen Fehler gemacht, ich bin einmal gefallen. Jetzt wird mir die Gelegenheit geboten aufzustehen, zu schreien. Ich werde ihnen nicht gestatten, Hâmid umzubringen, es reicht, dass sie Hâdi ermordet haben, und Ridwân. Es reicht, dass sie Hunderte und Tausende abgeschlachtet haben.

Mir ist das Gefängnis nicht fremd. Wenn ich sterbe, werde ich kein weinendes Kind zurücklassen. Hâmid aber hinterliesse vier Kinder. Ich muss etwas unternehmen! Ich werde das nicht zulassen!

Bis zum Ende des Monats bleiben noch zwanzig Tage. Ich könnte diese Woche abreisen, oder nächste. Ich könnte Abdalghafûrs Rückkehr abwarten und erst aufgrund der Briefe und Neuigkeiten, die er mitbringt, eine Entscheidung treffen. Und diese soll nun ein letztes Plädoyer sein. Ich weiss, dass ich mir das nie, gar nie verzeihen werde. Das Papier zitterte zwar unter meiner schweissnassen Hand, aber ich unterschrieb, ich fiel. Und jetzt geben sie mir die Gelegenheit, meine Unterschrift rückgängig zu machen.

Reinheit, Vergebung, Tausende unschuldiger Wünsche suchten mich in jenen grauenhaften Nächten heim. Ich hatte mir vorgestellt, sie für immer verloren zu haben. Doch jetzt sehe ich sie wieder vor meinen Augen. Ich verlange nicht die wirkliche Reinheit, nicht die wirkliche Vergebung, aber ich möchte etwas tun, um die Überreste des Menschen zu retten, der jeden Augenblick in meinem Inneren zusammenbricht. Sie sind nobler, als ich gedacht hätte. Sie geben mir die Gelegenheit zur Verteidigung. Ich werde ihnen noch einmal begegnen, dann können sie tun, was sie wollen. Ich bin nicht scharf auf ein Leben, an dem Dreck, Verrat und Schwäche haften.

Ich werde ihnen sagen: Ich bin wieder da! Ich bin aus eigenem Antrieb zurückgekehrt. Ihr könnt meinen Körper haben, nicht aber meinen Willen. Auf der Reise durch die Finsternis habe ich ihn wiederzufinden gelernt. Nehmt, ihr Henker, nehmt diesen Körper, in dem nichts mehr ist als der Wille! Macht damit, was ihr wollt, mein Schweigen wird die Antwort sein, die euch euer Inneres zerreisst.

Morgen werde ich von Marseille aus an das Rote Kreuz schreiben. Ich werde ihnen alles erklären. Ich weiss, dass sich nichts ändern wird. Ich weiss auch, dass sie mich noch mehr schlagen werden als zuvor. Aber ich werde zurückgehen. Ja, ich gehe zurück. Ich habe nämlich etwas gelernt, ganz zufällig. Wisst ihr was, ihr Henker? Den Hass, und durch meinen Hass und den Hass von Millionen werden wir eure Gefängnisse niederreissen, eure Kerker zerstören. Kein einziges Gefängnis werden wir auf jenem Landstrich stehenlassen, der sich von den östlichen Gestaden des Mittelmeeres bis tief in die Wüste hinein erstreckt. Wir werden die Gefängnisse mit unseren Händen niederreissen, nicht mit unseren Zungen, wie viele andere.

Sie wollten die Gefängnisse mit der Zunge zerstören, aber man baute sie immer wieder auf, mit neuen Gängen und Zellen, um künftige Generationen von Gefangenen aufzunehmen. Dieses Mal könnt ihr mich haben, aber ihr werdet nur einen toten Körper bekommen, denn dem, was ich zu retten versuchte, habt ihr selbst zur Rettung verholfen.

Als mir Abdalghafûr all die vollgeschriebenen Papiere gab, faltete ich sie zusammen, nachdem ich nur einen kurzen Blick darauf geworfen hatte. Der Wunsch zu schreiben war in mir gestorben. Wenn es mir irgendwann vergönnt sein sollte zu schreiben, werde ich es tun, aber jetzt ist es zu spät. Ausserdem können alle Worte dieser Welt keinen einzigen Gefangenen vor der Folter retten.

„Hast du meine Schwester gesehen, hat sie etwas gesagt?“ fragte ich Abdalghafûr.

„Ich habe sie gesehen“, antwortete er traurig. „Sie sagte: ‚Ich hoffe, dass Radschab in Frankreich bleibt, aber es scheint, dass uns sein Aufenthalt teuer zu stehen kommt.‘“

„Hat sie gesagt, ich soll zurückkommen?“

„Nein.“

„Und Hâmid?“

„Er sagte mir: ‚Er soll bleiben, bis er gesund ist, so lange wie möglich. Was soll er hier, im Land der Kerker, tun?‘“

„Was noch?“

„Deine Schwester war sehr traurig. Als sie sich von mir verabschiedet hat, hat sie geweint."

„Nächsten Mittwoch werde ich zurückgehen, und zwar auf der Aischylos!"

Morgen fahre ich zurück. Um elf Uhr legt der Dampfer ab. Welcher Dampfer? Wieder die Aischylos. Zufall? Wunschdenken? Hassliebe? Irgend etwas trieb mich dazu, die Reise um fünf Tage zu verschieben, um auf der Aischylos zurückzufahren. Ich werde die Aischylos nicht beschimpfen, ich werde nicht sagen: Aischylos, du Ehebrecherin, du Kinderfresserin. An Bord bei ihr ist niemand gestorben. Während der acht Tage habe ich nicht gehört, dass jemand gestorben ist. Ihren gesamten Inhalt, Menschen und Ladung, hat sie in die Häfen entleert. Morgen nun fährt sie zurück, um wieder in jedem Hafen auszustossen, was in ihrem Inneren ist, bis der letzte Hafen kommt, in dem ich meinen Koffer nehme und von Bord gehe.

Heute morgen habe ich ein zweites Futter in den Koffer genäht, was mich sehr angestrengt hat. Ich werde all die beschriebenen Papiere zwischen die beiden Futter legen, damit niemand sie entdeckt. Wenn die Aischylos sinkt, werden die Papiere mit ihr auf den Grund des Meeres sinken und dort ruhen, bis sie zerfallen oder von den Fischen gefressen werden. Kein Glasauge wird sie sehen und kein Wachsfinger sie berühren. Wenn die Aischylos nicht untergeht, sondern ihren letzten Hafen erreicht, werde ich den Koffer mit fester Hand ergreifen und von Bord gehen. Ich werde ihnen den Koffer ins Gesicht werfen, sie mit wütendem, stolzem Blick anschauen, und wenn sie mich fragen, was ich dabei habe, werde ich dreist sagen: Bitte sehr, da ist mein Koffer, untersucht ihn!

Ich werde hart bleiben. Ich werde den Hafen verlassen und mit einem freudigen Lachen an die Tür klopfen. Wenn ich die Kleinen sehe, werde ich sie anders küssen als vor drei Monaten. Ich werde lachend und voller Geschenke und Hoffnung zu ihnen zurückkehren. Ich werde sagen: Ich bin zurückgekommen. Ich hätte noch bleiben können, ich habe oft daran gedacht, aber nun bin ich doch zurückgekommen. Niemand hat mich zur Rückkehr gedrängt, ich bin zurückgekehrt, weil ich nicht mehr bleiben wollte.

Die Kleinen werden mich ausfragen. Sie werden um mich herumlaufen, mich anschauen, und ich werde sie eines nach dem anderen hochnehmen und sie lachend küssen. Wenn sie müde werden oder sich zu langweilen beginnen, werde ich die Geschenke hervorholen. Sie werden wieder herumhüpfen, jedes sein Geschenk in der Hand, an der Brust, dann werden sie die Geschenke des anderen sehen wollen, sie tauschen, um sie zu untersuchen, und schliesslich wollen sie lachend ihr eigenes wiederhaben.

Wenn sich die Kleinen beruhigt haben, werde ich lange Anîssa in die Augen schauen und freudig bewegt lächeln. Ich bin zurückgekehrt, Anîssa, ich bin aus eigenem Antrieb zurückgekommen. Ich will nicht, dass jemand den Preis für meine falsche Freiheit bezahlt! Ich habe in aller Eile gelesen, was ihr mir geschickt habt, Anîssa, und habe auch selbst etwas geschrieben. Und jetzt, weisst du, wo ich all die Papiere habe? Ich habe sie bei mir, aber du kannst nicht wissen, wo sie sind. Sie wird mich fragend anschauen, und wenn sie im Koffer nichts als Kleider entdeckt, werde ich aufstehen, das Futter zerreissen und den wertlosen Reichtum herausholen!

Während ich früher viel beschriebenes Papier verbrannte, woran Anîssa mich in ihrem Brief erinnerte, schmerzte es mich in den vergangenen drei Monaten sehr, ein einziges Blatt zerreissen zu müssen. Ich habe Angst, Anîssa, ohne Bewusstsein geschrieben zu haben. Vielleicht werde ich mich einmal beim Wiederlesen dessen, was ich geschrieben habe, dafür verachten, dass ich dieses Geschwätz nicht verbrannt habe. Aber ich bin jetzt ein anderer Mensch, ich fühle, dass mein Ende naht.

Niemand hat mir das gesagt, aber ich habe es in den Augen der Ärzte gelesen. Ihre Art zu sprechen weckte diese Angst in mir. Sie sprachen langsam, als sie sagten: „Wir wollen nicht, dass Sie sich falsche Vorstellungen machen. Sie sind krank, sehr krank, aber Ihre Krankheit ist nicht lebensgefährlich, solange Sie sich an unsere Vorschriften halten."

Aber diese Vorschriften, Anîssa, kann niemand einhalten: immer Ruhe, gutes Essen, jede grössere Aufregung vermeiden, sei es aus frohem oder traurigem Anlass. Dies ist nur der Anfang der Liste. Ich habe sie nicht ausreden lassen, habe sie mehr als einmal unterbrochen, aber sie waren voller Eifer, ihre Pflicht zu erfüllen, und haben mich gezwungen, alles anzuhören. Ich erinnere mich nicht mehr daran, und es ist auch nicht nötig. Ich habe beschlossen, während meiner restlichen Tage auf meine eigene Art zu leben – und nach mir die Sintflut!

Ich werde dir all die Papiere überlassen, Anîssa, damit du sie liest. Ich werde dich allein lassen, ich werde nicht in deine Augen sehen und ich werde dich nicht fragen, was ich damit machen soll. Ob ich sie verbrennen soll, wie ich es früher gemacht habe? Glaub mir, ich weiss es nicht. Der einzige Gedanke, der mich derzeit beherrscht, ist, einige Worte zu sagen, bevor es mit mir zu Ende geht. Aber wie ich dir in dem Brief, den ich Abdalghafûr anvertraute, geschrieben habe: ein einzelner kann nicht alles schreiben, die Qual durch das Wort ist mehr, als ein einzelner Mensch ertragen kann. Deshalb bin ich auf diese verrückte Idee gekommen, mehrere Menschen gleichzeitig, mit unterschiedlichen Stimmen sprechen zu lassen. Und wenn sie gesprochen haben, unzusammenhängend, ohne System, wird etwas daraus werden, eine Geschichte oder ein sinnloses Gestammel, egal.

Hâmid hat mir nur einen einzigen vielsagenden Satz mitten auf ein weisses Blatt geschrieben: „Das Wort ist die letzte Waffe, bei der ich Zuflucht suchen kann."

Und Âdil? Was glaubst du, was mir Âdil geschrieben hat?

In einem kurzen Brief schrieb er, dass er noch von keinem Führer gehört hätte, der mit dem Wort siegte, nur das Schwert führe zum Sieg. Das hätte ihnen der Geschichtslehrer gesagt, dem er listig Fragen gestellt hätte für seinen Brief an mich. Er legte dem Brief eine Zeichnung bei, zu der er durch die Geschichte inspiriert worden sei: eine Gazelle und ein Wolf, davor ein kleiner Junge, der eine Katze umarmt.

Was mir Âdil damit sagen möchte? Ich habe lange über das Bild nachgedacht, über die Gedanken, die ihn dazu veranlasst haben könnten, aber ich bin zu keinem Ergebnis gekommen. Wenn ich mit ihm allein bin, werde ich ihn fragen. Ich hatte eine Menge Ideen, aber keine hat mich überzeugt. Vielleicht ist der Wolf der Henker und die Gazelle das Opfer, aber was bedeuten das kleine Kind und die Katze? Und welche Beziehung besteht zwischen beiden Szenen? Ich dachte mir, mit dem starken Wolf und der schwachen Gazelle könnte das Bild in irgendeiner Weise Machtverhältnisse symbolisieren, aber was haben das Kind und die Katze damit zu tun? Ich weiss es nicht. Ich habe versucht, mich zu erinnern, welche Lektionen jetzt auf Âdils Lehrplan stehen und was ihn dazu angeregt haben könnte, aber es fiel mir nichts dazu ein.

Auch du, Anîssa, hast geschrieben. Du hast sogar mehr geschrieben, als ich erwartet hatte, und mehr, als nötig war. Du hast bei mir Wunden offengelegt, die seit langem verheilt schienen. Ich war erstaunt darüber, dass du dich an Ereignisse erinnerst, die ich für völlig banal und unwichtig hielt. Du bist älter als ich und erinnerst dich besser, und trotzdem, die Dinge, auf die du hinweist, sind wirklich nebensächlich. Wie oft in meinem Leben ich bis hundert gezählt habe? Soll ich mich etwa daran erinnern? Wie oft ich mich gewaschen habe? Soll ich mich daran erinnern? Selbst wenn ich versuchen würde, dergleichen in mathematischen Wahrscheinlichkeiten anzugeben, es wäre zwecklos.

Eines Tages werde ich mit Hilfe deiner Erinnerungen einen Roman schreiben, wenn ich am Leben bleibe. Ich weiss noch nicht über welches Thema, aber das Material, das ich habe, reicht aus. Ich habe schon bestimmte Vorstellungen, aber, wie Hâmid und der weise Âdil gesagt haben, was für einen Nutzen hat das Wort? Wer liest es? Und wenn es jemand liest, was bewirkt es?

In manchen Augenblicken erscheinen mir die Worte wie die Blätter der Bäume im Herbst: so gelblich und kraftlos, dass sie, vom Wind getroffen, fortfliegen, um dann zertreten zu werden. Das Wort ist nichts Lebendiges mehr, das etwas bewirken könnte. Und nun, dabei zurückzufahren, wundere ich mich über diese stürmischen Momente, die mich mit Macht zum Schreiben drängten. Ich glaube, Schreiben ist Busse, aber …

Ich werde schweigen. Ich werde die Papiere an ihren Platz legen und in die Heimat zurückkehren. Ich rechne damit, dass sie mich verhaften, mich foltern, mich erschiessen. Es kümmert mich nicht mehr, ja, ich hielte es sogar für eine Ehre. Aber oft genug begehen sie Fehler, tun nicht, was sie sollten.

Meine einzige Befürchtung ist, dass ich mich in der Heimat in einen Leichnam verwandle, einen Kadaver, dem alle aus dem Wege gehen. Dass die Kinder, wenn sie mich von weitem sehen, mir „Spitzel“ hinterherrufen. Und dass die Erwachsenen, wenn ich in einem Café sitze, mir den Rücken zukehren und tuscheln: Der Mann da, der mit dem gelben Gesicht hinter uns, ist ein Verräter. Stellt euch vor, die Farbe des Verrats ist Gelb, es erscheint sofort auf den Gesichtern!

Ich möchte auf irgendeine Weise wiedergutmachen, Anîssa, ich werde sie herausfordern. Von dir verlange ich nur, dass du für mich mehr bist als eine Schwester, dass du für mich wie eine Mutter bist, genau wie unsere Mutter. Erinnerst du dich noch an sie?

Lebt wohl, meine Freunde, lebt wohl, meine Geliebten! Und du, Mutter? Ich nehme jetzt Abschied von dir, verzeih mir! Und mit gebrochener Stimme frage ich dich: Können deine Arme einen Mann empfangen, der zusammengebrochen ist und der danach noch einmal versucht hochzukommen?

Sechstes Kapitel

Wenn Radschab noch lebte, schriebe er sicher einen Roman oder etwas Ähnliches; etwas, das ihr mit Freude lest. Aber Radschab ist von uns gegangen, vor langer Zeit schon, und ich sehe jetzt keine andere Möglichkeit, seine Memoiren zu ehren, als die Papiere, die er mitbrachte, über die Grenze zu schmuggeln und sie so zu veröffentlichen, wie sie sind.

Lebte er noch, er wäre sicher sehr wütend über das, was ich tue. Da er nun aber unter der Erde liegt, glaube ich, dass seine Worte etwas bewirken können – obwohl er mich beauftragt hatte, sie zu verbrennen.

Nach seiner Rückkehr – und ich erinnere mich daran, als wäre es jetzt – blieb er drei Tage bei uns. Es waren die einzigen Tage, an denen Radschab wie früher war. Als sein Gesicht wieder etwas Farbe angenommen hatte, las er „Aufzeichnungen aus einem Totenhaus" und drängte mich, es ihm gleichzutun. Er kaufte einen Stapel Papier und einen neuen Stift und versicherte, er werde, sobald er den Roman gelesen habe, mit dem Schreiben beginnen.

Das Buch ist immer noch da, und darin die Pfauenfeder, die Feder aus Vaters Koran. Ich weiss nicht, warum Radschab sie an sich genommen hatte. Während des Lesens strich er sich damit übers Gesicht, und wenn er ein Kapitel beendet hatte, legte er sie hinein, schlug das Buch zu und versank in Gedanken.

Das Buch ist immer noch da, und darin die Pfauenfeder.

Doch die Feder hat sich nicht mehr bewegt, sie blieb auf Seite achtundneunzig liegen. Da sind sie gekommen, bei Sonnenuntergang. Wir hatten sie zu dieser Stunde nicht erwartet. Aber sie waren sich ihrer Sache sicher, sie klopften heftig an die Tür und brüllten.

Radschab trug wie immer seinen Schlafanzug unter der Hose. Als er sie eintreten sah, blieb er sitzen, ein tapferes Lächeln auf dem Gesicht. „Ihr kommt spät, sehr spät!" sagte er herausfordernd.

Einer von ihnen entriss ihm das Buch und schaute es voller Abscheu an, dann warf er es auf den Tisch. Radschab nahm es auf und legte die Pfauenfeder an die Stelle, bis zu der er gekommen war, übergab mir das Buch und fragte sie: „Soll ich etwas mitnehmen? Ich meine, wird mein Aufenthalt diesmal lang oder kurz sein?"

„Am besten, du nimmst alles mit, was du brauchst!" Der das sagte, stand hinter dem Chef, weswegen ich sein Gesicht nicht sehen konnte.

Radschab sah mich lächelnd an und sagte: „Ich werde nichts mitnehmen, ich werde nichts brauchen!"

Dann gingen sie fort, einer vor, zwei hinter ihm. Radschab schien zuversichtlich und unerschrocken. Bevor er die Tür erreichte, hob er Laila, die lachend vor ihm stand, an seine Brust, und ich hörte ihn flüstern: „Das sind die Bestien, von denen ich dir letzte Nacht erzählt habe, erinnerst du dich?" Er erhielt einen harten Stoss in den Rücken, der ihn fast umwarf. Mit einem Arm stützte er sich gegen die Wand, im anderen hielt er noch immer Laila. Bevor er sie wieder absetzte, sagte er laut: „Schau sie dir gut an und scherze niemals mit ihnen, Laila!" Vor Angst begann Laila zu weinen und zu schluchzen, und als ich sie nicht beruhigen konnte, weinte ich mit ihr.

Nachdem sie fortgegangen waren, blieb die Tür offen. Niemand besass die Kraft oder den Willen, etwas zu tun. Kurze Zeit später kam Âdil, und als er mich und Laila weinen sah, rief er schmerzerfüllt: „Ist jemand gestorben, Mama?"

Hâmid kam eine Stunde nach Sonnenuntergang, und als er nur mich, nicht aber Radschab sah, spürte er, was geschehen war. „Haben sie ihn mitgenommen?" fragte er Âdil, der wortlos nickte.

Radschab war verschwunden, und bis heute weiss niemand von uns, was sie mit ihm gemacht und was sie ihn gefragt haben. Drei Wochen war er im Gefängnis, dann kam er zurück. Ich erinnere mich an jenen furchtbaren Augenblick, als ob es jetzt wäre, genau jetzt.

Um Mitternacht klopften sie an die Haustür, mehrere Male, dann hörten wir das Quietschen eines anfahrenden Autos, zuerst laut, dann immer leiser, bis es verschwunden war. Als Hâmid die Tür öffnete, sah er einen schwarzen Schatten auf der Schwelle. Überrascht und erschreckt schrie er auf, und als ich näher trat, streckte er ängstlich seine zitternde Hand aus, um den Schatten zu befühlen. Es war Radschab! Er keuchte, seine Atemzüge waren so kurz, dass ich glaubte, er habe das Bewusstsein verloren. Wir trugen ihn zum Bett, zogen ihm die Kleider aus und versuchten, mit ihm zu sprechen. Er konnte uns hören, antwortete jedoch nur kurz und unverständlich. Seine Hände hatte er auf die Augen gelegt, als blendete ihn das Licht.

Dieser Körper, der da vollkommen ausgemergelt und bleich auf dem Bett lag, war das wirklich Radschab? fragte ich mich. Als ich dann seine Stimme hörte, begrub ich meinen Kopf im Bett und weinte. Als ich mich wieder aufrichtete, begriff ich die ganze Wahrheit: Radschab hatte sein Augenlicht verloren. Sein Blick war leer, seine Augen bewegten sich sinnlos hin und her. Dann sagte er mit fürchterlicher Ruhe diese schrecklichen Worte: „Gib mir deine Hand, Anîssa, gib mir deine Hand, ich kann nichts mehr sehen.“ Danach schwieg er.

Am nächsten Tag versuchte ich, mit ihm zu sprechen, aber ich vernahm keinen vollständigen Satz. Er sagte nur einzelne Wörter, zusammenhanglose Wörter. Und von dem Essen, das ich ihm machte, ass er nur sehr wenig.

Am vierten Tag, genau zur Mittagszeit, starb Radschab. Wie das geschehen ist und warum, weiss ich bis heute nicht.

An jenem Morgen war er lebhafter, und ein Lächeln lag auf seinem Gesicht. Er wollte aufstehen, aber ich überredete ihn, dies noch um einen Tag zu verschieben. Als er Laila bat, sich neben ihn zu setzen, hob ich sie hoch, damit sie ihn küssen konnte, dann setzte ich sie neben ihn. Ich war zuversichtlich und nahm an, dass sich sein Zustand bald bessern würde. Plötzlich aber sagte er, ohne dass ich ihn gefragt oder wir darüber gesprochen hätten: „Verbrenn die Papiere!“

Ich wollte ihm Mut zusprechen und antwortete: „Wenn dir die Papiere zu schaffen machen, Radschab, dann musst du sie schon selbst verbrennen, so wie du es früher getan hast.“

„Verbrenn sie, verbrenn sie, ich möchte nicht, dass sie jemand liest!" wiederholte er erregt.

Notgedrungen versprach ich es und versicherte ihm dann, ich könnte mein ganzes Leben lang bei ihm bleiben, um aufzuschreiben, was er mir diktierte, und wir könnten noch grosse Dinge vollbringen.

Traurig schüttelte er den Kopf, wortlos, und plötzlich bemerkte ich, wie sich sein Gesicht verzerrte, als ob ihn ein heftiger Schmerz durchzöge. Ich hob Laila vom Bett, schob sie aus dem Zimmer und blieb neben ihm stehen.

Ich erinnere mich an jenen furchtbaren Augenblick, als ob es jetzt wäre, genau jetzt. Sein Gesicht zog sich zusammen, sein Atem ging schwer, er wurde sehr blass. Plötzlich schüttelte er vor Schmerz und Abscheu den Kopf – und starb. Ich erinnere mich an jenen Augenblick, als wäre es jetzt, genau jetzt. Was danach war, weiss ich nicht mehr.

Zwei Wochen nach Radschabs Tod holten sie Hâmid. Ein Jahr und vier Monate sind seither vergangen, und Hâmid ist noch immer im Gefängnis. Ich konnte lediglich in Erfahrung bringen, dass sie ihn verantwortlich machen für eine Meldung in einer ausländischen Zeitung, wonach die Regierung Radschab getötet habe, nachdem er durch die Folter sein Augenlicht verloren hatte.

Ich bin eine Frau, die Fehler macht. Das ist mir angeboren, liegt mir im Blut und scheint mich bis an mein Lebensende zu begleiten. Ich sage das nicht, um mich zu quälen oder um mich reinzuwaschen. Nein, ich sage es, weil ich davon überzeugt bin, dass ich Fehler mache.

Vor einigen Tagen sah ich, wie Âdil die leeren Flaschen im Hause sammelte. Ich liess ihn machen, um zu erfahren, was er daraus basteln wollte. Doch als ich zu meinem nicht geringen Erstaunen sah, dass er sie mit Öl und Benzin füllte, zog ich ihn fort und hätte ihn geschlagen, wenn er nicht geheult und erklärt hätte: „Ich will das Gefängnis kaputtmachen, um Vater herauszuholen."

Ich weiss nicht, war es falsch, dass ich Âdil daran hinderte? Ich weiss, dass ich schon früher Fehler begangen habe, und ich werde sie mir niemals verzeihen. Ich habe alles daran gesetzt, dass Radschab aus dem Gefängnis kommt. Dies war mein erster und grösster Fehler. Dann, als ich mir wünschte, dass er nach drei Monaten aus Frankreich zurückkehrt. Dass ich vor Abdalghafûr weinte, war der Hauptgrund für Radschab zurückzukommen. Er kam, und sie brachten ihn um.

Aber wer noch – ausser mir – hat ihn getötet? Wäre er dort geblieben, hätten ihre Hände ihn nicht erreicht, und er hätte grosse Dinge vollbringen können. Zumindest hätte er sie in Unruhe versetzt. Ich aber suchte Husni Abdaldschalîl auf und weinte vor Abdalghafûr. So habe ich ihn zurückgezerrt und ihn getötet.

Doch ich habe nicht nur bei Radschab Fehler begangen. Ich machte Hâmid Vorwürfe, weil er laut vor mehreren Leuten über den Mord an Radschab gesprochen hatte. „Ist es nicht Zeit, damit aufzuhören, Hâmid? Kannst du Radschab nicht in seinem Grabe ruhen lassen?" fragte ich ihn eines Abends.

„Was soll ich denn machen?" fragte er wütend zurück. „Sag nicht, dass sie ihn umgebracht haben!"

„Und wer sonst hat ihn umgebracht?“

„Radschab ist tot, und du solltest nicht mehr darüber sprechen.“

Aber Hâmid sprach weiter darüber. Er begann, genau dasselbe Spiel wie Radschab zu spielen, aber undurchsichtig und verwirrend. Sie liessen ihn nicht lange in Ruhe, sie holten ihn, vor einem Jahr und vier Monaten holten sie ihn, und mir erlaubten sie erst vor wenigen Monaten, ihn zu sehen. Er lachte, als er mich nach den Kleinen fragte, und bat mich inständig, das nächste Mal nicht ohne Laila zu kommen.

Und jetzt versuche ich nicht nur, Âdil an seinem Vorhaben zu hindern, ich wollte ihn sogar schlagen. Mache ich schon wieder einen Fehler?

Ich habe Radschabs Papiere gelesen und viel dabei geweint. Besonders, weil ich ihm keine Mutter sein konnte, wie er es sich gewünscht hatte. Jetzt weiss ich nicht, ob ich einen Fehler mache, wenn ich die Papiere über die Grenze bringen lasse, damit sie dort veröffentlicht werden. Wenn Radschab noch lebte, würde er wütend, da bin ich mir sicher. Weil er mich gebeten hatte, sie zu verbrennen, und ich es nicht getan habe, und weil ich sie jetzt ins Ausland schicke, damit sie alle Menschen lesen, trotz der Fehler und der Aufschreie, die sie enthalten. Ich glaube nicht, dass Radschab damit zufrieden ist, aber, wie ich schon gesagt habe, ich bin eine Frau, die Fehler macht. Ich möchte Radschabs Vorbild folgen: die Dinge bis zum Ende bringen. Vielleicht geschieht dann etwas.

Nachwort

„Ein arabischer Literat ist ein Fidai, ein Freiheitskämpfer. In Ländern, in denen es keine Meinungsfreiheit gibt, keine Parteien zugelassen sind, wo vielleicht nicht einmal eine Verfassung existiert, müssen die Intellektuellen, müssen alle, die sich ausdrücken können, Widerstand leisten. Ihre Aufgabe ist es, die Menschen aufzuklären, sie auf Recht und Unrecht hinzuweisen, solange es an legalen und allgemein anerkannten politischen Institutionen mangelt. In Saudiarabien und in einigen Golfländern gibt es keine Verfassung, keine Legislative und Exekutive, durch die die Machtverteilung zwischen Bürger und Staat geregelt wäre, keine Garantien, auf die sich ein Bürger notfalls auch gegen den Staat berufen könnte. Dort haben die Herrscher und religiösen Führer die Macht, und sie nutzen sie nach Belieben für ihre Interessen."[1]

Abdalrachman Munif, von dem diese Worte stammen, hat die Rolle, die er den arabischen Schriftstellern allgemein zuweist, in seinem eigenen Romanwerk auf vielfache Weise immer wieder übernommen. Mehrere seiner Romane handeln vom Gefängnis, von politischer und körperlicher Gewalt, von staatlicher Repression gegen Individuen, von Menschenrechten.

Abdalrachman Munif (ʿAbd ar-raḥmân Munîf) ist im Jahre 1933 in Amman in Jordanien geboren.[2] Er war das achte von zehn Kindern eines Kaufmannes aus dem Nedschd in Saudiarabien und seiner irakischen Frau. Nach dem Tod des Vaters bleibt die Mutter mit ihren jüngeren Kindern in Amman, wo Abdalrachman Munif seine Kindheit verbringt.

Er hat sie jüngst in einer gerade auch für die neuere Stadtgeschichte von Amman interessanten Autobiografie dargestellt.[3] Darin ist besonders häufig von der Grossmutter die Rede, die irakischen Dialekt spricht und immer wieder zu Verwandtenbesuchen in den Irak reist. Darin ist auch die Rede von Koranschulen, in die der Junge zunächst ging, bevor er, zu seiner Freude, in die staatliche Schule aufgenommen wurde; er hatte sich geweigert, weiterhin zu den Koranlehrern mit ihren harschen Bestrafungsmethoden zu gehen. Munif erzählt ausserdem vom täglichen Leben durch die Jahreszeiten hindurch. Auch der Zweite Weltkrieg wird spürbar, durch die Briten, die in der Region seit dem Ende des Ersten Weltkriegs Mandatsmacht waren und die ganze Region mit in die Kriegsfolgen hineinzogen.

Der Wechsel von einem arabischen Land zum anderen, wie ihn sein Vater erlebte, sollte auch die weitere Lebensgeschichte Munifs bestimmen. Nach der Schulzeit in Amman beginnt er 1952 das Studium der Rechtswissenschaft in Bagdad, von wo er aber 1956 ausgewiesen wird. Das aufgrund seiner Teilnahme an einer Demonstration gegen den Bagdad-Pakt von 1955, den Versuch der amerikanischen Regierung, durch ein Bündnis zwischen der Türkei, dem Irak und Pakistan ein antikommunistisches Bollwerk gegen die Sowjetunion zu errichten. Munif studiert danach zunächst in Ägypten weiter, das zu jener Zeit den Beginn des Nasserschen Erfolgs erlebt. Nach dem

Sueskrieg von 1956, der nicht gerade ein überwältigender Sieg für die Ägypter war, kann sich Nasser dennoch als Führer auf dem Weg zur arabischen Einheit darstellen. Der arabische Nationalismus, später noch erweitert durch den Nasserschen Sozialismus, schien ein für die Zukunft gangbarer Weg.

1958 verlässt Munif für einige Zeit die arabische Welt, geht, versehen mit einem Stipendium der syrischen Baath-Partei und der jugoslawischen Regierung, zur Fortsetzung seines Studiums (Ökonomie mit Schwerpunkt Erdölwirtschaft) nach Belgrad, wo er 1961 einen Doktorgrad erhält. Diese drei Jahre, die Abdalrachman Munif in Jugoslawien verbrachte, umfassten genau den Zeitraum der Existenz der „Vereinigten Arabischen Republik", des Zusammenschlusses von Ägypten und Syrien, der, wohl in erster Linie wegen Nassers Herrschaftsanspruch in Syrien, nach recht kurzer Zeit wieder auseinanderbrach.

In der Folgezeit arbeitet Munif in der Erdölwirtschaft in Syrien und am Persisch-Arabischen Golf, geht aber zehn Jahre später nach Beirut, wo er sich immer mehr der Schriftstellerei und dem Journalismus zuwendet. Von 1975 bis 1981 lebt er wieder in Bagdad, danach mehrere Jahre in Paris. Heute wohnt er in Damaskus.

Fast noch schneller als seine Wohnungswechsel von einem arabischen Land ins andere erfolgen die Wechsel von Munifs Staatsbürgerschaften. Nachdem ihm sein ursprünglicher saudischer Pass 1963 entzogen wurde, trug er seither drei, vier verschiedene arabische Pässe. Zur Zeit hat Abdalrachman Munif die jemenitische Staatsangehörigkeit.

Die panarabische Baath-Partei, in der er in jungen Jahren mitgearbeitet und an deren Postulate vom einen, organisch gewachsenen arabischen Volk er auch geglaubt hat, verlässt Munif im Jahre 1962.

Hier setzt wohl spätestens die Enttäuschung über die Verhältnisse in der arabischen Welt ein, die ihn langsam von der politischen Arbeit weg- und hin zur schriftstellerischen Tätigkeit führt, einer Tätigkeit, durch die er, eindrucksvoll wie nicht sehr viele seiner Schriftstellerkolleginnen und -kollegen, die Ursachen für diese Enttäuschung zum Ausdruck bringt.

Die Themen in Munifs Romanen kreisen denn auch um das Gefängnis, die Menschenrechte und die Zerstörung der Lebenswelt. Mit diesen Themen macht Abdalrachman Munif seine zentrale Idee deutlich, dass nämlich die Menschen in der arabischen Welt unter den herrschenden Bedingungen nicht in der Lage sind, ein Leben nach den eigenen Vorstellungen zu führen. Diese Bedingungen sind im Bereich der Wirtschaft, der Gesellschaft, der Macht zu suchen, die alle den (arabischen) Menschen allmählich, aber unbarmherzig und unumkehrbar vernichten und seine Lebenswelt – die menschliche, die gesellschaftliche, die ökonomische, die politische – zerstören. Das ist schon in seinem ersten Roman deutlich, und das erscheint mit brutaler Kraft im vorliegenden Werk (dieses hat er vor kurzem durch ein themengleiches und fast titelgleiches Werk ergänzt), in dem mit Hilfe von zwei Stimmen, derjenigen Radschabs und derjenigen Anîssas, die Auflösung der Individuen und ihrer familiären Umgebung gezeichnet wird.

Dieses Thema der Zerstörung von Individuum und Lebenswelt ist ebenso zentral in den späteren Werken, in *an-Nihâyât,* einem fast ökologisch zu nennenden Roman, in dem Munif die Zerstörung der Steppenfauna durch Menschenhand beschreibt, und dann besonders in seinem ganz grossen Werk, der Pentalogie (Roman in fünf Bänden) „Die Salzstädte". Darin geht es um die Umwandlung einer Wüsten- und Oasenregion auf der Arabischen Halbinsel als Folge der sich dort ausbreitenden Erdölindustrie.

Durch literarisches Schaffen auch gesellschaftlich und politisch zu wirken sieht Abdalrachman Munif als Aufgabe, nachdem er das direkte politische Handeln enttäuscht aufgegeben hat. In einem Sammelband mit einigen längeren Artikeln[4] beschäftigt er sich unter anderem mit dem Thema „Die schlechte Zeit und der schweigende Intellektuelle". Es geht darin um eine Art Abrechnung einerseits mit den arabischen Regime, andrerseits mit der Rolle, die die Intellektuellen in der arabischen Welt spielen. Denn das, was man landläufig als „schlechte Zeit" apostrophiere, sei zwar teilweise übernommen, sozusagen geerbt, sei aber in jedem Fall – entgegen der im Westen verbreiteten Ansicht – nicht „natürlich" für jene Region, sondern sei ein veränderbarer Zustand. Es handle sich dabei um Zurückgebliebenheit, um mangelnde Rationalität und fehlende Demokratie. So sei es aufgrund der Gesellschafts- und Herrschaftsstrukturen unmöglich, historische Erfahrungen zu machen, historische Wahrheiten sich anzueignen, wodurch der Weg in die Zukunft blockiert sei. Vorläufig, denn dieser Zustand sei eben veränderbar. Hier klingt mehr Optimismus heraus, als in *Östlich des Mittelmeers* sichtbar wird.

Hartmut Fähndrich

PS. Zur Erleichterung der Aussprache arabischer Namen wurden in der Übersetzung betonte lange Silben mit einem Zirkumflex (^) versehen.

Anmerkungen

1. „Ölpest in den Oasen“ (Ein Interview mit Abdalrachmân Munîf), in: *taz,* 14. Mai 1990.

2. Vgl. zum Folgenden den Artikel von Petra Becker: „Der Rufer in der Wüste – Abderrahman Munif“, in: *LiteraturNachrichten* 33, April–Juni 1992, S. 5–7.

3. *Sîrat madîna* (Die Geschichte einer Stadt), Beirut 1994.

4. *ad-Dîmûqrâṭîya awwalan – ad-dîmûqrâṭîya dâ'iman* (Demokratie zuerst – Demokratie immer), Beirut 1991. 2. Aufl. 1992

al-Ašǧâr wa-igtiyâl Marzûq
(„Die Bäume und die Ermordung Marsuks", Roman) 1972

Qiṣṣat ḥubb maǧûsîya
(„Eine magische Liebesgeschichte", Roman) 1974

Šarq al-mutawassiṭ
„Östlich des Mittelmeers", Roman) 1975

Ḥîna taraknâ al-ǧisr
(„Als wir die Brücke verliessen", Roman) 1976

an-Nihâyât
(„Gazellen weinen, wenn sie sterben", Roman) 1977

Sibâq al-masâfât aṭ-ṭawîla
(„Langstreckenlauf", Roman) 1979

'Âlam bilâ ḫarâ'iṭ
(„Welt ohne Karten", Roman, gemeinsam mit Dschabra Ibrahim Dschabra) 1982

Mudun al-milḥ
(„Salzstädte", Roman in fünf Bänden) 1984–1989

al-Ân … hunâ – au: Šarq al-mutawassiṭ marra uḫrâ
(„Jetzt und hier – oder: Nochmal ‚Östlich des Mittelmeers'", Roman) 1991

Sîrat madîna – 'Ammân fî l-arba'înât
(„Die Geschichte einer Stadt – Amman in den vierziger Jahren") 1994

ARABISCHE LITERATUR IM LENOS VERLAG
Herausgegeben von Hartmut Fähndrich

Jachja Taher Abdallah, Menschen am Nil
Zwei ägyptische Novellen, 187 Seiten
Aus dem Arabischen von Hartmut Fähndrich und Irmgard Schrand

Laila Baalabakki, Ich lebe
Roman aus dem Libanon, 284 Seiten
Aus dem Arabischen von Leila Chammaa

Salwa Bakr, Atijas Schrein
Roman aus Ägypten, 122 S. Aus dem Arabischen von Hartmut Fähndrich

Salwa Bakr, Die einzige Blume im Sumpf*
Geschichten aus Ägypten, 117 Seiten
Aus dem Arabischen von Hartmut Fähndrich

Salim Barakat, Der eiserne Grashüpfer
Geschichte eines kurdischen Kindes, 107 Seiten
Aus dem Arabischen von Burgi Roos Khalil

Edwar al-Charrat, Safranerde
Roman aus Ägypten, 261 S. Aus dem Arabischen von Hartmut Fähndrich

Driss Chraibi, Ermittlungen im Landesinnern*
Roman aus Marokko, 287 Seiten
Aus dem Französischen von Angela Tschorsnig

Ali Ghalem, Die Frau für meinen Sohn*
Roman aus Algerien, 272 Seiten
Aus dem Französischen von Agnès Bucaille und Susanne Thauer

Gamal al-Ghitani, Seini Barakat
Roman aus Ägypten, 401 S. Aus dem Arabischen von Hartmut Fähndrich

Emil Habibi, Der Peptimist
Roman aus Palästina, 257 Seiten
Aus dem Arabischen von Hartmut Fähndrich, Angelika Neuwirth et al.

Emil Habibi, Das Tal der Dschinnen
Roman aus Palästina, 172 Seiten
Aus dem Arabischen von Hartmut Fähndrich und Edward Badeen

Sonallah Ibrahim, Der Prüfungsausschuss*
Roman aus Ägypten, 220 S. Aus dem Arabischen von Hartmut Fähndrich

Ghassan Kanafani, Das Land der traurigen Orangen*
Palästinensische Erzählungen, 160 Seiten
Aus dem Arabischen von Hartmut Fähndrich

LITERATUR AUS SYRIEN IM LENOS VERLAG

Roman aus Syrien
Aus dem Arabischen von Angela Tschorsnig
331 Seiten, gebunden
ISBN 3 85787 225 X

„Hanna Mina, heute gewiss der renommierteste Romancier Syriens, hat seine Bildteilchen mit Mühe und mit Freude gesammelt. (...) Der Roman erzählt aus der Sicht eines Jungen schlicht, anrührend und wahrhaftig von harten Gutsherren, armen Schluckern und Aufrührern, von solidarischen Frauen und kämpferischen Prostituierten, und von den Schwächsten, den Kindern."
Sächsische Zeitung

LITERATUR AUS DEM LIBANON IM LENOS VERLAG

Roman aus dem Libanon
Aus dem Arabischen von Leila Chammaa
284 Seiten, gebunden
ISBN 3 85787 229 2

Die Geschichte „einer jungen Frau, die sich gegen eine Gesellschaft aufzulehnen versucht, die ihr als Frau die Individualität im Sinne von Selbstverantwortung und Selbstbestimmung nehmen will – und die schliesslich scheitert. (...) Ein Buch, das in seiner nichts beschönigenden Konsequenz und Härte Geschichte machte in der arabischen Literatur."
Neue Zürcher Zeitung